徳間文庫

舞鶴の海を愛した男

西村京太郎

間書店

目次

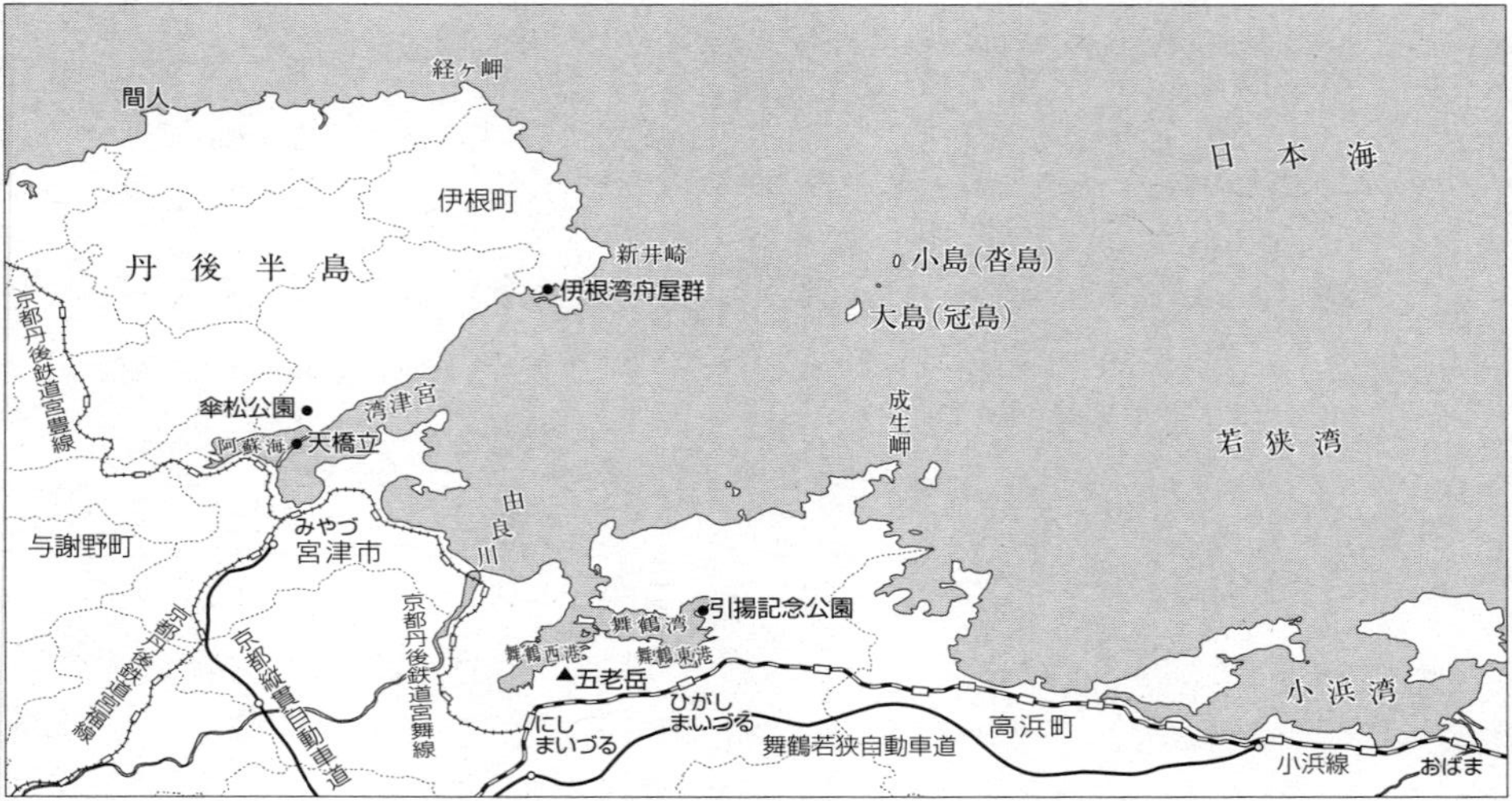

日本海
若狭湾
経ヶ岬
間人
伊根町
新井崎
伊根湾舟屋群
丹後半島
小島(沓島)
大島(冠島)
成生岬
京都丹後鉄道宮豊線
傘松公園
宮津湾
阿蘇海
天橋立
由良川
与謝野町
みやづ
宮津市
引揚記念公園
舞鶴湾
舞鶴西港
舞鶴東港
五老岳
京都丹後鉄道宮福線
京都縦貫自動車道
京都丹後鉄道宮舞線
にし
まいづる
ひがし
まいづる
舞鶴若狭自動車道
高浜町
小浜湾
小浜線
おばま

第一章　若狭湾

1

三月十六日の舞鶴《まいづる》。東京はすでに春の陽気だが、こちらは、やたらに寒い。

舞鶴は明治から昭和にかけての戦前戦中には、日本で唯一、日本海に面した軍港だった。明らかに大国ロシアの脅威《きょうい》に対抗して造られたものである。

その面影はいまだに色濃く残っていて、舞鶴市東地区には、明治時代に活躍した三笠《みかさ》、朝日《あさひ》、初瀬《はつせ》といった、合計で三十三もの軍艦の名前が付いた「軍艦名通り」がある。その軍港が、敗戦と共に外地の兵士や民間人の引揚港になった。その名残《なごり》で、舞鶴には引揚船が着いた栈橋《さんばし》が残っているし、引揚記念館もあり、また「岸壁の母」という歌も残っている。

そして現在、舞鶴は観光の町として有名である。

西には、日本三景の一つ天橋立《あまのはしだて》があるし、東には小浜港《おばま》がある。小浜は昔、海産物を京都に送った、いわゆる鯖《さば》街道の出発地である。奈良で春を告げる東大寺二月堂のお水取りのために若狭《わかさ》神宮寺ではお水送りが行われる。

今日、三月十六日はまだ寒いので、さほど観光客の姿は無い。そんなJR東舞鶴駅に、一人の男が降り立った。

六十代の痩《や》せた男である。グレーのジャンパーを着、革のくたびれた帽子をかぶっている。ジーパンに登山靴、背中には大きなリュックサックを背負っていた。観光客には見えない。だが、山男というわけでもなさそうである。

男は、まず、海軍記念館に行き、そこに一時間ほどいて出て来た。次に足を向けたのは舞鶴東港の北にある引揚記念館だった。そこでは職員に断って、展示パネルの引揚船の写真を撮っていた。その後町に戻ると、少し早めの昼食をとったが、駅に戻らず、海沿いの道を西舞鶴に向かって歩き出した。

道路沿いに広がるのは、若狭湾である。男は時々立ち止まっては、その湾に向かってカメラのシャッターを切っていた。由良川《ゆらがわ》を渡る。そこで男はタクシーを拾った。男を乗せたタクシーは、宮津を経由して海岸沿いの道を北に向かって走る。

天橋立の横を通り過ぎる。船揚場の上に住居を構えた「舟屋《ふなや》」がある事で有名な、伊《い》根町《ねちょう》の近くで男はタクシーを降りた。だが伊根の町には入らず、歩いて北上し新井《にい》崎《ざき》の方に向かった。

新井崎は若狭湾に向かって突き出した、小さな岬である。海から吹いてくる風が強く、寒い。それでも別に男は、苦にする様子もなく、背負ってきた大きなリュックサックを降ろすと、中からドローンの部品を取り出して組み立て始めた。

かなり大きな、飛行機の形をしたドローンである。中央に小型のカメラを取り付ける。エンジン始動。男は七インチのモニターを立て、その画面に映像を映しながら、ゆっくりとドローンを飛ばした。

沖合には島が二つ浮かんでいる。一つは、冠島《かんむりじま》。海鳥の繁殖地として有名である。二つ目の方は小さい沓島《くつじま》。どちらも無人島だ。男の座っている場所から、その二つの島までの距離は、約十キロ。男の操縦するドローンはあっという間に島の上空に到達した。

男はモニター画面を見ながら島の周辺の海面を、ドローンを使って撮影していく。

その後ドローンを冠島に着陸させてから、五、六分後に飛び上がらせ、それを繰り返してから、ようやくドローンを回収した。分解して、大きなリュックサックにしまい、それを担いで今度は、伊根の町に向かって歩いて行った。

男は舟屋の一軒を訪ねた。主人が出てくると、

「初めまして。東京から来たんですが、お願いがありまして」

と、いった所を見ると、男は初めて伊根町に来たのだろう。人の好《よ》さそうな主人は、

「どんなご用件ですか？」

と、聞く。

「明日、数時間船に乗せてもらいたいんですよ」

と、男が言った。

「釣りですかね？」

「いや、向こうに見える冠島、あの島の周辺を船で回ってもらうだけです」

と男が言う。

「それは造作もないが、何をするのかね？」

と、漁師がきいた。

「あの島の周辺の海を、見てみたいだけですよ」

男は意味不明な事をいった。

「明日は別に、漁に出る仕事もないから構わないよ」

その場で、男が明日三月十七日、三万円プラス燃料代で話を付けると、タクシーを呼んでもらい、いったん舞鶴の町へ帰って行った。

翌日は晴れてはいたが、相変わらず海風は冷たかった。男は午後一時にやって来ると、船を出してもらい、冠島に向かった。

到着すると、別に釣りをするわけでもなく、冠島の写真を撮るわけでもなく、冠島を中心にして、半径五百メートルの円を描いて船を動かし、次に千メートル、二千メートルと、円を描いて船を動かした。漁師には男が何をしているのかわからなかった。

それを、数時間繰り返してから、

「ありがとう。もう、帰りましょう」

と、男の方から、漁師に声を掛けた。

三日目の三月十八日。男の姿は丹後半島には無く、反対側の成生《なりゅう》岬にいた。舞鶴の北の、突端にある岬である。そこから海上約十キロの所に冠島がある。昨日、男が行った伊根の近くの新井崎と同じ距離で、冠島を頂点とする三角形の形である。ここでも男は岬に座り込んでドローンを組み立て、カメラを取り付けて冠島に向かって飛ばした。

それを何回か繰り返した後、ドローンを回収した。今日は昨日とは違って少しばかり疲れた表情になり、しばらくの間、成生岬から動こうとしなかった。

「それが、ドローンというやつかね？」

不意に声を掛けられて、男は振り向いた。

土地の人らしい六十歳くらいの男が、見下ろしていた。男は、

「そうです。これがドローンです」

と、微笑して答える。

「カメラが付いているんだね」

「そうですよ」

「そのカメラで写すんだ。どこを写したのかね？」

と、土地の男はしつこく聞いた。

「向こうの冠島が珍しいんで、撮ったんですよ」

「あんな遠くまで、ドローンというのは飛ぶのかね？」

「ええ、あのくらいなら飛ばせます」

男は急に立ち上がると、手早くドローンをリュックサックに納め、

「もう、終わりました」

宣言するようにいい、土地の男を残して歩き出した。

2

その二日後の三月二十日、早朝。

天橋立の中央部、若狭湾側の浜で男の死体が発見された。地元の警察は、溺死《できし》と判断した。これといった外傷がなかったからである。

それでも、司法解剖すると男の胃の中に残っていた睡眠薬が検出された。そうなると、単純な溺死ではなく、他殺か自殺の両方が考えられる様になり、京都府警は舞鶴警察署に捜査本部を置いて捜査を始めた。

捜査担当は、府警捜査一課の原田《はらだ》。三十六歳の若い警部である。

原田はまず、司法解剖した大学病院の医師に話を聞きに行った。胃の中から睡眠薬が検出されたという事は聞いていたが、その他の詳しい司法解剖の結果を聞きたかったからである。医師が説明した。

「海水が肺の中にまで入っていましたが、その海水の成分は若狭湾内のものと同じです。被害者は数時間、若狭湾に浮かんでいたと思われます」

「外傷はなかったんですが、どんな状況が考えられますか？」

原田が聞いた。

「自殺にしろ、他殺にしろ、おそらく睡眠薬を飲んだ後、船から海に落ちたと思われますね。自分で高い所から飛び込んだとすれば、何らかの傷が付いているはずですから」

と、医師は、いった。

「右横腹部分に、弾丸の傷があると診断書に書かれていましたが、これはいつ頃の傷ですか」

と、次に原田が聞いた。

「そうですね。五、六年前の傷だと思われます」

「もう一つ、被害者の年齢ですが何歳ぐらいでしょうか？」

「六十歳前後だと思います」

「どんな仕事をしていた人間か、わかりますか？」

「そうですね。かなり陽焼けしていますから、サラリーマンではなく、外での仕事が多かったと思います」

「右横腹の銃創《じゅうそう》ですが、数年前に出来たものというのは間違いありませんか」

原田が念を押した。

「それが何か？」

「実は、亡くなった男は顔を整形しているんです。その整形が、数年前に行われたものではないか、といわれているので。そうなると横腹の銃創と一致しますから」

と、原田は、いった。

数年前に、舞鶴周辺で銃による事件があったという記録は無かった。とすれば、亡くなった男は地元の人間ではないのだ。原田は改めて刑事たちに、旅館やホテルあるいは記念館などの聞き込みを行わせた。その結果、少しずつ、死んだ男の行動がわかってきた。

三月十六日。男は午前中に東舞鶴駅で降り、海軍記念館と、引揚記念館の両方に寄っている。それぞれ一時間ほどの滞在だが、引揚記念館の方では記念館に断って、引き揚げに使用した船の写真を撮っていた。海軍記念館の方は一時間ほど、ただ見て回っただけなので何に関心があったのかはわからない。

原田は、男がわざわざ、引揚船の写真をカメラで撮った事の方に関心を持った。

舞鶴港に入港した引揚船の数は、延べ三百四十六隻。そのほとんどが貨物船である。多い時は一隻で三千人を運んで来たと言われている。引揚船の名前は全てわかっていて、写真も残っていた。大きい船としては、氷川丸《ひかわまる》一万千六百二十二トン、高砂丸《たかさごまる》九千三百十五トン。

中規模な船としては、宗谷丸《そうやまる》三千八百トン、遠州丸《えんしゅうまる》六千八百七十三トン、興安丸《こうあんまる》七千七十九トン。その他、千トン未満の小さな船もある。ほとんどが貨物船である。

その名前を、原田は手帳に書き留めていった。どの船に死んだ男が関心を持っていたのかはわからない。しかし、引揚船に関心を持っていた事は、確かだと思った。

次にわかったのは、男が革製の帽子をかぶり、大きなリュックサックを背負っていた事で、それにはドローンが入っており、伊根町で三月十七日に三万円で漁船を借りて冠島周辺を観察していた事。また、伊根の近くの新井崎でドローンを使い、同じく冠島まで飛ばしていた事。そのドローンには小型のビデオカメラが搭載されていた事などがわかってきた。

司法解剖した大学病院の医師によれば、死亡推定時刻は三月十九日の夜から二十日の早朝までである。とすれば、三月十六日、十七日、十八日の三日間は舞鶴周辺の旅館かホテルに泊まったと見ていいだろう。

刑事たちは、片っ端から地元周辺の旅館やホテルに当たってみた。しかし、なぜか男が泊まったという旅館などは見つからなかった。

他に、原田が、注目したのは男が身につけていた、あるいは持っていた品物である。

天橋立で溺死体となって発見された時、男はジャンパーとジーパン、そして登山靴。その右足の靴がなくなっていた。ジャンパーのポケットにも、ジーパンのポケットにも何も入っていなかった。身分証明証もなかったし、キーホルダーの類《たぐい》もなかった。財布も金もである。しかし、伊根で、男に漁船を提供した漁師の証言によれば、その時男は革製の帽子をかぶっていたし、漁船を借りるのに三万円と燃料代を革の財布から取り出して払ったという。とすれば、男は生きている時は革製の帽子をかぶり、現金の入っている財布を持ち、たぶん身分証明証も持っていたはずなのだ。それに、大型のドローンもである。

そのドローンを、男は、若狭湾に浮かぶ冠島に向けて、飛ばしていたという。また、冠島の周辺を漁船で回っていたともいう。冠島の周辺は漁場である。その漁場に男は興味があったのだろうか。

原田の指揮する捜査は、すぐ、壁にぶつかってしまった。男は地元の人間ではない。しかし身分証明証もないし、舞鶴周辺のホテルや旅館に泊まった形跡もない。とすれば、大阪の人間かもしれないし、北海道の人間かもしれないのである。整形手術の痕《こん》跡《せき》と数年前の銃創を見つけたが、なぜ整形しなぜ右の横腹を撃たれていたのか、それもわからないのである。

死んだ男の似顔絵に体形と右腹部の銃創を書き込んだものを、多数作り、それを各都道府県の警察に送った。

地元の人間ではないと、思ったからである。

また、地元の旅館、ホテルには、宿泊していないので、車で寝起きしていたと考えて、盗難車の照会もした。だが、こちらも反応はなかった。

三月十六日　東舞鶴の海軍記念館、引揚記念館、新井崎で冠島に向かってドローンを飛ばす。

三月十七日　伊根町の漁船を借りて冠島周辺の海を写す。

三月十九日〜二十日。死体で若狭湾を漂流する。

三月二十日　早朝、天橋立の海岸で、溺死体で発見。

こう日時を追っていくと、気になるのは、三月十八日である。

この一日、男を見たという目撃者が現れないことが、原田は、気になった。

二つの可能性があった。

一つは、三月十六日、十七日と同じように、男は、若狭湾周辺で、写真を撮り、ドローンを飛ばしていた。当然地元の誰かと出会っているのだが、目撃者が、何か理由があって、黙っているという可能性である。

もう一つは、三月十八日に、男が、何者かに捕まっていて、翌日に睡眠薬を飲まされ殺されて、海に流された可能性である。

だが今のところ、そのどちらにも、答えが見つかっていない。

また、溺死した男が、何をしに舞鶴にやってきたかもわからないのである。ドローンを飛ばしているから、単なる観光客とは思えないのだが。

3

そんな時、突然、警視庁の二人の刑事が舞鶴を訪れて来たのである。

原田は、警視庁の刑事に会うのは初めてだった。もちろん、突然訪ねて来た警視庁捜査一課の十津川《とつがわ》という警部にも、同行した亀井《かめい》という刑事にも初対面である。

「是非、ご相談したい事がありまして」

と、十津川が丁寧に、いった。

「という事は、今回こちらで起きた事件についてですか？」

原田が聞いた。

「その通りです。実は五年前の三月二十日の夜に、東京月島《つきしま》で銃撃戦がありましてね。六十歳の元船員が殺されました。犯人はいまだにわからないのですが、犯人も銃で撃たれたという事だけはわかっています。それで、目撃者の話から似顔絵を作ったのですが、一向に新しい情報が得られず迷宮入りをしていました。そんな時にこちらで亡くなった男が、数年前に撃たれたと思われる横腹の銃創があったと知りまして。それに、海に関心があるらしいという事だったので、ひょっとすると五年前に東京で起きた事件と関係があるのではないか、そう思って色々とお聞きしたくてお訪ねしたわけです」

十津川がいい、五年前の三月二十日に東京月島で起きた銃撃事件で殺された男の顔写真や、その時に使われたと思われる銃や、犯人と思われる男の似顔絵などを原田に示した。

原田も、死んだ男の顔写真や横腹にあった銃創の写真を提示した。十津川はそれを見て、

「顔は似ていませんね。しかし、背の高さは同じです。原田さんの示した男の背の高さは百八十センチ。五年前に東京で撃たれた男の背の高さも百八十センチです。ただ、当時その男の体重は八十キロでしたが、こちらは少し痩せているようですね」

「かなり瘦せています。目撃者の多くが背が高くてひょろりとしていたと証言していますから」

と、原田が、いった。

原田は、十津川に渡された五年前の東京の被害者の写真に目をやった。

「市橋《いちはし》一《かず》男《お》六十歳、とありますね」

「元外洋航路の客船の船員でした。五十二歳の時に船を降りて、亡くなった時は都内の船舶関係の派遣会社で働いていました」

十津川がいった。

彼は手帳に書き写してきた五年前の事件について、原田に説明した。

「今から五年前の三月二十日、午後十一時頃に事件は起きました。東京湾に近い月島のバーで飲んでいた二人の男が突然喧嘩《けんか》になり、店を飛び出すと、その直後に銃声が聞こえ、店の人間が飛び出してみると路地の奥で客の一人、市橋一男六十歳が倒れていた。すぐ救急車を呼んで病院に運んだのですが間に合わず、一時間後に死にました。喧嘩の相手の方は逃げて行方がわかりませんでしたが、現場に別人の血痕があったので、犯人の方も撃たれている事がわかったのです。しかし、その後犯人の男の方はそのまま行方がわかりませんでした。たぶん犯人も、横腹に銃弾を受け、自分か仲間の手で治療したんでしょう。そしてその後、整形した。現場に残っていた血痕から、犯人の血液型は、ＡＢ型とわかっています」

「それなら、こちらの被害者と一致していますよ」

原田はにっこりした。壁にぶつかっていた事件が大きく解決に向かいそうな気がしたからである。

「五年前の東京の事件ですが、動機はわかっているんですか？　喧嘩になって、しかも銃で撃ち合い、片方が死んだのですからかなりの動機があったと思うんですが」

と、原田が聞いた。

「それがですね、今になっても動機がわからないんですよ。確かに今、原田さんが言うようにお互い銃で撃ち合い、片方が殺されているので、かなり強い動機があったはずです。被害者の市橋一男が働いていた船舶会社に聞いてみたんです。ところが事件の一週間前に突然、彼は会社を辞めているんです。しかし、突然辞めた理由はわからない。市橋一男は、一身上の都合と言うだけで、辞めてしまったというのです。ですから、殺された時に、市橋一男が何をやっていたのかわからないので、動機も不明になってしまっているのです」

十津川が正直にいった。

舞鶴で溺死した男の指紋が照合されたが、前科者の指紋台帳には載っていないという返事が返ってきた。

4

翌日。十津川と亀井は、男が目撃された場所を、原田に案内してもらうことにした。原田警部が、府警のパトカーを使って二人を現地に案内した。まず、三月十六日の東舞鶴である。原田警部自らが、パトカーを運転しながら十津川に聞いた。

「お二人は、舞鶴は初めてですか？」

「天橋立と伊根町には捜査で行った事がありますが、その他は初めてです」

と、十津川がいった。

溺死した男は、東舞鶴で海軍記念館と引揚記念館の両方に行っていたが、十津川は引揚記念館の方に注目した。男がわざわざ職員に断って、引揚船のパネルを何枚も撮っていたと聞いたからである。その事を口にすると、原田も頷《うなず》いて、

「私も同感です。殺された男は明らかに、終戦後に使われた引揚船に関心を持っていました。問題はその理由ですね」

亀井が横からいった。

「五年前に東京で殺された市橋一男は、客船に乗っていましたが、引揚船に比べれば遥かに大型で速度も速い。そうした近代化された客船に乗っていたんです。小さくて速力の遅い引揚船とは全く違います」

と、いった。

「問題はそこですね」

原田も頷く。

十津川は、引揚記念館で壁に貼られている何隻もの引揚船の写真をゆっくり見ていった。確かに亀井の言うように、戦後に使われた引揚船は全て古い貨物船が多く、トン数も小さく速力も遅い。ひょっとすると、この舞鶴で溺死した男と、五年前に東京で殺された男には、何か通じるものがあるのではないか？

(どこかに、共通点があったのだ)

十津川は、自分にいい聞かせた。例えば、東京で五年前に殺された市橋一男が、かつて乗っていた外洋航路の客船は、総トン数三万五千トン。巡航速度二十一ノットである。もちろん、船内の設備も豪華である。それに比べて今、壁に貼られている引揚船は遥かに小さい。

「東京で殺された市橋一男が、舞鶴や引揚船に関わっていた事はないんですか？」

と、原田が聞いた。

「彼が働いていた船舶会社に問い合わせてみましたが、そういった事は無いそうです」

と、十津川が答えた。

「ひょっとすると、溺死した男の家族、父親や母親あるいは祖父などが、引揚船でシベリアや満州から帰って来たのかもしれませんね。それで男は、引揚船に関心を持っていた」

と、亀井がいった。十津川は黙っていたが、

（考えられるのは、そのくらいだな）

と思った。

それでも、十津川は、引揚船にこだわった。

記念館の職員に向かって、質問を続けた。

「舞鶴には何人の人が、引き揚げてきたんですか？」

「六十六万四千五百三十一人です」

「他の港にも海外から、引き揚げて来ているんでしょう？」

「もちろん、函館にも博多にも鹿児島にも帰国しています。鹿児島は中国や台湾、沖縄という南方からの引き揚げで、舞鶴は、主としてシベリア、満州からです」

職員は、その数字を、暗記していて、すらすらと、答える。

「舞鶴は、その中で、特別だったんですか？」

「まず、人数が多かった。ただ、人数だけなら、博多と佐世保の方が多いのですが、舞鶴以外は、昭和三十年で引揚船の入港が終わっています。舞鶴だけが昭和三十三年九月七日まで、引揚船が入っています」

「ここには、引揚者の持ち帰った品物が、陳列されていますね」

「そうです。特にシベリアに抑留された兵士たちが、ひそかに持ち帰ったものが、多数、陳列されています。日記とか、手作りのスプーンや、パイプ、麻雀《マージャン》パイなどが、飾られています」

「男は、そうした物も、写真に撮っていたんですか？」

「いや、見ていましたが、写真に撮ってはいませんでした」

「すると、男が興味を示したのは、引揚船だけですか？」

「そうですね。引揚船の写真や、どんな船だったかの説明文を、熱心に撮っていらっしゃいました」

「舞鶴に入港した引揚船は、何隻だったんですか？」

「三百四十六隻といわれています」

「大きな船は、九千三百十五トンの高砂丸から小さいのはこじまの八百七十八トンまでありますが、問題の男は、全ての船の写真を撮っていったんですか？」

「いえ。大きな船に興味があるようで、その方は、何枚も撮っていましたが、小さな船には、カメラを向けていませんでしたね」

「なぜか、その理由を、いっていましたか？」

と、十津川は、きいた。

「それはわかりません」

と、職員は、微笑した。

「私も、聞きませんでしたし、あの方も黙って撮っていらっしゃいました」

だが、十津川は、そのことに、興味を持っていた。ただ、死んだ男が、大きな引揚船の何に関心があったのか、十津川にも、答えは見つからないのだ。

5

次に原田が案内したのは、漁村の伊根町と伊根の近くの新井崎だった。十津川は改めて新井崎に腰を下ろし、沖に見える冠島とその横の小さな島に目をやった。

「男は、あの島に向かってドローンを飛ばしたんですね？　ドローンって、あんなに遠くまで飛ばせるのですか？」

原田警部に聞く。

「最新鋭の飛行機型のドローンなら、十分に可能です。あの島に向かってドローンを飛ばし、上空から島とその周辺の海面を撮影したと思われますが、そのドローンや撮影された映像は見つかっていません」

「あの島は海鳥の繁殖地として有名だから、その事に男が興味を持ち、そこで上空から写真を撮った。普通に考えればそういう事ですが、違いますね？」

「そうです、違います。海鳥の繁殖期はこれからですし、男は島の周辺の海面を撮っていたようですから」

と、原田は、続けて、

「その事は、男が雇った漁師が証言しています」

「そうなるとますます、男が何をしていたのか、何の為にドローンを飛ばしたか、わからなくなりますね」

と、十津川がいった。冠島あたりには、漁船が数隻見えるだけだった。

「あの辺りの海域は豊富な漁場なんですか？」

亀井がきいた。

「時々、漁船が出ていますが、大きな漁獲を考えれば、もっと外海に出るでしょう。若狭湾の中ですから、さして有力な漁場というわけでもありません」

原田がいった。

十津川はふと、引揚記念館で見た引揚船の写真を思い出した。

戦争が終わった直後、シベリアや朝鮮から六十万人を超す日本人を乗せて、引揚船がひっきりなしにこの若狭湾に入って来たのだろう。冠島を横に見ながらである。しかしそれも、昭和三十三年九月七日に終わっていると聞いた。その後現在まですでに数十年も経《た》っているのである。今、その引き揚げの光景は記念館にしか残っていない。そうした古い記憶を持った男が、この若狭湾をドローンで撮っていたとも思えなかった。

「実はもう一つ問題があるんです」

と、原田がいった。

「男は三月十六日にここへ来て、ドローンを飛ばし、島の周辺を撮影していた事がわかっています。そして、翌十七日に伊根町の漁師から漁船を借りて、その漁船であの冠島周辺を走らせて海面の写真を撮っていた事もはっきりしています。しかし、翌十八日の行動がわからないのです。司法解剖の結果によれば、男が亡くなったのは三月十九日の夜から二十日の朝にかけてだと推測されます。したがって、三月十八日には男はまだ生存していたわけです。その時に男が一体何をしていたのか、それがわかりません」

「目撃者はいないんですか？」

十津川が聞いた。

「聞き込みをやっているんですが、なぜか目撃者は見つかりません。だからといって男が何もしていなかったとは考えられないのですよ。ですから、たぶんどこかで若狭湾を見ていたに違いないし、ドローンを飛ばしていたに違いないんですが、目撃者は現れません」

「それを、原田警部はどう考えているんですか？」

十津川が聞いた。

「たぶん、誰か目撃者がいたんですよ。そうでなければおかしいんですよ。小さな町ですし、それほど大きな湾ではありませんからね。だから目撃者はいた。しかし、その目撃者は何か理由があって警察に証言しなかった。そう、考えざるをえません」

「つまり、犯人かもしれないし、犯人の一人かもしれないという事ですか？」

「ええ」

と、原田警部はいい、最後に、男が死体で発見された天橋立の海岸に十津川たちを案内した。十津川と亀井は東京と、この天橋立を結ぶ事件に絡んで二年前に来た事があった。有名な和泉式部《いずみしきぶ》の娘の小式部内侍《こしきぶのないし》がつくった和歌に絡んだ事件だった。

「大江山いく野の道の遠ければまだふみもみず天の橋立」

小式部内侍は才色兼備の女性で、多くの恋の歌を作ったとして、紫式部《むらさきしきぶ》などと共に名前の知られた歌人である。

その美しさから、多くの若い男性たちから思いを寄せられていた。それを妬《ねた》んだ女性たちが、宮中で歌を披露《ひろう》した時、

「彼女の歌は母親の和泉式部に教えられているんじゃないか」

と噂《うわさ》した。それに対する小式部の作った歌が、「大江山」の和歌である。

十津川たちが二年前に来た時も、天橋立はもちろん、その周辺も観光客でいっぱいだった。今日も天橋立には多くの観光客が来ていた。十津川は、海岸周辺に目をやってから、

「男の死体はどちらの方向からここに、流れ着いたか、わかっているんですか?」

と、聞いた。

「若狭湾の中の潮の流れを調べているんですが、どうも冠島の方向から流れてきたのではないかと思われています」

と、原田は、いった。とすれば、どうしても冠島かその周辺の海面と、男の死とは関係があるのだと思わざるをえなかった。

「死体は現在、舞鶴署に安置されていましたね」

確認するように、十津川がきいた。

「その通りです」

「数年前に整形をしたらしいという事も」

「明らかに整形をした痕《あと》があります」

「その件ですが、実は東京に電話して、東京の優秀な形成外科医を探して、こちらに来るようにいってあるんです。男の死体をその形成外科医に見てもらえば、整形前の顔がわかるかもしれないと、期待しているんです」

と、十津川はいった。

その形成外科医は、翌日、舞鶴署に到着した。彼は、まず、死体の顔の写真を撮り、次に、レントゲンを撮って、顔の骨格を調べた後、一枚の絵を描いて十津川たちに示した。死体の顔とはかなり違った男の顔が描いてあった。

「完全に正確とは言えませんが、整形前は、この似顔絵に似ていたはずです。それに全身の骨格を調べてみましたが、五年前には今のように痩せていたとは思えません。かなり、がっしりした身体《からだ》をしていたと思いますね」

と、形成外科医が、言った。

「どのくらいの身体つきだったと思いますか？」

十津川が、重ねてきくと、

「身長は、多分、同じだったと思いますから、肉付きがもう少し良くて、体重は、八十キロはあったと思います」

「百八十センチ。八十キロですか。それに、先生が作られた似顔絵は、少し怖い人相ですから全体として、かなり迫力があった人間に見えますね」

と、原田が、いった。

十津川も、同感だった。

6

翌日、十津川は、形成外科医と共に、東京に戻った。

三上《みかみ》本部長に報告したあと、十津川は、太陽船舶を訪ねていった。

五年前の三月二十日に、月島で射殺された市橋一男が勤めていた会社である。

太陽船舶は、船を造る会社ではなくて、手持ちの船員を、派遣する会社である。それだけに、社内も何となく自由で、開放的だった。

十津川と亀井は、広報課長に会った。五年前に、事件のことで聞きに来た時と同じ課長だった。

「この男に、見覚えありませんか？」

十津川は、整形前の男の似顔絵と、身長、体重、それに、ドローンのことなどを説明した。

「三月十六日に舞鶴に行き、向こうでドローンを飛ばして、若狭湾を撮影したりしていたんですが、三月二十日早朝、死体で発見されました」

「大竹《おおたけ》です。大竹昭一《しょういち》ですよ」

と、課長が、いった。

「大竹昭一ですね」

「そうです。うちに居た人間ですよ。しかし、なぜ、舞鶴に行ったんですかね？」

と、広報課長が、聞いた。

「それは、私の方が聞きたいことです。こちらに、いつまでいたんですか？」

「六年前までいましたよ」

「五年前に、殺人事件があったでしょう。その一年前ですね？」

「そうです」

「どんな人間ですか？　前に、船に乗っていた人間じゃありませんか？　多分、引揚船に」

十津川が、いうと、広報課長は笑って、

「引揚船の最後は、確か、昭和三十三年の九月ですからね。大竹昭一は、現在、生きていれば、六十歳。最後の引揚船の時、大竹はまだ生まれていませんよ」

と、いった。

「なるほど。しかし、今になっても、引揚船に興味があるとしたら、それは、どんな理由ですか？」

今度は、亀井がきいた。

「それは、人によって違うでしょうね」

「あなたは、引揚船に興味がありますか？」

十津川が、広報課長に、聞いた。

「ありますよ。興安丸の模型を持っています」

「どうして、引揚船に興味があるんです？　あなたは、大竹昭一より、もっと若いでしょうに」

「私の祖父が、シベリア帰りで、興安丸に乗っているんです。それで、引き揚げと、興安丸に興味が、ありましてね」

と、広報課長が、いった。

（やはり、身内に引揚者がいたということか）

と、十津川は、思った。

舞鶴で発見された大竹昭一は、六十歳だった。確かに、引き揚げが終わった昭和三十三年九月には、生まれていない。とすれば、やはり、身内に引揚者がいたから、引揚船に興味があるということになるのか？

「過去に、舞鶴の引揚記念館に行ったことがありますか？」

と、十津川が、聞いた。

「ええ。ありますよ」

「引揚記念館に、引揚船の写真が集められていますが、あなたも、興味がありましたか？」

「ええ。もちろん」

「引揚船の写真は、撮りましたか？」

「いや。撮りません」

「どうしてですか？」

「どうして？」

と、課長は、苦笑した。

「祖父が、シベリアから帰ってくる時、乗っていたのは、興安丸と知っていたし、模型も造っていましたから」

「他の引揚船には、興味は無かった？」

「そうですよ」

「若狭湾には、冠島がありますが、見て来ましたか？」

と、続けて、十津川が、きいた。

「あの時、宮津の旅館に泊まりましたから、自然に、窓から見えましたよ。確か、海鳥の繁殖地でしょう？」

「写真を撮りましたか？」

「いや」

「どうしてですか？」

「あの時も、今も、冠島より天橋立に興味がありますからね。天橋立の写真は沢山、撮ってきましたよ」

と、広報課長が、いい、その写真を、見せてくれた。

（確かに、普通なら、冠島より天橋立に興味があるだろう）

と、十津川も、思った。

とすれば、天橋立で死んでいた大竹昭一という男は、特別な人間なのだ。

天橋立に死体が流れ着いたが、天橋立に関心があったとは、考えられない。溺死したのは、若狭湾のどこかなのだ。

引揚記念館で、引揚船の写真を撮っている。しかし、大きな引揚船に興味はあるが、小さい船には興味がなかった。

身内に引揚者がいたわけでもなさそうである。もしいたとしたら、広報課長のように身内が乗っていた船にだけ興味を持つ可能性が高いからだ。大竹は大きな引揚船の写真を多数撮っていた。

冠島周辺の写真を撮っていたらしいが、冠島に関心があったとは思えない。強《し》いていえば、冠島周辺の海に関心があったと考えられるのだ。

（そんな大竹昭一という男は、どんな人間で、三月十六日に、何をしに舞鶴に行ったのだろうか？）

太陽船舶の広報課長の話によれば、大竹昭一は、一応、会社の作った派遣船員のリストに入っていたが、六年前に辞めている。

それに、会社のリストに入っているのに、肝心の時に、居なかったことが多かったともいう。

「例えば、九月から四ヶ月間かけて、世界一周の豪華船が出発するというので、その会社から、何人かの船員の補充を依頼されるとします。そんな忙しい時に、彼が、東京に居なくて、派遣できないんですよ」

「そんな時、大竹昭一は、どこで何をしていたんですか？」

「それが、わからないのです」

と、いってから、

「一回だけ、わかったことがあります」

「それを、教えて下さい」

「おいしい仕事が来たんですよ。大竹を探しましたが、沖縄で、サンゴ探しをやっていたんです」

「サンゴ探しって、海にもぐるわけでしょう？」

「大竹は潜水の免許も持っていたんです。それで大竹は、声がかかることが、多かったんです。金になる仕事ばかりやっていると、今に、痛い目にあうぞと、注意はしていたんですがねえ」

「ボンベを背負っての仕事ですか。金になる仕事が多いということですか？」

「特別の資格が必要ですからね」

「どんな仕事ですか？」

「今言ったサンゴ採りとか、宝探しとかです。海底の電話線の敷設《ふせつ》もありますね」

と、広報課長が説明する。

「宝探しというのは、沈没船の宝探しですか？」

「それもありますが、海外の仕事のこともあります」

「若狭湾の中にも、宝を積んだ沈没船がありますか？」

「いや、そんな話は、聞いたことがありませんね」

と、課長は、いった。

確かに、十津川も、聞いたことがなかった。

若狭地方の観光案内にも、のっていないのである。

舞鶴警察署にいる原田警部から、連絡が入った。

「空白の三月十八日が埋まりました」

と、原田が、いった。

「大竹昭一の足取りですね？」

「そうです。やはり、彼は、舞鶴の中で、三月十八日も動いていたんです。先日、ご案内した新井崎の対角に当たる場所に成生岬という場所があるんですが、そこで、ドローンを飛ばしていたという目撃者が、現れたのです。当地の六十三歳の男性です」

「なぜ、今まで、黙っていたんですか？」

と、十津川が、聞く。

「その証言者は、今回の事件の直前、仕事で東京に行っていたためと、いっています」

「その成生岬へ行ってみたいと思います」

と、十津川は、いった。

とにかく、全て正確を期したかったのだ。

十津川はその日のうちに、舞鶴に行き、原田警部に案内されて、成生岬へ行った。

そこは、舞鶴港の北にある岬だった。

岬に立つと、若狭湾が眼の前に広がっていた。それだけでなく、あの冠島も、はっきりと見ることが出来た。

島までの距離は約十キロ。

新井崎と、ほぼ同じ距離である。簡単に言えば、冠島を反対側から見る位置の成生岬だった。

「大竹昭一は、ここからも、ドローンを、冠島に向かって、飛ばしていたんですね?」

十津川が、念を押すと、原田は、ニッコリして、

「だから、ドローンを用意して来ました」

パトカーのトランクから、ドローンの部品と小型のカメラを取り出して、原田は、組み立て始めた。

手元においたモニター画面を見ながら、ドローンを飛ばす。

あっという間に、冠島が映し出される。

次は、冠島周辺の海面である。

今日も三隻の小型漁船が、出ていた。

「大竹は、間違いなく、冠島周辺の海に、関心を持っていたと思います」

と、十津川は、手元のモニター画面を見ながら原田に、いった。

原田も、頷《うなず》いて、

「同感です。大竹昭一は、二つの岬から、冠島に向かってドローンを飛ばしているし、伊根町の漁師に、船を出してもらって、冠島周辺の海面を見て回ってもいますから」

「問題は、彼が、いったい何の目的でそんなことをしていたかということですね」

と、十津川は、いった。

ドローンを回収し、モニター画面で、録画された景色を、全員で、見直すことになった。

まず、上空からの冠島。次は、冠島を中心にした海面である。

三月十八日に、大竹がやったように、冠島を中心にして、範囲を広げて海面を映していく。

今日は、少し波立っているが、別に、何の変化もない若狭湾である。

三隻の漁船も映っているが、平常どおりの仕事をしている。

「若狭湾は、どのくらいの深さがあるんですか？」

と、亀井が、聞いた。

「深い所で、二百メートルぐらいと聞いたことがあります。それが何か？」

と、原田が聞き返した。

「ここは、軍港ですから、調査のために、中国や北朝鮮の潜水艦が、近くに来ることもあるんじゃないかと思いましてね」

「まさか。それはないでしょう」

と、原田はいい、

「それなら、佐世保や、横須賀を調べるだろうと思いますよ。向こうには、アメリカ第七艦隊の大型船が、入っていますから」

確かに、原田のいう通りだろうと、十津川も、思った。

若狭湾の奥、東舞鶴港には、海上自衛隊の基地が置かれ、今も、自衛艦が、何隻か停泊していた。

だが、アメリカの原子力空母のような巨大艦は入っていないから、中国や、ロシアも、さほど注意は払わないだろう。

また、漁業ということになれば、舞鶴よりも、小浜である。

小浜は、若狭湾の中心的な漁港で、鯵《あじ》、鯖、烏賊《いか》、鰈《かれい》の水揚げがある。もし、大竹昭一が、若狭湾の漁業に関心があったのなら舞鶴ではなく、小浜に目を向けたはずである。

「念のために、小浜市内でも、聞き込みをやってもらいました。舞鶴は京都府で、小浜は福井県ですから、福井県警に依頼しましたが、同じ期間に、大竹昭一と思われる男を目撃したという証言は、全くなかったということですから、大竹は、小浜には関心がなかったと思います」

と、原田は、いった。

十津川たちは、もう一度、ドローンで撮った若狭湾の映像を、見てみることにした。

冠島が映っている時間も短く、ほとんどが、冠島を中心にした海面の景色である。何の変哲もない海面だった。

陽が出ると、きらきら光る海面だった。じっと、モニター画面を見ていると、目が痛くなってくる。

この海面に、死んだ大竹昭一は、いったい何を見ていたのだろうか？

第二章　昭和二十年八月十九日

1

五年前の三月二十日、東京月島の飲み屋街で一人の男が射殺された。

その男の名前は、市橋一男、当時六十歳。事件に関係していると思われる大竹昭一、六十歳は、舞鶴の海で溺死《できし》した。

二人は、東京に本社のある船員専門の派遣会社である太陽船舶に登録していたことがあった。

十津川が問題にしたのは、この二人が、同じ場所で働いたことがあったかということだった。

それがわかれば、五年前の殺人事件も、今回の事件も、同時に解決できるのではないかと、考えたのだ。

太陽船舶に問い合わせしたが、すぐには、回答がなく、五日後に文書で回答がきた。六年前の八月一日から一ヶ月間、八月三十一日まで、アメリカのユダヤ系海洋開発会社から、潜水作業員一人と、船員一人の要請があって、市橋一男と大竹昭一の二人を派遣したという。潜水作業員の免許を持っているのは、大竹昭一の方だった。

だが、どこで、どんな仕事をしたのかという点については、なぜか、「日本海での海洋資源調査」としか書かれていなかった。

十津川は、詳細を知りたくて、太陽船舶に出向いた。

しかし、派遣を担当する社員は、こんなことを、いった。

「これは、後から知ったんですが、このアメリカの会社の仕事が、下手をすると、国際問題になりかねないといわれましてね。その上、日本海の海洋資源の調査というあいまいなもので、はっきりしないのですよ」

「しかし、市橋一男と大竹昭一の二人を派遣したわけでしょう。一ヶ月の仕事が終了したあと、どんな仕事だったか、聞かなかったんですか？」

と、十津川は、聞いた。

「海洋資源の調査ですから、特別に聞くこともありませんでした。それに大竹は、この仕事が終了すると同時に、うちの登録を消してしまったんですよ」

「二人の派遣を要請したアメリカの海洋開発会社から、報告はなかったんですか？」

「ありません。その上、二ヶ月後に、潰《つぶ》れてしまいました。どうも調査のためだけにつくられた会社だったようです」

「しかし、アメリカの会社が、わざわざ、日本の海にやってきて、海洋資源の調査をやったわけでしょう。何か理由が、あったはずですがね。どんな機械を持ち込んで、何人でやった仕事なんですか？」

十津川が聞くと、社員は、古い書類を持ち出してきた。

「総人員は、五十人。各国の人間が、集まっていたようです。機材としては、潜水作業船、これが千九百八十七トンの、当時としては世界一の能力を持つといわれていた作業船で、他に、二万トンクラスのサルベージ船が、アメリカから回送されています」

「二千トン近い潜水作業船や、二万トンのサルベージ船を持ってきたとすると、単なる海洋資源調査とは思えませんね。許可を与えたのは、どこの役所ですか？」

「海上保安庁ですが、許可は出さなかったようです」

「なぜですか？」

「理由はわかりませんが、海洋資源調査というので、黙認していたようです。ただ、時々、監視艇を出して、監視はしていたと聞きました」

「どこの管区ですか？」

「舞鶴だと聞いています」

「舞鶴——？」

思わず、十津川の声が大きくなった。

大竹昭一が発見された海である。しかも、大竹は、ドローンを使ったり、漁船をチャーターして、舞鶴の海、若狭湾を調べていたのだ。

十津川は、すぐ、京都府警の原田警部に電話した。

「問題の二人は、六年前の八月の一ヶ月間、アメリカの海洋開発会社に派遣されています。この会社は、どうやら、舞鶴の海で、潜水作業船や大型のサルベージ船を持ってきて、何か調査をやったらしいのです。表向きは、日本海の海洋資源調査ということになっていますが、実際はわかりませんし、このアメリカの会社は、現在、存在しません」

十津川がいうと、原田は、

「舞鶴は小さな町だし、海も小さいから、すぐ調べられますよ」

と、安請け合いしたのだが、返事があったのは、丸二日してからだった。

「参りました。誰も彼も、口が固くて。なぜか、何も知らないというのですよ。特に、役所関係が、口が固くて」

と、原田が、いう。

「国際問題がらみと聞いたんですが」

「日本政府とオランダ政府がもめたことがあります」

「対立問題ですか？」

「日本が、一億円の賠償金を払っています。昭和五十三年です」

と原田が、いう。

十津川は、いっこうに、事態が呑《の》み込めなくて、

「実際に、何があったんですか？」

と、きいた。

「若狭湾の冠島沖に、旧日本海軍の病院船第二氷川丸が沈没しています。その船に絡んだ事件です」

「しかし、太平洋戦争で、日本周辺どころか世界中に、日本の軍艦や商船が沈んでいるでしょう？　その第二氷川丸だけが、なぜ、問題になっているんですか？」

「問題は、三つです。第一は、この第二氷川丸が自沈したこと。戦争が終わった昭和二十年八月十五日は無事に舞鶴湾に係留されていましたが、なぜか八月十八日に自沈命令を受け、十九日未明、出港し、冠島沖で、爆弾二発を使って、自沈しているのです。第二は、前身がオランダ客船であること。太平洋戦争の緒戦に、インドネシアで、日本海軍が拿捕《だほ》し、以後、病院船として、使っていました。戦争が終わった時点で、オランダに返却すべきだったし、オランダ船の時、乗っていたオランダ人は、終戦まで日本の収容所に収容されていましたが、その時、虐待を受けたと訴えているのです。第三は、財宝伝説です。自沈した第二氷川丸には、実は、莫大な美術品、宝石などが、積み込まれているという噂《うわさ》があるのです。宝石の中には、オランダの女王が大事にしていた宝石も含まれているという話まであります」

「わかりました。これからすぐ、そちらに伺《うかが》いますから、詳しいことを教えて下さい」

と、十津川は、いった。

2

亀井刑事を連れて、十津川は、舞鶴警察署に急行した。

待っていた原田警部は、まず、三枚の船の写真を見せた。モノクロ写真である。

「最初の写真の船は、オランダ船籍の客船『オプテンノール号』で、二枚目は昭和十七年に改造され、日本海軍病院船『天応丸《てんのう》』となった写真です。煙突と客室が改造され、船体に赤十字のマークが入りました。三枚目は、更に改造され、『第二氷川丸』と改名したあとの写真です」

「なぜ名前を変えたんですか？」

写真を見ながら、亀井が聞いた。

「昭和十九年十一月一日に変えているのですが、病院船の場合、敵国に通知しなければならないので、その通告要目があります」

と、原田が、そのコピーを見せてくれた。

昭和十九年十一月一日付　天応丸ヲ第二氷川丸ト改名セラレ新造病院船トシテ交戦

国ニ通告ノコトニ手続セラル

通告要目

一　形式

（イ）船型　客船型

（ロ）総噸数　六〇七六噸

（ハ）長サ　一四〇米

（ニ）幅　一八米

（ホ）煙突　二本

（ヘ）檣　前後各一

二　標識

船体白色総称一本赤十字標色左右各二、煙突左右側各一

赤十字電飾前後部煙突左右側各一後横直前短艇

甲板ノ高サ二一

羅針船橋天蓋二一（対空用）

「改造なのに新造となっていますね」

と、十津川がいうと、原田は笑った。

「苦肉の策ですよ」

という。

「昭和十九年の末になると、制空権も制海権もアメリカに握られて、南のインドネシアなどから、タンカーや貨物船で、重油やニッケルなどを運ぶことが出来なくなってしまいました。機雷や、艦砲射撃で、すぐ沈められてしまいますからね。そこで、病院船で運ぶことにしたのです」

「しかし、違法でしょう？」

「そうです。わかれば、容赦なく、沈められてしまいます」

「それなら、天応丸のままでもいいじゃありませんか」

「吃水《きっすい》が違ってしまいます。重油を運ぶために、船内に巨大なタンクを入れて、そのタンクに満載して日本に帰ってくるんですが、傷病兵や薬品を積んでいる時と重さが変わり、船の沈み方が違ってくるので、攻撃されます」

「アメリカは、病院船を監視していたんですね？」

「そうです。日本が、病院船を使って、重油やアルミの原石、ゴムなどを運んでいるのではないかと疑って、病院船を見ると、アメリカの潜水艦が浮上して、監視していたといいます。同じ天応丸では、吃水が違うと怪しまれるので、わざわざ新造船第二氷川丸にしたんです。そんな苦労の結果、病院船第二氷川丸は、無事に終戦を迎えたんです」

「それなのに、なぜ、自沈したんですか？」

「それが、今も、謎なのです。終戦時、舞鶴港には、三隻の病院船が入っていて、引揚船に使うつもりだったといいます。ところが昭和二十年八月十八日に、第二氷川丸を極秘裡に爆沈せよという命令が下ったといいます。命令を受けた海軍将校は、不審に思ったが、旧軍隊は上意下達《じょういかたつ》で、上からの命令は絶対ですから、彼も、翌十九日の未明に、秘《ひそ》かに第二氷川丸を出航させ、冠島の沖で、爆弾二発を使って、爆沈させたのです。この記事は、ちゃんと残っています」

「他にも二隻、病院船が残っていたわけですよね」

「氷川丸、高砂丸です」

「その中でなぜ、第二氷川丸だったんですか？」

「それがわからないので、謎なんです」

「公式にも、昭和二十年八月十九日、自沈になっているんですか？」

「オランダ政府に対しては、『客船オプテンノール号は、昭和十九年九月十日、舞鶴港を出港して以来、連絡がないため、われわれは、機雷に接触して沈没したものと信じています』と回答しているのですが、その後、終戦時にも健在だとわかってしまい、あわてて自沈させた、という噂も伝わっています。とにかく、第二氷川丸については、今も箝口令《かんこうれい》が敷かれ、関係者は真相を話したがらないのです」

「それで、妙な財宝伝説が流れるわけですね」

「それも、詳細な記録まで残っているんです」

原田は、その数字を、示した。

一　船のバラスト代用品として積み込んだ物資

タングステン　三百トン

タングステンスラグ　五十トン

錫《スズ》（ペナンの刻印）　三千五十トン

二　戦利品

金　二百五十トン（横須賀にて二百トン。舞鶴にて五十トン）

銀　百トン（純度の高い銀塊ではなく、銀貨として舞鶴で積み込む）

白銀　七十トン（横浜港。帝国海軍専用として十二トン、白金塊として五十八トン）

金貨　ドル二十万ドル、ポンド十万ポンド、フラン十万フラン（これらは戦争の金貨であり、骨董《こっとう》的価値として評価すべきもので、横須賀で積み込まれた）

水銀　五百本

宝石類　海軍の特殊金庫（高さ、幅、奥行き各一メートル）五個に納められ、数量その他不明だが積み込みを指揮した将校は、ダイヤモンドが大部分で、旧カットなので、新式カットに直した場合は、大きな価値になるであろうと推測している。貴金属装飾品、勲章が含まれる。これは横須賀で積み込まれたもので、他に舞鶴から五百トンが積み込まれた。

工業用ダイヤモンド　五トン

「これが、第二氷川丸の積み荷の目録です」

と、原田が、いう。

「もっともらしい数字ですね。この他に、オランダの女王が愛していた宝石もあったわけですね？」

「そうです。イギリスのプロジェクトチームも、海洋資源の調査という名目で、若狭湾に沈む第二氷川丸の捜索と引き揚げを行っていますが、『オランダ女王の宝石』が発見されたら、王室の縁故を通じて、こっそりオランダ王室に返還したいとして、作業に入っています」

「今まで、何組が宝探しに参加しているんですか？」

と、亀井が聞いた。

「正式には、三組です。今いったイギリスのプロジェクトチーム。市橋一男と大竹昭一が参加したアメリカのユダヤ系海洋開発会社、そして、アラブ系のチームです」

「第二氷川丸が、沈んでいる場所は、わかっているはずですよね？」

「舞鶴の北二十七キロ。北緯三十五度四十三分九秒、東経百三十五度三十一分一秒の海底百二十メートルに横倒しになっています」

「それなら、簡単に、財宝は見つかったんじゃありませんか？」

「それが、三組とも、財宝は何もなかったと発表して、帰国しています。六年前の例の二人が参加したアメリカチームは、古い鉄瓶《てつびん》一つを見つけたと、それをテレビに発表して帰りました」

原田は、その鉄瓶の写真を、十津川に見せてくれた。

何の変哲もない鉄瓶である。

「日本チームは、調査はしていないのですか？」

「これは、発表されていませんが、去年の八月十九日に、ひそかに調査しています」

「どんなチームなんですか？」

と、十津川が、聞いた。

そんな話は、十津川には、初耳だった。テレビでも、新聞でも、報道されていないのだ。

「十二名のチームで、リーダーは、S・Kというイニシャルはわかっていますが、フルネームは、わかりません。通称、〝京都のミネンさん〟と呼ばれているようです。目立たぬように第二氷川丸の内部調査を行ったという噂があります」

「なぜ、そんな面倒なことをするんですか？」

「見つけたのが、占領地から運んできた金や銀だったら、すぐ各国から返却を要求されますからね。だから、何も発表しないんだと思います」

「ミネンさんとはどういう人なのですか？」

「古株のフィクサー的な存在だという人もいます。各界にコネがあるそうです。何か大きな問題が起きて、収拾がつかなくなると、やおら出て来て、あっという間に、収めてしまうといわれています」

「そういう人物は、どうも苦手ですね」

と、十津川が、苦笑いすると、

「私も苦手です」

と、原田も笑った。

3

十津川は、念のために、海上自衛隊や、海上保安庁に、第二氷川丸の自沈のことを問い合わせしてみた。いずれも、第二氷川丸のことを知っていた。

去年の八月十九日に、S・Kたちが、第二氷川丸について調べたことは知っているが、その結果については、何も知らないと否定した。

外務省にも聞いてみた。

欧州局西欧課の担当者は、あっさりと、昭和五十三年の園田《そのだ》外相の時、オランダ政府に対して、一億円の賠償金を支払ったことを認めたが、

「これは、あくまでも、オプテンノール号の乗組員に対する収容所での虐待について

の賠償です。オプテンノール号が、戦争中、機雷に触れて沈没したという主張は、変更しておりません」

と、話した。

「舞鶴では、誰もが真相を知っているが、それを口にしないということですね？」

十津川は、改めて、原田警部に、聞いてみた。

「真相を知っている人たちも、それを口にはしませんね。旧日本軍が病院船を使って、不法に東南アジアから、重油や、鉄や、ゴム、アルミなどを、日本に運んでいたからです。日本の恥ですよ。本土では、戦争中、金や鉄集めが行われました。それを使って、必要な飛行機や軍艦を造るという名目です。しかし敗戦後、集めた金属類がどこに消えたのか、いまだはっきりしていないのですよ。それを第二氷川丸に載せて旧海軍が冠島の近くに沈めてしまったという説もあるのです。これこそまさに国民に対する背信行為ですし、日本海軍の恥をはっきり示しているから、誰もが話さないんだと私は思っています」

「日本海軍はどうして、集めた金属を第二氷川丸に積んで、沈没させてしまったんでしょうか？」

十津川が聞いた。

「秘密裡に海に沈めておき、いつか時間を置いて取り出そうと考えていたとしか思えません。しかしその話がいつの間にか流出して、外国の海洋開発チームが競って第二氷川丸の捜索と引き揚げに動いてしまい、旧日本海軍の計画は失敗になってしまったのだと思いますね」

「アメリカやイギリスなどのチームは三回にわたって、沈んでいる第二氷川丸の捜索をして引き揚げを図ったわけでしょう。それでも問題の宝物は見つからなかったわけですね」

十津川が聞くと、原田警部は笑って、

「財宝が引き揚げられていたら、今頃、大きな騒ぎになって、戦後の歴史に残っているはずです。結局発見されたのは、アメリカチームによる古びた鉄瓶が一つだけだったのです。そのためかどうかはわかりませんが、アメリカチームの会社は潰れて、今は存在していません。何の変哲もない鉄瓶ですが、専門家が調べたところ、昔の中国で作られ、それがベトナムに渡った物だそうです。日本海軍が高い物だと勘違いし、病院船で日本に運んだものと思われていますが、実際にはベトナムの家庭でも使われていた物で、せいぜい日本円で二、三千円だと言われています」

「すると、余計わからなくなりますね。宝石や資源を積んでいない第二氷川丸を、なぜ昭和二十年八月十九日に若狭湾に沈めたんでしょう？　別に、沈める必要はなかったと思いますが」

と、十津川が聞いた。

「私にもわかりません」

原田も首を横に振った。

4

十津川は、さらに詳しい話を聞きたくて、原田警部と一緒に海上自衛隊舞鶴地方隊と舞鶴市役所に行って話を聞く事にした。

海上自衛隊舞鶴地方隊では、広報課長から話を聞く事になった。もちろん、広報課長も戦後生まれの典型的な若い隊員である。したがって、第二氷川丸の話も先輩から伝えられ、また舞鶴の海上自衛隊が作り上げた歴史の文献によって知ったものだった。

広報課長がいった。

「伝えられた話では、一九四五年八月十八日、敗戦の日の三日後ですが、その時の舞鶴鎮守府の防備隊のS大尉が海軍本部からの電話を受けたそうです。『日本海軍特殊病院船第二氷川丸を直ちに若狭湾沖で自沈させよ』との命令だったと聞いております。日本海軍は典型的な上意下達ですから、S大尉は何の疑いも持たず、港に停泊している第二氷川丸を翌十九日早朝、若狭湾の沖まで持って行き、爆弾二発を使って自沈させたと戦史には書いてあります。この時S大尉は、『すぐには沈まず、一時間ほどかかってゆっくりと沈んでいった。中に入っている物が流れ出して海面に浮かぶのはまずいので、全ての窓を閉じ、ロープで縛って荷物が浮かび上がらないようにした』と証言しています。いくら調べても、何のために自沈が命じられたのか不明です」

「その時、他にも船はあったそうですね？」

十津川がきいた。

「病院船が二隻入っていました。それと駆逐艦《くちく》が一隻。この三隻は自沈の命令がなかったので、そのまま、敗戦後も舞鶴湾に係留されていました」

広報課長がいった。原田警部が、三回にわたってアメリカなどの海洋開発会社が冠島沖に沈んでいる第二氷川丸を引き揚げようとした事に触れると、

「あれは海上保安庁の管轄ですから」

と、言われたので、同じ舞鶴湾にある海上保安部に向かった。

確かに、三回にわたって外国のプロジェクトチームや海洋開発会社が申請を出して

いたが、表だって第二氷川丸の捜索と引き揚げを許可した事はないと、海上保安部の担当者は、いった。

「それでも一応、許可はしたんですね」

「いや、三つの会社とも海の資源の開発と調査という名目だったので黙認はしましたが、第二氷川丸の捜索と引き揚げについて許可したわけではありません」

と、主張した。

ただ、三つのチームが何をやっているかについては海上から監視し、写真を撮ったという。

例えば、一番最後に来日した六年前のアメリカチームによる作業については監視し、記録に残していた。

「この会社は、アメリカの西海岸に本社があり、その時日本に送り込んできた人数は、リストにこう書かれています。アメリカ人三十二人、ニュージーランド人一人、アイルランド人二人の計三十五人。これが作業チームです。他の乗組員として、アメリカ人九人、ノルウェー人、アイルランド人、インドネシア人、フィリピン人各一人。さらに日本人二人が参加していました。六年前の八月、潜水作業船が到着し、そして二万トンクラスのサルベージ船も到着して、作業が始まりました。作業は八月末まで続き、結局作業船や潜水作業員が、沈んでいる第二氷川丸から引き揚げた物は、古い鉄瓶一つだけという結果に終わっています。このアメリカの会社からは連絡がなく、調べてもらったところ、すでに倒産していました。なお、このチームが百二十メートルの海底に沈んでいる第二氷川丸の写真を、何枚か撮っています。その内の二枚を我々に渡して引き揚げました」

担当者は、その写真も十津川たちに見せてくれた。

それを見ると、第二氷川丸はほぼ原形を留《とど》めているが、船首を西に向け、左舷《さげん》を八十度の角度で上に向けて横たわっているのがわかった。海底は一部泥の混じった砂地である。

「船体は完全に横倒しになっていますね」

と、写真を見て原田警部がいった。

「その通りです。沈めた時に爆弾を二発使っていますから、船体の二ヶ所に大きな穴が開いています」

と、広報課長はいった。

「今までに三回にわたって、沈んだ第二氷川丸の引き揚げの話があったそうですね」

十津川は、念を押した。担当者は頷いて、

「一番早く調査にあたったのは、昭和二十八年で、これはイギリスの水産会社です。昭和二十年八月に沈んだ第二氷川丸には、大変な資源と美術品が積まれているという噂を真に受けて、調査したいと、申請してきたのです。しかし何も発見されずに帰りました。次は昭和三十五年です。この時はアラブ系の会社が同じ様に話を聞きつけて、第二氷川丸の調査と引き揚げをやりたいと申し出て来ました。この時の作業が一番金をかけていると思いますが、結局何も見つからなかった。そして最後が先ほどお話しした六年前のアメリカの海洋開発企業です」

「どうにも理解できないところがあるんですよ。戦後三回にわたって、若狭湾沖に沈んだ第二氷川丸の調査と引き揚げが申請されました。二回の調査で高価な物資や美術品などはなかったと報告されているのに、なぜ三回目の申し込みがあったのか。それが不思議でなりません」

それに対して、担当者が答えた。

「三回とも海上保安庁は許可を与えていません。第二氷川丸は、旧日本海軍の病院船であり国の財産ですから、勝手に捜索をしたり引き揚げたりする事は許されません。ただ、うちには海中調査船はありませんので、彼らが潜水作業船を使って、沈んでいる第二氷川丸の調査を防ぐ事は、出来ません。その代わり、海上から巡視船を張りつけて、厳重に監視をさせました。したがって彼等が、何か高価な資源や美術品を引き揚げたという事はないと確信しています。三回目の作業船が古い鉄瓶を一個引き揚げた、それだけの収穫しかない事もわかっています。結果が出ていない中、三度目の申請があった理由は、第二氷川丸の財宝伝説が信じられてしまった、ということだと思われます」

「その噂は我々も知っています。金何トン、プラチナ何トン、王室が持っていたダイヤなどが第二氷川丸に積み込まれていたという、いかにも本当らしい噂でした。誰があの噂を作ったんでしょうか？」

と、原田警部が聞いた。

「それは私にもわかりません。舞鶴市役所で聞いてもらえませんか。ひょっとすると、舞鶴市の市史に何か関係があることが、載っているかも知れませんよ」

と、担当者はいった。

十津川と原田の二人は、最後に、舞鶴市役所に行き市長に会った。市長も戦後生まれで第二氷川丸の問題については、資料でしか読んだ事がないと言った。

市長は分厚い「舞鶴市史」を見せてくれた。その「昭和二十年」の部分を読むと、確かに敗戦後の八月十九日に、舞鶴港に係留されていた第二氷川丸が、自沈の命令を受けて朝早く出港し、爆弾二発を使って冠島沖に沈められた、と書かれていた。これを実行した当時の防備隊のS海軍大尉の話も載っていた。

「あの時点で、舞鶴港には他に二隻の病院船が係留されていた。その二隻には自沈の命令は来ていなかった。命令が来たのは第二氷川丸一隻だった。理由はわからなかったが、上の命令には説明を求めてはいけないと言われていたので、命令のままに爆弾二発を使って沈めたが、いまだにその理由がわかっていない。沈められた第二氷川丸に、高価な資源や宝石類が積み込まれているという噂が立ったのは、昭和二十五年頃からだった。この時朝鮮戦争があり、日本に駐留していた八万人のアメリカ兵は朝鮮に移動して、北朝鮮軍と戦う事になった。この頃から戦争の真相なるものが出回り始めた。今まで知られていなかった戦争の真実が、雑誌やテレビで報道され始めたのである。この時に、若狭湾に沈んだ第二氷川丸に莫大な物資や美術品などが積み込まれていて、それを隠すために日本海軍がわざわざ自沈させたのだという噂がまことしやかに流れたのである」

「昭和二十年八月十九日、第二氷川丸が沈められた理由」というパンフレットが、舞鶴の町に出回った事も舞鶴市の市史に書かれていた。

「普通なら、こんな話信じられないでしょうがね」

と、市長がいった。

「第二氷川丸だけに自沈命令が下された理由が明かされなかったので、皆真相を知りたがっていました。高価な美術品や資源、金や銀などが積み込まれていた。それを隠すために沈めたというと、謎が、解けた様な気持ちになるわけです。当時の舞鶴市民は皆さん、この話を信じたと思いますよ。そのお伽噺《とぎばなし》が海外にも流れたので、それを手に入れようと、イギリスやアラブやアメリカからチームがやってきて、第二氷川丸を引き揚げようとしましたが、たいした発見はなく帰っていったんです。なぜ三回にもわたってそうした作業が行われたのか。それは今もいったように、信じざるをえない『戦争の真相』のためです」

と、市長がいった。

「第二氷川丸は病院船でしたが、その事を利用して、重油やニッケルを運んで来た実績がありました。最後の航海の時に、美術品や宝石なども一緒に占領地から運んで来たに違いないという噂が軍の中に流れていましたから、それが第二氷川丸と財宝伝説を結び付けたんじゃないかと思いますね。それにもう一つ、次の様な敗戦直前の事件が市史に、載っているのです」

昭和二十年八月の終戦直前に、日本帝国海軍の首脳部が、慶応大学の日吉校舎地下壕に集まって、戦時中に南方各地の占領地から取り上げた多くの戦利品を、どう処理すべきかを協議した。

その結果、これら多くの戦利品を船に積んで将来引き揚げ可能な領海内に沈めて、隠匿《いんとく》する事を決議した。それは、帝国海軍の恥ずかしい部分を、連合軍から隠し、戦犯をこれ以上出さない様にするためでもあった。そしていつの日かそれを引き揚げ、日本海軍復活の時の資金の一部にするという内容である。ちょうどその時、海軍病院船第二氷川丸が横須賀軍港に入っていた。軍港を、連合軍が接収するという指示を受けていた時でもあり、禁止されていた船舶航行の許可を、病院船で傷病兵を運ぶとの名目で、得た。

第二氷川丸の船底には横須賀海軍基地に保管してあった多くの戦利品が積載され、津軽海峡を経由して、八月二日、舞鶴軍港に到着した。その後、第二氷川丸は横須賀に帰港すると称して、舞鶴軍港にあった多くの戦利品や、国内で集めた金、銀、ダイヤなども積み込んで出港、当時、潜水不可能とされた水深百二十メートルの領海内に船を沈めた。全て秘密裡に行われたが、いつの間にか、ねじ曲がって、漏《も》れていった。

これが、舞鶴市史に載っている敗戦直前の事件である。

「ところで、市長さんは、第二氷川丸には、今も、莫大な財宝が、眠っていると思っていますか？」

と、十津川は、市長に聞いてみた。

市長は、微笑した。

「難しいところですね。最初は、旧日本軍の悪業が、第二氷川丸に象徴されているようで、考えることが辛《つら》かったんです。しかし、今は、沈んでいる第二氷川丸の船内に、金銀財宝があふれていたらいいなと思うようになっています」

「去年、日本の有志の集まりが、第二氷川丸を調べたと聞いたんですが、市長も、ご存知ですか？」

と、十津川は、聞いた。

「その話は、聞いています。そのグループの会員が、海上保安庁と、市役所に、許可を貰《もら》いに来ましたから」

と、市長は、いった。

その時に貰ったという名刺を見せてくれた。

〈日本の海を守る会　会員　佐藤竜生《さとうりゅうしょう》〉

住所は東京である。

「二十代後半の感じのいい男でしたよ」

と、市長は、いった。

「国の機関ですか？」

「いや、民間人の集まりだといっていましたね」

「海が好きな人間の集まりですか？」

「そういったら、叱《しか》られました」

と、市長が、また、笑った。

「叱られたんですか？」

「そうです。日本の海が好きな人間の集まりだといってね」

「なるほど。日本の海ですか」

「なぜ、日本の海にこだわるのか聞きました」

「それで、答えは？」

「日本の海は、優しく自分たちを守ってくれる。しかし、遠い海は、冷たく、自分たちを攻撃してくる。だから、日本の海しか愛さず、守りもしない。そう、いっていましたね」

「その連中が、なぜ、舞鶴沖に沈む第二氷川丸に、関心を持ったんでしょうか？」

十津川と、原田が、同時に、聞いた。

「そこが、日本の海だから、といっていましたが」

と、市長は、いった。

「しかし、すでに、三つのグループが、水中作業船や、サルベージ船を使って、第二氷川丸を調べて、何も発見できなかったわけでしょう。唯一、見つかったのは、古びた鉄瓶一つだった。そうすると、第二氷川丸は、財宝は積んでいなかったと断定すべきでしょう。それなのに、日本の海を守る会は、なぜ、第二氷川丸の調査を申請したんですかね？」

「敗戦の時まで沈められなかった病院船に興味があるのだとは、いっていましたが」

「連中は、深海調査船を用意していたんでしたね？」

「そうです」

「他には？」

「それだけです」

「サルベージ船は、用意せずですか？」

「漁船を三隻チャーターしただけです」

「それなら、第二氷川丸を引き揚げる気はなかったわけですね」

「そうでしょうね。調査船を使って、海底に横たわる第二氷川丸を観察したでしょうが、引き揚げることは、考えてなかったと思いますね。第二氷川丸にまつわる噂を、確認するつもりだったのかもしれません」

市長が、考えながらいう。

「占領地からの貴重物資の積み込みとか、横須賀からの金、銀、プラチナなどの積み込みですか？」

「誰も、財宝が発見できないのに、なぜか、噂は逆に増えていくんです」

「どんな噂ですか？」

「例えば、第二氷川丸は、終戦直後のある深夜、大阪港へ密《ひそ》かに入っていった。その時、旧日本軍のトラックが二百台もきていて、積み荷が次々に、第二氷川丸に移されていった。それは、日本海軍が、占領地から集めて、保管していた金やプラチナといった財宝だったという噂です」

「他にも似たような噂はあるんですか？」

「いまだに、増えています。不思議なんですよ。実際に調べて、財宝は、見つからないという事実が、重なっていくのと反対に、第二氷川丸と財宝の噂が増えていくんですから。まるで、誰かが、あおっている感じなんですよ」

と、市長は、いうのだ。

5

この後、二人は舞鶴警察署に戻った。もちろんここには、依然として、事件の捜査本部が置かれている。二人が戻ると、天橋立の浜に遺体となって漂着した大竹昭一の件が、捜査会議で取り上げられていた。この会議には十津川も参加した。

署長が疑問を口にした。

「警視庁の十津川さんの捜査によって、大竹昭一と、東京で殺された市橋一男の二人が、六年前のアメリカの海洋開発会社による第二氷川丸の調査と引き揚げに参加していた事が、はっきりした。その時鉄瓶一つしか見つからなかった事は、大竹昭一も知っていたはずである。それなのに六年後に、若狭湾と、厳密に言えば冠島付近の海面をなぜ三日間にわたって調べていたのか。別に彼は漁業に関心があるわけではないだろう。関心があるとすれば、六年前に自分たちが調べた第二氷川丸の事だとしか考えようがない。ドローンを使って写真を撮り、また漁船をチャーターして海面を調べていた。そのために殺されたとすれば、なぜ殺されたのかがわからない。だがこの疑問に対する答えを見つけないと、今回の事件は解決しないと私は思っている」

十津川も意見を求められて、発言した。

「今、署長がいわれた通りの疑問を私も感じています。ただ、大竹昭一が依然として第二氷川丸について関心を持っていたとしても、彼には水中作業船を借りるような金も、サルベージ船を雇う資金もないと思うのです。従って、後援者《スポンサー》を探していたに違いないのです。これから、東京に戻って大竹昭一の後援者《スポンサー》がいたかどうかを調べてみたいと思います。わかり次第、すぐこちらに知らせます」

十津川は約束し、その日のうちに、東京に戻った。

東京に帰った十津川は、部下に最近の大竹昭一の行動を調べさせた。その結果、彼がしばしば月刊誌『海洋調査』を出版している会社を訪ねていた事がわかった。

そこで十津川は亀井を連れて、大手町にあるその出版社を訪ねた。

入口には「最後の秘境・海　海を制する者は世界を制する」という大きな看板がかかっていた。編集長に会うと、十津川は、単刀直入に、聞いた。

「大竹昭一という男が、しばしばこちらを訪ねて来ていたはずですが、ここに来て彼は、何をしていたんですか？　これは事件の捜査なので是非、協力して頂きたい」

十津川の質問に対して、編集長はこう答えた。

「彼が話したのは、舞鶴沖に沈んでいる日本海軍の病院船、第二氷川丸の事です。『この氷川丸には莫大な宝が積み込まれているといわれています。終戦直後、この病院船は日本海軍上層部の命令によって、なぜか若狭湾沖で自沈させられているんですが、その理由は何もわかっていません。しかし、この病院船には旧日本海軍が手に入れた資源や美術品や、宝石などが積みこまれている。そういう噂がいくつもあるのです。その財宝を手に入れようとして、今までに、三つの海洋開発会社やグループが、この沈没船を調査し、引き揚げようとしました。しかし、いずれも失敗しました。私はその作業の一つに日本人として参加し、この船には絶対に日本海軍の集めた物資や宝石が積まれていると信じているのですが、自分には金がないので引き揚げる事が出来ない。誰か私のスポンサーになって、力を貸してくれないでしょうか』と、来る度にいうのですよ。そこで先月号の『海洋調査』にこの事を載せたんですが、すぐ大竹さんから嬉《うれ》しそうな声で電話がありましてね。『やっとスポンサーが見つかった。今はまだ、チーム名や後援者は公には出来ないが、初夏になって波が穏やかになったら、スポンサーとチームと一緒に舞鶴に行って問題の第二氷川丸の調査と引き揚げを実行しようと思っています。成功したら、まず第一にそちらにお知らせしますよ』という内容でした。それで楽しみにしていたんですが、突然、天橋立で死体で発見されたというニュースを聞いて、こちらも、びっくりしているんです」

「大竹さんをフォローしようとしたスポンサーはどこの誰か、あるいは、何という会社か、わかりますか」

と、十津川が聞いた。

「それが、調べているんですがわかりません。大竹さんも、誰にも話していなかったようですし、彼が亡くなったのでスポンサーも沈黙してしまったのかもしれません」

と、編集長がいった。

出版社を出て、近くのカフェに入った十津川と亀井は、自然に難しい顔になっていた。十津川がいった。

「彼は三番目のアメリカチームに参加して、沈んだ第二氷川丸が、何も積んでいなかった事はわかっているはずなのに、なぜもう一度第二氷川丸を調べてみようと考え、スポンサーを探したのか。それがわからない」

「見つかったのは鉄瓶一つ、というのは間違いないんですか？　何もなかったなんてことは、確認されていないんじゃありませんか？」

と、亀井が、いう。

「私も、そう、考えたんだが、どうやら、違うらしいな。何も見つからなかったというのは本当らしいんだ」

十津川が続けて、

「だから尚更、大竹昭一の行動が不思議で仕方がないんだ」

と、繰り返した。

第三章　新たな参加者

1

　舞鶴署管内で起きた溺死事件は、警視庁と京都府警の合同捜査にもかかわらず、一向に進展しないまま、時間だけが過ぎていった。若狭湾に沈んでいる元海軍の病院船、第二氷川丸が事件に関係している事は想像がつくのだが、どう関係しているのかがわからず、当然のこととして、他殺だとしても、その動機も摑《つか》めないのである。

　そのまま、五月の連休が終わった後、東京に戻っていた十津川に、京都府警の原田警部から電話が入った。

「沈んでいる第二氷川丸を引き揚げようとする話が持ち上がっています。その計画を海上保安庁に申請したのは東京の会社です。名前は『ニホン海洋資源調査株式会社』。

代表者の名前は、松本健一郎《まつもとけんいちろう》です」

「許可は下りそうですか？」

　十津川が聞いた。

「たぶん、下りるでしょうね。サルベージ船を使って第二氷川丸を引き揚げるという申請ですが、目的はあくまでも海洋資源の調査という事になっています。あの辺はかなり有望な漁場なので、沈んでいる第二氷川丸が、漁業の妨害になっているかどうかの調査でもあるという事ですから、申請は下りると思います」

「本来の目的は違うんじゃないですか？」

「たぶん違うでしょうね。あくまでも第二氷川丸の引き揚げにあると思います」

　と、原田警部がいった。

「いつ頃できた会社ですか？」

　と、十津川がきいた。

「海上保安庁への申請書には、去年一月に出来た会社となっています。会社のモットーは『最後の秘境海。最後の資源海』です。本社は、大手町のビルの中にあります」

　と、原田がいう。

「社長に会って来ますよ」

十津川はいった。

電話が終わった後、十津川は亀井刑事を連れて、大手町にあるというニホン海洋資源調査株式会社に行ってみる事にした。アポを取ると、社長は留守だが社長秘書が会うと、約束してくれた。

会社は、大手町の新しいビルの一階にあった。大きな看板がかかっている。電話で原田警部が教えてくれた言葉である。

「最後の秘境海。最後の資源海。を調査開拓する会社」

とある。

受付で名前を告《つ》げる。社長室に通され、そこで会ったのは、三十代の女性だった。名刺を見ると、

「社長秘書　入江久美子《いりえくみこ》」

と、書かれている。

「今回、舞鶴の海の資源調査を海上保安庁に申請されましたね？」

十津川が単刀直入に、聞いた。

「これからの日本は、周辺の海の開拓が必要だと思いましたから。第一弾として、若狭湾の資源調査を申請しましたが、間もなく許可が下りると思います」

入江久美子は、自信満々の表情でいう。

「なぜ今、舞鶴の海なんですか？」

「今申し上げたように日本は海に囲まれています。当然、日本の未来は、海洋の資源調査にかかっています。その手始めとして我が社では舞鶴の海を選びました」

「その舞鶴の海に沈んでいる第二氷川丸の引き揚げも申請していますよね？」

「それも今、申し上げました。あの辺りは有数の漁場ですが、沈んでいる船が邪魔をしているのではないか。それを調べるために、引き揚げたいと考えています。これも当然、受理されると思いますけど」

と、入江久美子がいった。

「その第二氷川丸ですが、色々と問題のある船である事もご存知ですか？」

「いいえ、私は何も知りません。会社としても終戦直後に沈んだ事は知っていますけど、どういう問題があるのかは、存じておりません。ただ、障害物としてしか考えておりませんから」

と、顔色も変えずにいった。

「第二氷川丸には、莫大な資源物資や美術品や、貴金属が積み込まれているという噂《うわさ》があるんですが、その噂もご存知ありませんか？」

「我が社としては、その事には関心がありません」

「しかし、若狭湾に元海軍の病院船であった第二氷川丸が沈んでいる事は、今では、ほとんどの人が知りませんよ。どうしてお宅は、沈んでいる船が第二氷川丸だと知っていたんですか？」

「その点については、我が社にも調査部門がございます。一応舞鶴沖、もう少し大きく考えれば若狭湾を調べてわかった事で、前から知っていたわけではありません」

入江久美子がいう。

「実は、三月二十日に舞鶴の海岸、正確には天橋立《あまのはしだて》の浜で、男の死体が発見されましてね。東京にも関係がある人間なので、現在警視庁と京都府警での合同捜査が行われています。その事はご存知ですか？」

「舞鶴に行っている社長から、今朝連絡がありました。それで、その件については存じております」

「ですから、もしこちらの扱っている事件に関係がある人間、あるいは物件が見つかった時は必ず警察に、連絡する事。これは約束して下さい」

と、十津川は釘《くぎ》を刺した。

「わかりました。すぐ、現地にいる社長に伝えます」

入江久美子がいって、最初の接触は、終わった。

2

捜査一課では、同時に、ニホン海洋資源調査株式会社という会社自体についても調べる事にした。古い会社ではない。京都府警の原田警部が言っていたように、去年の一月一日に株式会社として発足した新しい会社である。会社のマークは、「ニホン海洋資源調査株式会社」の頭文字を取った「ＮＳＲ」。資本金は一億円。従業員二百人。新しい会社なので今までの経歴はほとんどない。

問題の舞鶴の海の資源調査は、連休前の四月下旬に海上保安庁に対して申請しているが、その調査に必要と思われる一万二千トンのサルベージ船と、深海調査船「北海」の所有会社に対して五月いっぱいの契約をしたのが、三月二十五日である。

十津川は、その三月二十五日という日付に注目した。なぜなら、舞鶴湾の天橋立で大竹昭一の死体が発見されたのは三月二十日。その五日後にニホン海洋資源調査株式会社は、サルベージ船と深海調査船の使用契約をしているからである。

社長秘書の入江久美子は、舞鶴に行っている社長からの連絡で、事件について初めて知ったといっているが、この三月二十五日の日付を見る限り、事件についてはこの時からすでに知っていたとしか、十津川には思えなかった。

翌日。十津川は亀井を連れて舞鶴へ向かった。原田警部から、舞鶴にサルベージ船と深海調査船が現れたと聞いたからである。

昼過ぎに舞鶴に着くと、待ち兼ねていた原田警部が、

「船を見に行きましょう」

と二人を誘った。覆面パトカーで舞鶴港に向かう。埠頭《ふとう》の先端に係留《けいりゅう》されていたのは、船体が真っ白な母船「ほっかい」で、甲板には深海調査船が積み込まれていた。そして舞鶴港の沖には、特徴のある姿からすぐわかる一万二千トンのサルベージ船が泊まっていた。

「海上保安庁の許可が、明日には下りるはずです」

原田警部が続けて、

「船に乗り込んで、調べますか？」

「それは必要ないでしょう。海上保安庁が海上から監視するはずですから」

と、十津川が答えた。

「サルベージ船と深海調査船については、うちの刑事が二十四時間監視していますか

ら、怪しい動きがあればすぐ、知らせてきます」

と、原田はいった。

十津川たちも念のために、二つの船の写真を撮ってから舞鶴警察署に引き揚げた。

そして話は自然にニホン海洋資源調査株式会社、ＮＳＲの今回の目的になった。

「喉《のど》が渇いたでしょう」

と、まず、コーヒーが出される。最初に発言したのは亀井刑事だった。

「どうにもわからないのは彼らの目的です。術品などが積まれていると言われていましたが、三度の調査が入ったわけでしょう？　その結果何もないという事がわかった。それなのになぜＮＳＲは、若狭湾の資源調査と言いながら第二氷川丸を引き揚げようとしているんでしょう？　その目的がわかりません」

「同じ様な疑問を我々京都府警も持っています」

と、原田警部もいったあと、数枚の写真を拡大した物を十津川たちに見せてくれた。

「これが一番新しい第二氷川丸の写真です。ご覧の様に二つに割れて百二十メートルの海底に沈んでいますが、この写真を見る限り、噂の品が積み込まれているようには見えません。空っぽの船体です。それなのになぜ、ＮＳＲは引き揚げようとしているのか、わからないで困っているのです」

「しかし、第二氷川丸に積み込まれていたと伝えられる貴金属や美術品の話は詳細で、とてもデマだとは思えませんがね」

十津川は手帳を取り出して、その積まれているといわれたものをもう一度読み上げた。

「これだけ詳細な資料があると、単なるデマだとはとても思えません。だからこそ外国の会社が三回にわたって海洋資源調査と称し、第二氷川丸の調査をしたんだと思いますが、それなのになぜ、全く何もなかったんでしょうか。それが、まずどうにも納得いきません」

十津川がいった。

「唯一、納得できる説明がつくのが三回目に第二氷川丸を調べたアメリカの企業です。あの周辺の海洋を調べ、サルベージ船も参加し、また千九百八十七トンの潜水作業船も参加しています。この時にかけた費用は四億から五億円とも言われていますが、結局何も見つからず、ただ一つ見つかったのが古びた鉄瓶《てつびん》。その結果を残して、アメリカに引き揚げています」

「大竹昭一が、潜水作業員として雇われた作業でしたね」

十津川がいう。

「このアメリカの企業は、今十津川さんが言った高価な金属などを発見したのかもしれません。しかし、潜水作業員や深海潜水作業船を使って、海上には上がらず海中のどこか別の場所に移した事も考えられます」

「もし、今の原田さんの話が事実だとしてもそう遠くへは移動出来ませんね。海中ですから」

「そうですよ。ですから、もしこの推測が当たっていたら舞鶴沖のどこかに移動されているはずです」

「六年前の潜水作業に参加した大竹昭一はこの事を知っていて、今年になって調べに来て殺されたという事が考えられます」

と、十津川がいった。

「そうですね。一応納得できる動機だという事はわかります」

「しかし六年も前でしょう？　そのアメリカの会社は、確か潰《つぶ》れたんじゃありませんか」

十津川がきく。

「調査の二ヶ月後になくなっています。ただ、偽装解散という事もありえます」

「しかし、何といっても六年前ですからね」

十津川は繰り返した。

「その間、怪しい人間あるいは会社が舞鶴沖の海底を調べたという事はあるんですか？」

「それも調べましたが、そういう形跡は全くありません。今回の大竹昭一の一件だけです。しかし、彼も海底は調べていません」

「こうした一連の話と、今回の会社NSRの申請とは何か関係があるんでしょうか？」

と、亀井がきいた。

「関係があると考えて監視した方が良さそうですよ」

京都府警の原田警部がいった。

「同感です」

と、十津川も応じた。

「NSR自体に問題はないといわれましたね？」

と、確認する様に原田警部がきいた。

「一年前に創立された会社で、会社自体に問題はありません」

と、十津川が答える。

「社長の松本健一郎の方はどうですか？」

「五十歳で、交通大学の海洋学部を卒業。海洋資源調査一筋で来ていて、今までに問題を起こした事はありません。ただ一つ気になるのは、彼の祖父の松本健美《たけみ》が終戦の時に海軍軍令部にいた事です」

「軍令部といえば、海軍の中枢部でしょう」

「そうですね。陸軍でいえば参謀本部にあたります」

「そうなると孫の松本社長は、終戦の四日後に、当時の海軍病院船第二氷川丸が命令を受けて舞鶴沖で自沈させられた事も知っていたんじゃありませんか？」

と、原田がいった。

「その可能性は大いにあります。ただ、その孫がそんな昔話を真に受けて、今回第二氷川丸の引き揚げを考えたとは思えません」

十津川はいい、続けて、

「もし知っていたとしても、同時に、第二氷川丸に何も載っていない事も、わかっているはずです」

「社長の松本健一郎はこちらに来ているそうですね」

原田警部がいった。

「女性秘書が現地に来ているといっていました」

「どこに泊まっているか調べてみましょう」

原田が調べた結果、港近くの舞鶴ホテルに、昨日からチェックインしている事がわかった。

「それなら明日、是非会いに行きたいと思います」

十津川がすかさずいった。

3

翌日。十津川と原田警部たちは高台にある舞鶴ホテルを訪ねて行った。十津川たちを最初に迎えたのは、秘書の入江久美子だった。

十津川たちに向かって彼女がいった。

「海上保安庁の許可が下りましたので、これからすぐ社長は、調査母船『ほっかい』に向かうと申しています。ですからあまり時間がなく申し訳ありません」

と、いってから、ホテルの最上階に泊まっている松本社長の部屋に案内した。角部屋で、窓から舞鶴湾が一望できた。

刑事たちを迎えた松本社長は、五十歳という年齢より遥かに若く、逞《たくま》しく見えた。スーツではなく既に作業服姿になっていた。

「申し訳ないが、これから『ほっかい』に乗るので時間は取れませんが」

と、十津川たちにいった。

「まず、今回の目的について説明して下さい」

原田がいった。

「それは海上保安庁への申請書類にも書いた様に、舞鶴沖周辺の海洋資源の調査です」

「第二氷川丸の引き揚げの目的は？」

続けて十津川が聞いた。

「それも申請書類に書きましたが、舞鶴沖の海中の調査には沈没船は障害になるからです。第二氷川丸の引き揚げをしてから、舞鶴沖周辺の海洋資源調査に取り掛かろうと思っています」

「もちろん、第二氷川丸については色々と調べられたと思いますが、旧海軍の病院船で終戦直後に沈んだ事はわかっておられますね」

「もちろん、調べました。それによると終戦直後に出港したが、戦争中B29が投下した機雷に触れて沈没したと聞きました。それ以上の知識はありません」

と、松本がいった。

「その第二氷川丸を、今までに何回も各国の調査会社が調べ、あるいは引き揚げようとしていた事もご存知ですか？」

「それについては知りません。我々の目的はあくまでも、若狭湾周辺の海洋資源の調査ですから。第二氷川丸の問題については、全く関心がありません」

松本がいった時、汽笛が鳴った。

「今、『ほっかい』から乗船を急ぐ合図がありました。申し訳ありませんが、これで許して頂けませんか。もし私に対する質問があれば、明日にはホテルに戻って来ますから、その時にお願いしたい」

松本は、大声で秘書を呼び、二人でホテルを出て行った。十津川たちもエントランスまで一緒に出る。埠頭の突端に係留されている、深海調査母船「ほっかい」に向かって歩いて行く松本社長と秘書の入江久美子の姿を見送った。

「どう思いますか？」

と原田がきく。

「明らかに嘘をついていますね」

十津川は続けて、

「彼は、調べる船が旧海軍の病院船の第二氷川丸である事を知っていたし、終戦直後に沈没した事も知っていました。それならば、その第二氷川丸にまつわる様々なエピソードも知っているはずですよ。財宝伝説も、です。しかし興味はないといったし、何も知らないといいました。信じられません」

「そうなると彼の目的は、やはりこちらが想像した事でしょうか」

と、原田がいう。海中のどこかに財宝が移されていて、その行方を探しているという推測である。それにしてもどうやって移動された宝を手に入れようとしているのか。それが十津川にもわからない。

東京の警視庁捜査一課では引き続きNSRの社長松本健一郎の祖父、松本健美について調査を進めていた。わかった事から舞鶴にいる十津川の元へ送ってくる。

終戦時、松本健美は日本海軍軍令部の作戦課に勤務していた。軍令部は陸軍の参謀本部と同じ様に、天皇直属で海軍省が予算と人員を預かっており、海軍の作戦全体を掌握していた。

調査によれば昭和二十年八月十八日、終戦の三日後に舞鶴鎮守府の防備隊の隊長が、軍令部からの命令を受け、翌十九日第二氷川丸に爆弾二個を仕掛けて舞鶴沖で爆破し、自沈させた。これははっきりしている。自沈の命令を出した中央といえば、海軍省ではなくて海軍軍令部である事も間違いない。命令を受けた防備隊長は、これも作戦の一つと思ったという。その時に、松本健美が軍令部作戦課にいた事も間違いない。ただし、第二氷川丸の自沈を命じたのが、松本個人かあるいは作戦課長なのか、さらにその上の軍令部総長なのかはハッキリしない。

戦後、日本の陸軍省と海軍省は、海外にいるそれぞれの将兵の復員に奔走した。その仕事を担ったのが、陸軍省が名前を変えた厚生省第一復員局であり、海軍省が名前を変えた厚生省第二復員局である。

問題の人物、松本健美はその厚生省第二復員局で二年間働いて、海外にいる海軍将兵の復員に尽力した後辞職している。その後は海軍関係の会社に就職し、一九六四年に肺炎を患《わずら》って死亡。遺書もなく自伝的な本も出してはいない。しかし、その子に自分の体験なり、終戦前後の自分の話をした事も考えられる。更に、その子が孫、現在のNSR社長、松本健一郎にその話を伝えた可能性もあるが、健一郎自身は戦中の話も終戦前後の話も、全く聞いていないと証言している。

五月八日。正式に海上保安庁が、ニホン海洋資源調査株式会社に対して、舞鶴沖の海洋調査を許可した。すぐ、冠島の北に沈んでいる第二氷川丸の調査が、深海調査船「北海」によって始められた。

地元のテレビ局が、中継車を舞鶴港の埠頭に停めて、中継が始まった。十津川たちと京都府警は、舞鶴港とは反対の新井崎に観測所を作り、ＮＳＲの行動を監視する事を考えた。

長時間の監視が必要と考え、突端近くにある漁師の家を借り受けて、そこを捜査本部にした。海に面して望遠鏡が並び、反対側にはテレビ画面が作業の様子を刻々と伝えていた。十津川は、そのテレビ画面に注目した。

そこに映っているのは、深海作業船の母船の甲板だった。作業服を着た社長の松本が専門家と二人で深海調査船「北海」に乗り込む所をカメラが映していた。女性秘書が笑顔で手を振って、それを見送っている。

「自信満々だな」

十津川が呟《つぶや》く。

たぶん、自分が警察に疑いを持たれている事は承知しているだろう。それにもかかわらず、堂々とテレビに映っている。

深海調査船「北海」は吊り上げられ、ゆっくりと海面に下ろされていった。その向こうに冠島ともう一つの沓島が見えている。第二氷川丸が沈没した正確な地点はわかっているから、「北海」が近付くのは簡単な事だろう。望遠鏡では見えなくなったが、今度は、テレビ画面に海底に向かって潜水していく「北海」の船内が映し出された。作業服姿の松本社長と専門家が、何か話をしながら暗くなっていく海を見つめている。

海底に近付くにつれて暗くなっていく。松本社長が投光器のスイッチを入れた。急に海中が明るくなる。そして、間違いなく、海底に沈んでいる第二氷川丸の姿が映し出された。

十津川たちが知らされている様に、第二氷川丸は二つに折れ、百二十メートルの海底に沈んでいた。その船体を「北海」の投光が舐《な》めるようにテレビ画面に映し出していく。松本社長の声がその画面にかぶさっていく。

「何もありませんね。船体の中を見る事は出来ますが、何も積まれていません」

十五、六分の潜水作業の後に、「北海」は浮上すると、松本社長が母船に戻り、興奮した口調で発表した。

「問題の第二氷川丸は、予定の場所に横たわっていました。これで作業の第一段階は終了しました」

地元の記者たちが質問する。

「当然、第二氷川丸は引き揚げるわけですね」

「もちろんです。明日、サルベージ船を現場に移動させ、引き揚げ作業に入ります。気象条件さえ問題なければ二、三日で引き揚げは終了します」

「それで、第二氷川丸については色々と調べられるんでしょう？　問題の船ですから」

そんな記者の質問に対して、松本社長は首を小さく横に振った。

「私は、第二氷川丸については全く関心がありません。私が関心があるのは、何回もいっている様に舞鶴周辺の海の資源と、海そのものの豊かさの調査です」

「それでは、引き揚げた第二氷川丸については、我々が触ったり写真を撮ったりしても構わないわけですね？」

「もちろん。それに対して私は何もいう事はありません。すでに近くの海岸の場所を借りてありますので、引き揚げた第二氷川丸は、そこに運んで行って皆さんに自由に見て頂くつもりです。それについては、海上保安庁とも約束が出来ています」

「もう一度確認しますが、引き揚げた第二氷川丸については、社長は何の関心もないんですね？」

「もちろん、全くありません」

と松本社長は、にっこりといった。

翌日は、朝から風が強かった。日本海を突風が吹き、舞鶴の湾内といえども数メートルの波が立って、NSRは第二氷川丸の引き揚げを中止する、と発表した。地方テレビ局も中継を止め、捜査本部の望遠鏡を覗《のぞ》き込む刑事も居なくなった。

十津川は、吹き荒れる舞鶴沖の様子を眺めていた。一万二千トンのサルベージ船は錨《いかり》を下ろしたまま動こうとしない。深海作業船の母船も、埠頭につながれたままである。それを眺めていた十津川の目が突然、大きくなった。

母船の甲板にあるはずの「北海」の姿が見えないのだ。

目を凝らした。

だが、いくら目を凝らしても甲板に深海調査船の姿はない。

(波にさらわれたんだろうか)

だが、そんなはずはない。予報は風が強くなると伝えていたから、甲板への装着を強くしていたはずである。

「海面が荒れても、百二十メートルの深さの海中はどうなんだろう?」

と、十津川は近くの亀井に聞いた。

「たぶん、それほど海底は荒れてないと思いますね。科学的な事はわかりませんが、もし海底まで荒れていたら、魚たちはたぶん生きていられないでしょうから」

亀井は、そんないい方をした。

翌日は嘘の様に風が止《や》み、舞鶴湾内は静かになった。

朝早くから、サルベージ船がゆっくりと、現場に向かって動き出した。北緯三十五度四十三分九秒。東経百三十五度三十一分一秒。この地点にサルベージ船が到着し、引揚作業が始まった。

サルベージ船の近くに深海作業母船「ほっかい」がいる。その甲板には、昨日見当たらなかった深海調査船「北海」の姿があった。

「北海」はゆっくりと海面に下ろされ、サルベージ船の作業が始まる前に海底に潜水していく。数人の潜水作業員も、母船から海面に潜っていった。サルベージ船に搭載したクレーンが、ゆっくり動き出した。

「全て順調」

という松本社長の声が、中継中のテレビ画面から聞こえてきた。

松本社長は引き揚げにかかる日数は二、三日と言っていたが、この日の内に二つに分断された第二氷川丸の船体が海面に引き揚げられてきた。海岸で作業を見守っていた住人たちから歓声が上がった。

六千七十六トンの第二氷川丸の船体は鎖に巻かれ、二つに分断されたまま、舞鶴港の北側の海岸に向かって、ゆっくり運ばれて来る。

舞鶴港の北の、NSRが予《あらかじ》め借りておいた空き地に向かって運ばれてきた。空き地を取り巻いて見物人が待機し、テレビカメラや新聞記者の顔が、出迎えていた。

十津川や原田警部たちは、パトカーでその場所に向かって急いだ。サルベージ船のスピードが遅い事も十津川たちにとっては有難かった。いたのはほとんど反対側の海岸だが、どうにか間に合った。

サルベージ船のクレーンがゆっくりと、二つに分断された第二氷川丸の船体を、降ろしていく。海水が滴《したた》り落ちる。フラッシュがたかれる。市民たちも一斉にカメラやスマホで写真を撮っている。

十津川は、サルベージ船に随伴するように近付いてくる深海作業船の母船「ほっかい」に目をやった。だが、途中で「ほっかい」は止まってしまった。十津川はその甲板に注目した。深海調査船「北海」の姿がない。海中を潜行しているとしか考えられない。たぶん、「北海」の収容のために母船は停止したのだろう。その甲板には、社長秘書の久美子の姿があった。だが、作業員は見あたらない。テレビカメラの目は、ゆっくりと空き地に降ろされてきた第二氷川丸に集中していた。誰も、いや、十津川以外の目は深海作業船の母船の方には、向けられていなかった。

母船の甲板に、なかなか「北海」の姿が見えてこない。その内に、母船の甲板のクレーンがゆっくりと回転しているのが見えた。

（なるほど、ね）

十津川は頷《うなず》いた。こちら側から見て母船の反対側に「北海」は浮かんできたのだ。それを証明する様に、クレーンが「北海」を吊り上げてゆっくりと回転して、甲板に降ろすのが見えた。それを、誰も注目しようとしない。

京都府警の原田警部たちは、ロープを外して空き地に入っていった。引き揚げられた第二氷川丸の船体、あるいは船内を調べるためだった。

「どうしますか？」

と、亀井が聞いた。十津川は慌てて視線を亀井に向けて、

「君は第二氷川丸を、見て来てくれ」

亀井もカメラを持ってロープの中に入っていった。十津川だけがロープの外で、じっと「ほっかい」を見つめていた。舞鶴署で借りた望遠鏡を目に当てて見る。母船の甲板に降ろされた「北海」から、作業服姿の松本社長が、降りて来るのが見えた。少し遅れて、同行していた専門家が降りて来て松本社長と握手をしている。二人ともニ

コニコ笑っている。甲板で待っていた秘書の久美子が駆け寄る。

（あの笑いは、何の笑いなんだろうか？）

　十津川は考えた。サルベージ船が海底から第二氷川丸の船体を引き揚げた事に対する笑顔なのだろうか。しかし、サルベージ船の作業の間、母船「ほっかい」の甲板に「北海」の姿はなかったのだ。とすれば、松本社長はサルベージ船の作業には協力していなかったのだ。では一体、何をしていたのか。

　十津川は、引き揚げられた第二氷川丸の方に、やっと、目をやった。海上保安庁の呼んだ専門家チームが固まって第二氷川丸の船体に近付いていく。これから専門家たちの作業が始まるのだ。十津川も初めてロープの中に入っていった。

　亀井が近寄ってきた。

「何もありませんね」

「何もないというのは？」

「金塊や美術品などが、積まれていた形跡もないんです。きれいなもんですよ。多分、空のまま、何も積まずに、昭和二十年八月十九日に舞鶴港を出て、冠島の北で自沈したんだと思います」

　と、亀井が、いう。

それに対して、十津川は、

「六年前のアメリカの会社は、深海作業船や、潜水作業員を使って、第二氷川丸の船内を、きれいに掃除した可能性もあるよ」

「それも考えられます。しかし、どちらにしろ謎は残りますね」

と、亀井が、いう。

「今回のNSRが何を考えているのか、本当の目的が気になるね」

十津川の頭の中で、一つのストーリーが出来あがっていく。

昭和二十年八月十九日の第二氷川丸の自沈と、軍令部からの命令。

六年前のアメリカの会社のサルベージ船と、深海作業船と潜水作業員による作業。

今年の三月二十日の大竹昭一の死。

今年の五月のNSRの舞鶴湾周辺の海洋調査。

この一連の事件が、つながっているのではないかと、十津川は、考えるのだ。だが、今のところ、証拠はない。

4

夜七時。

舞鶴ホテルの「日本海の間」で、NSR社長の松本健一郎の記者会見が開かれた。

記者団の方からの強い要請によるものだった。と、いうことは、マスコミは、この時点でNSRの主張する「舞鶴周辺の海洋資源の調査」よりも、「第二氷川丸の財宝の行方」の方に関心があることを、示していた。

十津川たちも、もちろん、この記者会見を傍聴した。

最初に、松本社長が、現状を説明した。

傍《かたわら》には、入江秘書が、書類を持って控えている。

「予定よりも、早く、沈没船第二氷川丸の引き揚げが成功したので、明日から、本来の目的である舞鶴湾周辺の海洋資源調査に取りかかります。障害物である沈没船が排除されたので、この作業は、スムーズに行くものと、期待しています」

これで、松本社長の報告は、終わりだった。

それに対する記者団の質問が始まった。予想どおり、海洋調査より、第二氷川丸の方に、質問が集中した。

「引き揚げた第二氷川丸の処分について、何か考えていますか？」

「それについては、所有権のある人または団体に委《まか》せます。私には、関係ありません。海上保安庁が考えることですから、そちらに聞いて下さい」

「しかし、引き揚げに要した費用は、どこに請求するんですか？」

「海洋調査の一環ですから、どこにも請求しません」

「松本社長の祖父にあたる松本健美さんは、戦時中、海軍軍令部作戦課におられたと聞いていますが、これは、間違いありませんか？」

「その通りですが、私が生まれた時は、祖父はすでに亡くなっていましたから、当然、話をしたこともありません」

「お父さんの松本健介《けんすけ》さんから、祖父の健美さんについて聞かされたことはあるんじゃありませんか？」

「いや、父は、病死しましたが、父から、祖父のことや、戦争の話などを聞いたことはありませんね。私は、海に関心はありますが、旧日本海軍のことや、太平洋戦争については、関心がないんですよ」

「しかし、第二氷川丸が、旧海軍の病院船だったことは、ご存知でしょう？」

「それは今回の海洋調査に入るにあたって、調べましたから、その際、知りました」

「第二氷川丸の船歴は知っていましたか？　オランダの客船オプテンノール号が、太平洋戦争の緒戦の時、日本海軍に拿捕《だほ》され、病院船天応丸となり、昭和十九年十一月から、第二氷川丸と改名して、東南アジアと本土との間を病院船として往復、終戦直後の八月十九日、舞鶴沖で自沈。こうした船歴は、ご存知だったと思いますが？」

「今回の事業を始めるにあたって自然に、耳に入ってきましたが、その船歴と私の事業とは何の関係もありません。第二氷川丸は、海洋調査の障害の一つでしかありませんから」

「第二氷川丸に絡む財宝伝説を、ご存知でしたか？」

この質問に対しては、松本社長は、苦笑していた。

「正直にいいましょう。財宝伝説については、全く知りませんでした。興味もなかった。それを無理矢理押しつけてきたのは、あなた方、マスコミですよ。聞きたくもないのに繰り返し質問してくるので、いやでも覚えてしまいました。今回、引き揚げて、皆さんにも見て頂いていますが、財宝などは何一つ見つかりませんでした。これで、伝説は全くのデマだと皆さんにもわかったはずですから、今後はこの質問は、やめて下さい。私も答えません」

「六年前に、アメリカの海洋開発会社が今回と同じ舞鶴周辺の海洋調査をしています。四億円から五億円という費用をかけ、サルベージ船、深海作業船、潜水作業員が参加しています。その結果第二氷川丸から見つかったのは、古びた鉄瓶《てつびん》一つだけだったと発表されました。この件は、ご存知ですか？」

「話としては、聞いていますが、これも、マスコミの皆さんに教えられたことで、私の方から進んで調べたわけではありません」

「今年の三月二十日に、舞鶴周辺の天橋立で、大竹昭一という六十歳の男性が死体で発見され、今も警察が捜査中ですが、ご存知ですか？」

「こちらに来てから地元の警察の方に教えられましたが、今回のわが社の海洋調査と、何の関係があるんでしょうか？」

「大竹昭一は、六年前のアメリカ会社の舞鶴周辺の海洋調査、というより第二氷川丸の調査で潜水作業員として働いています」

「それは、知りませんでした。もし存命でしたらわが社で雇いたかったです。六年前の潜水で、舞鶴の海に馴《な》れていたでしょうから」

「次の質問で最後にして頂けませんか？」

と、横から、入江秘書が、いった。

「これから、明日の作業について、打ち合わせがありますから」

それで、記者たちが、小声で打ち合わせたあと、代表して、ベテランの記者が質問した。

「財宝伝説について、こんな話も伝わっているのです。財宝は、間違いなく、第二氷川丸に積み込まれていた。六年前のアメリカの会社は、深海作業船や、潜水作業員を使って、それを発見した。しかし、所有者が誰になるのかわからないので、自分たちで独占するため、舞鶴の海底のどこかに移してしまったのではないかという話です。この話を、どう思うか教えて下さい」

この質問を受けて、松本社長は、一時の間も置かず、

「興味ありません」

と、いった。

5

その夜、おそくまで、舞鶴警察署の捜査本部には明かりがついていた。

十津川と亀井も参加した。

最初の問題は、ホテルで開かれたＮＳＲの松本社長の記者会見を、どう見るかだった。

まず、テレビ画面に、記者会見が初めから最後まで映し出された。

そのあと、県警の捜査一課長が、

「記者会見で感じたことを」

と、刑事たちを見回した。

刑事たちが意見を述べた。

「記者会見全般を通して、松本社長が、財宝伝説は興味がない、知らなかったといっているが、あれは嘘ですね。関心ありと見ました」

「それが、一番よく表れているのが、最後の質問に対する、松本社長の答えでしょうね。記者の質問に対して間髪をいれずに答えていますが、一時の間を置いて答えていれば、私は信じる気になったかもしれません。松本社長はあの質問が、必ず出てくると考えた、それに対しては、否定しようと用意していたんだと思います。だから間髪をいれず、否定した。私はあの瞬間、嘘をついているなと感じました」

「同感です」

「私も、同じ感じを受けました」

と、原田警部は、刑事たちの意見に同意したが、すぐ難しい表情になって、

「松本社長が、財宝伝説を意識しているとしても、今回のＮＳＲの事業との関連性が明らかになったわけではありません」

刑事たちが、黙っている。原田警部が、

「十津川さんは、どう思いますか？」

と、声をかけてきた。

十津川は、記者たちが、第二氷川丸の折れた船体に見とれていた時の「北海」と、母船の「ほっかい」の動きを説明してから、

「皆さんが引き揚げられた第二氷川丸に注目している時も、松本社長は、『北海』に専門家と一緒に乗り込んで、潜っていたんです。それも、冠島の近くではなくて、舞鶴港の近くなのです。第二氷川丸という障害物が消えたので、舞鶴の海の海流の動きなどを調べていたとは、とても思えません。明らかに舞鶴港の近くの海底で、何かを探していたとしか思えません」

「謎の財宝を探していたということですかね」

「しかし、港近くの海底を調べているといわれたら、それを否定することは、難しいね」

と、一課長が、いう。

「確かに否定するのは難しそうですが、狙《ねら》いはアメリカの会社が移動させた財宝と見るのが自然だと思います」

と、原田が、こたえた。

「質問です」

と、若い刑事が、いった。

「それなら、NSRは、沈んでいる第二氷川丸には、すでに財宝はないことは知っていたわけでしょう。それなのに、なぜ、わざわざ、第二氷川丸を引き揚げたりして見せたんでしょう?」

それに、原田がこたえる。

「自分たちの目的が、第二氷川丸の財宝ではなくて、あくまでも舞鶴周辺の海洋資源調査だと主張したいからだ。その証拠が引き揚げられた第二氷川丸だというわけだよ」

「第二の質問です。三月二十日に発見された大竹昭一ですが、われわれの推測では、六年前に、潜水作業員として参加したから、財宝の移動は知っていた。とすると、彼の知識をNSRが手に入れたということは、考えられませんか?」

「それは、十分に考えられるよ。大竹昭一は六年前に潜水作業員として、財宝の移動を目撃していたが、個人の力では、それを引き揚げることが出来ない。そこで、誰かに、その情報を売ることを考えていたんじゃないかと思う。その情報を、NSRの松本社長が買って、今回の行動になったということは、十分に考えられるよ」

と、原田は、賛成した。

確かに、考えられないことではない。

「だとすると、大竹昭一は、三月二十日になぜ、舞鶴で死ななければならなかったんでしょうか？」

「それがわかれば、舞鶴で起きた事件は解決だ。この際、みんなで考えてみようじゃないか」

と、捜査一課長が、いった。

この問題についても、さまざまな意見が出た。

大竹昭一は、NSRの松本社長に、財宝移動の知識を売り込んだが、値上げを要求して殺されたのではないのか。

欲張って、何人かの人間、グループに、売りつけたので、怒った人間、グループに殺されてしまったのではないのか。

　五年前に起きた殺人事件も、実は財宝問題に絡んでのものだったのかもしれない。問題の知識をどこの誰に売るかについて、意見が合わず、大竹が、市橋一男を殺したのかもしれない。

　大竹が、知識をＮＳＲの松本社長に売ったとして、彼は何のために三月に舞鶴にやってきたのだろうか。

　なかなか、結論が見つからない。最後に、捜査一課長が、

「とにかく、明日から、ＮＳＲが、どんな事業をやっていくのか、しっかりと監視することにしよう」

と、まとめて、捜査本部の討論は終わった。

第四章　七十四年前の罠

1

十津川は旅館の窓から舞鶴港の方に目をやった。第二氷川丸の船体が引き揚げられて大騒ぎだった舞鶴の町も、今は静かになっている。動いているのは、第二氷川丸の船体を引き揚げたニホン海洋資源調査株式会社の社長や、その作業員たちだけである。

港近くのホテルの屋上に翻《ひるがえ》っているのは、この会社の旗だった。毎朝、決まったように深海調査船「北海」を積んだ母船の「ほっかい」が、舞鶴港を出港していく。その甲板に松本社長と、秘書の入江久美子が乗っているのが見える。今日も、舞鶴湾の沖合に出て作業するのだろう。サルベージ船の方は、現在仕事がないのか、同じ場所に錨《いかり》を下ろして停泊したままである。

松本社長たちが何をしているのかは、想像がつく。六年前、アメリカの海洋開発会社が、潜水作業員や深海作業船を使って、舞鶴沖に沈んでいた第二氷川丸の財宝を、海中のどこかに隠匿《いんとく》した。そう推測し、今も海中に眠る財宝を探そうとしているのだろう。

ここにきて松本の会社は、漁船を五隻ばかり雇い入れた。いずれも音波探知機《ソナー》を備え付けてある漁船である。一日五万円で雇い、舞鶴沖の所々で音波探知機を使って海底を調べているらしい。

「見つかるんですかねぇ」

亀井がそばに来て、窓の外を見た。

「見つかっても、どうするつもりかな。個人の財宝ではなくて、国の物だからね。見つけても自分の物にはできないから、国に引き渡すんじゃないのかな。それでもいいと思ってやっているのかな」

十津川が首を捻《ひね》る。

「どうするんですかねぇ」

と、亀井はのんびりとした声で言ってから、

「第一、その財宝とやらは、この舞鶴の海のどこかに本当に眠っているんでしょう

か」

「あの社長は眠っていると思って、作業しているんだ」

「第二氷川丸について調べていくと、終戦の昭和二十年八月十九日に財宝を積んで、沖合で自沈したとしか考えられないからね。だからこそ、各国のグループが海洋資源調査と称して、この舞鶴にやって来たんだ」

「宝探しの話というのは、どんな人間でも惹《ひ》き付けられるものなんですかね」

「私だって、どんな宝がどこに眠っているのだろう、と興味を持ってこの海を見ているよ」

十津川も冗談半分にいった。

その後、新井崎に目をやった。はっきりとは見えないが、今日もあの岬で原田警部たちが舞鶴湾を監視しているはずだった。

「陣中見舞いに行ってみようか」

十津川が亀井を誘った。タクシーを呼び、途中、町の中で飲みものや軽食を買い集めて新井崎に向かった。若狭湾に突き出している小さな岬である。そこに、京都府警舞鶴警察署の数名がテントを張り、寝袋を持ち込んで監視に当たっている。望遠レンズの付いたカメラが二台、若狭湾を睨《にら》んでいた。

十津川は、持って来た飲みものや軽食を刑事たちに配ってから、原田警部と岬の突端に行って腰を下ろした。

目の前に広がる若狭湾。そこに、深海調査船の「北海」を積んだ母船や、NSRが雇った五隻の漁船が散らばって、浮かんでいる。

「夜も見張っているんですか？」

十津川が聞いた。

「さすがに夜は連中も出ていませんから、テントの中で資料調べですよ。改めて、終戦前後に配られた海軍の資料や、命令書などをコピーしてもらって読んでいるんです。ここにきて、例の財宝が本当に沈んでいるのかどうか、不安になってきましてね。ものすごい財宝が第二氷川丸に積まれて自沈したことを証明する資料が欲しいんです」

と、原田は、いった。

急に、一隻の漁船の周りに、他の船が集まっていくのが見えた。

「何か見つかったらしい」

と、原田は、望遠鏡の付いたカメラを覗《のぞ》いていたが、

「どうやら失敗だったらしいです。残念ながら」

と、いった。その言葉を証明する様に、集まっていた漁船が散っていく。

「こんなことが何回もありましたよ」

と、原田がいう。

夜になり、海上からの明かりも消えて、十津川と亀井は原田のテントにお邪魔することにした。

広いテントの中に簡易ベッドがあり、空いたスペースには書類が散らばっていた。

原田警部が言っていた、終戦直後に出した海軍の書類のコピーらしい。

「調べてどうでした？」

亀井刑事が聞いた。

「読んだ限りでは、中央の指令を受けた舞鶴鎮守府は、第二氷川丸に様々な資材や宝石類を積んで、終戦の四日後の八月十九日に出港して舞鶴沖で自沈させた。これは、間違いないと思われます」

と、原田がいった。

「私も目を通して構いませんか？」

十津川がいった。

「私が見終わった物はそこにまとめてありますから、どうぞ持って行って、自由に見て下さい」

と、原田がいった。十津川と亀井はその書類をまとめてもらって預かり、旅館に持って帰ることにした。

2

旅館の食堂で少しばかり遅い夕食をとってから、二人は部屋に籠《こ》もって預かってきた書類に目を通していった。まず十津川が目を通し、同じ物を亀井が読む。全部見終わったのは、深夜になってからだった。

「どうだった？」

十津川が声を掛けると、

「よくもこんな書類が残っていましたね。半分くらいは極秘の判が押してあるじゃないですか」

亀井が感心したようにいった。確かに貴重な書類が多かった。例の第二氷川丸に載せられたと言われている、資源や金貨などの種目別のリストには「極秘」の判が押されていた。それでも残っていたのである。第二氷川丸が戦争中、どの航路を走っていたのかを示す航路図まで残っていた。

天応丸と言っていた時代も、第二氷川丸になってからも、この船は何回も東南アジアと本土との間を往復している。制空権、制海権が奪われた後も病院船ということで、アメリカ軍からの攻撃も受けずに往復していたに違いない。その間に、医薬品や傷病兵ではなくて東南アジアの豊かな資源を隠して本土に運んでいたのではないだろうか。

「我が日本海軍も、あくどいことをやっていたんですねぇ」

と、亀井がいう。

「敗戦が続いてどうしようもなくなると、人間やけくそになるんだろう」

「そのあげくに集めた財宝を船に載せて、自沈させて隠したわけですか」

「一応、日本再興の資金にするということにはなっている」

「本当に、最初はその気だったんですかね」

「私は戦後生まれだから、その点はわからない。全くの嘘じゃないだろう。最初はそのつもりだったが、途中で変わったということも考えられる」

「それにしても、堂々とやったもんですね。感心しますよ。さすがは日本帝国海軍だと思いますよ」

と褒《ほ》める様な、けなす様な言い方を亀井がする。

「何がそうさせるのかな？　戦争かな」

と、十津川が呟《つぶや》いた。

「何ですか？」

亀井が聞く。

「戦争って、何でも許されるのかね」

「さあ、どうでしょうか。私は戦後派ですから」

「私だって戦後派だよ」

しばらく、十津川は黙って、考え込んでいた。

その後、帰京して十津川が向かったのは、防衛省の資料室である。その部屋の一角に机を借り、膨大な戦争の資料、特に終戦直後の資料を調べさせてもらった。

その頃の、特に海軍の中央が出した命令書を調べてみて驚いたのはそうした書類などの焼却が徹底していることだった。日本が終戦を宣言し、連合国軍が入って来るまでの間、戦争の資料、命令書や写真など、自分たちに都合の悪いものを、徹底的に焼却しているのだ。

海軍だけ、それも、終戦前後に限ったとしても、命令書や通信文、写真だけでも膨大な量だった。それでも、実際にあった物の三分の一にも満たないといわれている。

とにかく八月十五日に降伏した後、連合国軍が入って来るまでの間に軍隊は一斉に関係文書や写真などを焼き続けたのである。小さな村の村役場の徴兵者リストまで、焼却命令が出されたという。そのため、三日間日本全国の空は焼却の煙で暗かった。それは日本の軍隊が正しいことばかりをしていたのではないことを証明している様なものだった。そのため、東京裁判の時に逮捕された戦犯を弁護しようとしても、肝心の書類がなかったとして、仕方なくアメリカ側の書類を借りるという失態まで、犯している。

そんなことを考えながら、十津川は、次々に書類に目を通していった。さすがに「極秘」と書かれた書類はあまりない。大事な書類は、念入りに焼き捨ててしまったからである。それでも「秘密」の判子を押した書類は、何通か残っていた。

深夜までかかって、ほとんどの海軍関係、それも終戦前後の書類や写真、通信文などを調べ終わり、さすがに疲れてその後一時間近く眠ってしまった。

起こしてくれたのは、資料室の室長である。

「大変ですね」

と室長はいい、続けて、

「何か、参考になる物は見つかりましたか」

と、聞いた。

十津川は、とにかく礼をいい、防衛省近くのホテルにチェックインした。部屋に入るとすぐ、舞鶴にいる亀井に連絡を取った。

「明日、もう一つ行く所があるから、そこでの仕事を済ませてから戻るつもりだが、連中の様子はどうだ？　財宝は見つかりそうかね？」

と、聞いた。

「わかりませんが、とにかく毎日毎日、一生懸命にやっていますよ」

と、亀井がいった。

「それでは、明日」

十津川は電話を切ると布団に入った。

朝、目を覚ますとホテルで朝食をとり、十津川が向かったのは、主として海員たちを斡旋《あっせん》する人材派遣会社である。前に、何回か訪ねたことがある。そこの広報課長に話を聞くと、

「何回も申し上げますが、当社と事件とは何の関係もありません。たまたまうちが派遣した海員が、東京と舞鶴で亡くなっただけですから」

機先を制するようにいった。ただ、どこか、怯《おび》えている様な表情だった。

十津川は笑顔になって、

「いや、その件は了承しています。むしろ、色々とご面倒をおかけしたお礼を言いたいくらいなので。どうですか、近くで昼食を奢《おご》りたいのですが。オーケーしてもらえますか？」

と誘った。そんな十津川の態度に広報課長は戸惑いを見せながら、

「本当に疑いを解《と》いて下さったのであれば、ご一緒しても構いませんよ」

と応じてくれた。近くのビルにあるイタリア料理の店で、十津川は半ば強引に課長と昼食をとることにした。

少しばかり食事が進んだところで、

「何があったんですか？」

十津川がいきなり聞いた。

「何がって、何もありませんよ」

と、相手がいう。

「いや、何かありましたね。何かを怖がっているようじゃありませんか。もし、何かあったのなら正直に話してくれませんか。今度はおたくの力になりますから」

と、十津川がいった。

課長はしばらく躊躇《ためら》っていたが、

「実は昨日、うちの社長が脅《おど》されましてね」

と、いう。

「脅された？　どんな具合にですか？」

「うちの社長は、毎日昼飯はこの近くのうなぎの専門店で食べるんですよ。それが何年も続いています。昨日もその店に昼食を食べに行って、帰りにいきなり車に連れ込まれましてね。一キロほど離れた神社の境内に連れていかれて、覆面姿の男二人に殴られたというんです」

「ただ殴られただけですか？」

「例の六年前の仕事ですよ。アメリカの海洋開発会社から潜水作業員を何人か雇いたいと依頼を受け、市橋一男と大竹昭一を舞鶴に派遣した一件です。それについて、アメリカの会社の作業目的は、本当は何だったんだと聞かれたそうです」

「それで、おたくの社長は何と答えたんですか？」

「正直に答えましたよ。若狭湾周辺の海底調査と、それから海洋資源調査、もう一つ、沈没している第二氷川丸の調査と引き揚げ、これを頼まれて二人の海員を派遣したと正直に答えたそうです」

「それで相手は納得したんですか？」

「それがですね、なおも殴られて、本当の仕事は何だったんだとしつこく聞かれたそうですが、うちの社長としては他に答えようがなかった。それで、他には何もない、若狭湾の仕事を頼まれただけだと言い続けていたら、解放されたといいます。社長は今、近くの病院に入院しています」

と、広報課長がいった。

「警察に話しましたか？」

「いや、警察にはいっていません」

「どうしてですか？　社長が殴られて負傷したわけでしょう？　それなら当然、警察に報告すべきですよ」

十津川が責めると、

「そうかもしれませんけどね。例の六年前の仕事については二人の人間が死んでいて、十津川さんだってうちの会社を疑って、何回も調べにきたじゃありませんか。今度もまた警察に届ければ、やはり何かあったと思われてうちの会社が警察に調べられる。それは困るので、うちの社長も報告しなかったんです」

「社長さんが襲われたのは、何時頃ですか？」

「うちの社長は几帳面で、毎日昼の十二時ちょうどに、食事をとります。それを食べ終わった後ですから、襲われたのは午後一時二十分ぐらいだと、社長は言っています」

その頃、十津川は防衛省の資料室で膨大な戦時中の資料と格闘していたのである。

そう考えるとふと、笑いが浮かんだ。広報課長はむっとした顔になって、

「別に笑うことじゃないでしょう。うちの社長が痛い目に遭《あ》っているんですから」

「いや、ちょっと他のことを考えましてね」

「うちは立派な人材派遣会社、特に海員の派遣会社で、別に後ろ暗いことをやっているわけじゃありませんからね。営業内容はきちんと発表していますよ」

と、課長がいった。

「いや、もちろんおたくの証言は信用していますよ」

今度は笑いを消した顔で十津川はいったあと、

「最後にお聞きしますが、昨日社長を襲った犯人に、心当たりはないんですか？」

「全くわかりません。ただ、六年前の例の仕事の件で脅迫されたわけですから、それに関係のある人間だとは思いますが」

と、課長はいった。

3

昼食のあと、警視庁に寄らず、電話で三上本部長に昨日から今日にかけてのことを報告した後、

「すぐ、舞鶴に戻ります。何となく捜査が進展するような気がしていますが、進展があったらすぐ、ご報告致します」

といい、すぐ東京駅に向かった。

新幹線で京都、京都から特急「まいづる」に乗り換えて舞鶴に到着する。舞鶴は小雨だった。駅に亀井刑事が迎えに来ていた。二人で舞鶴警察署に行くと、新井崎から戻って来ていた原田警部に会った。

「実は、東京に資料を調べに行って来ましたが、得る所がありました。ただ、それをどう解釈していいのかわからないので、ぜひ本日捜査会議を開いてくれませんか」

と、十津川は原田警部にいった。

原田警部から本部長に話が行き、この日夕方の六時から舞鶴署内で捜査会議が開かれることになった。

机の上には、原田警部がテントの中で目を通した膨大な資料、終戦直後の舞鶴に関する命令書や写真のコピーが積まれている。

十津川が話した。

「現在、舞鶴沖の海底を、ＮＳＲという会社が深海調査船や漁船の音波探知機を使って、連日、調べています。なお、この会社はすでに海底に沈んでいた第二氷川丸を引き揚げているわけですが、問題の財宝は積まれていませんでした。前回のアメリカの会社による調査で財宝は海中の別の場所に隠されてしまった。ＮＳＲはそう考えて、現在、移動された財宝を探しているのだと思います。しかし、なかなか、見つからない。それで私は、本当に膨大な財宝が、この舞鶴の海のどこかに隠されているのかどうか、疑わしくなってきたので東京に行き、防衛省の資料室で当時の、特に海軍のことを調べました。その結果、問題の財宝、東南アジアから持って来たといわれる資源、タングステンなどあるいは金・銀塊その他のいわゆる財宝と呼ばれる物のリストが極秘の判を押されて存在していることがわかりました。さらに、昭和二十年八月十五日の三日後に海軍中央から、第二氷川丸を速やかに自沈させよという命令書も見つかりました」

「その命令書や資料は、こちらにもありましたよ。もちろん、コピーですが。私も見たし先日、十津川さんも見たはずです」

と、原田がいった。十津川は頷いて、

「その通りです。ですから、莫大な財宝を、昭和二十年八月十九日に第二氷川丸に積み込んで、舞鶴沖の冠島近くの海域に自沈させたことは間違いなく事実だったと確認されました」

十津川がいうと、捜査会議に出ていた本部長も、原田警部も一様に、不思議そうな表情をした。

「十津川さんは、東京に行ってそれを確認されたわけでしょう？　それなら、これまで通りの捜査が必要なわけで、特に改めて、捜査会議を開く必要はないんじゃありませんか？」

と、本部長が十津川にいった。

「それについて、これから説明致します」

と、十津川は続けて、

「防衛省の資料室には、第二氷川丸の戦争中の航路が記入された資料も見つかりました。第二氷川丸というのはオランダの客船を拿捕《だほ》して、海軍の病院船として使っていたわけです。名前は、天応丸から第二氷川丸に変わっていきます。天応丸の時も第二氷川丸の時も、頻繁に東南アジアと日本本土との間を往復しています。当時はすでに制空権、制海権もアメリカに奪われていましたが、第二氷川丸は病院船ということで、撃沈されることはありませんでした。本来なら病院船ですから医薬品や傷病兵を運ばなければいけないのですが、他の仕事に使っていたようです。つまり、東南アジアの資源を船腹に隠して何度も日本本土に運んだのではないか。貴重な資源だけではなくて、宝石などの略奪品を運んでいたわけです。それが横須賀や舞鶴に運ばれ、終戦の時にそこに隠されていたわけですよ。当時の言葉で言えば隠匿《いんとく》物資です。本来ならば進駐してくる連合国軍に引き渡さなければいけない。なぜなら日本は無条件に降伏したのですから。しかし、軍部としては癪《しゃく》に障る。それでどこかに隠してしまおうと考えた。終戦直後に中央から舞鶴や横須賀に、その物資を隠せという命令が出されたわけです。その一つが舞鶴の海軍宛てで、第二氷川丸を使って、舞鶴沖に沈めて隠せという命令だったわけです。その命令書は原田警部も、私も確認しています。ですから本当にその命令はあったわけです。しかも極秘の命令書です。そして、財宝のリストも極秘の判が押されています」

十津川が一息つくと、本部長と原田警部は一層、不思議そうな表情になっていた。

「それならば、何の問題もないじゃありませんか。今の十津川さんの説明を聞いていると莫大な財宝などはあった。そして第二氷川丸を舞鶴沖に沈めてその莫大な財宝を隠せという命令書もあった。そうした事実の報告だと受け取りましたが」

原田がいった。十津川が微笑した。

「その通りです。しかし、私はそのことに疑問を感じたのです。終戦直後、日本の陸軍と海軍も、連合国軍が入って来るまでに書類を焼却せよという命令を、日本全国に出しています。本来ならば日本軍は、戦争をアジア解放の聖戦だと主張していましたから、命令書や写真や資料などは燃やす必要はないわけです。それなのに命令を出して、現実に日本中に三日間にわたって黒煙が上がっていたと報告されています。その中にはもちろん、問題の財宝についての書類も入っていたはずです。しかし少しばかりおかしいでは、ありませんか。命令書も、財宝の目録も極秘の判が押されていたんですよ。当然、真っ先に焼却されなければ、おかしいでしょう？　それなのに、なぜか東京にも残っているし、この舞鶴にも写しがあったんです。その資料を根拠に舞鶴沖に莫大な財宝が沈んでいると信じて、各国の海洋調査会社が、舞鶴にやって来て、海底を調べたり、沈んでいる第二氷川丸を引き揚げようとした。それも、三回にわたって別々の会社がですよ。今も日本のＮＳＲという会社が、海底を調べている。少し、不思議に思いませんか？」

「いや、不思議とは思わないね」

と、県警の本部長がいった。

「今、十津川さんもいったじゃないですか。命令書も、リストも本物だったと。そのうえ極秘の判子が押されていた。それならば信用して、それを見つけようとして過去の海洋調査会社が舞鶴沖を調べ、そして今回日本のＮＳＲが調べているのは当然だと思いますよ。十津川さんだって、問題の莫大な財宝は、この舞鶴沖のどこかに沈んでいると確信しているわけでしょう？」

と、十津川はいう。

「それが少し、違うんです」

原田警部が疑問を口にした。

「確認しますが莫大な財宝は実際にある、十津川さんは、そういう考えですね？」

「もちろんそう考えています」

「終戦直後、それを隠匿するために海軍中央が命令書を出した。財宝のリストも作った。それを焼却せずにわざと残しておいた？」

「その通りです。しかしそれは世を欺《あざむ》くためのものだった。つまり、全ての目を舞鶴沖に向けさせるための命令書であり、資源リストだったのではないでしょうか」

「財宝は実在するが、命令書は陽動作戦だったと？」

と、確認するように原田が聞く。

「私はそう考えました。実は、現在舞鶴沖を調べているＮＳＲも、ここに来て、疑いを持ったらしいのです。六年前の作業に日本人海員二人を派遣した、東京の会社があります。その二人が、今問題になっている市橋一男と大竹昭一です。人材派遣会社社長が、私が東京に行っている時に何者かに自動車で拉致《らち》され、殴られ、何かを隠しているのではないかと問い詰められたそうです。社長は、正直に何も隠していないと言ったようですが、それで解放されました。私はＮＳＲの人間が一時的に、社長を誘拐したんだと思っています」

「それで、十津川さんは、問題の財宝がどこに隠されていると考えているんですか？」

と、最後に本部長が聞いた。

「正直に言って、わかりません。しかし、命令書と資源リストが陽動作戦のために作られたとすれば、この舞鶴沖ではありませんね。皆の目を舞鶴沖に向けさせておいて、舞鶴沖に隠すはずはありませんから」

「十津川さんが想像する隠し場所を教えてもらえませんか？」

「今も申し上げたように、私にもわかりません。しかし、陸路をトラックで運ばれたとは、考えにくい。それだと百台あるいは千台のトラックが必要で、当然、目立ちます。とすればどこかに、船で運ばれたと考えるのが妥当《だとう》だと思うのです。一万トンクラスの船ならば、莫大な資源をその船一隻で運ぶことができます。それに、終戦当時、舞鶴港には病院船が三隻もいたといわれています。そこで、第二氷川丸に全ての疑いを持たせておいて、別の病院船あるいは貨物船を使って、問題の資源は日本のどこかに運ばれた。あるいはそこで船を沈めた。そう考えざるをえないのです」

と、十津川はいった。

4

翌日。改めて捜査会議が開かれた。テーブルの上には大きな日本地図が置かれている。戦争中、あるいは終戦直後、海軍の中央は東京にあった。軍令部と海軍省である。日本の各所に鎮守府が置かれていた。横須賀、呉《くれ》、佐世保《させぼ》、舞鶴などである。

戦争の終わりごろ、連合艦隊は壊滅していた。大和《やまと》も武蔵《むさし》も沈んでいた。しかし貨物船は何隻か残っていて、それが、外地からの兵士の引き揚げに使われた。いわゆる引揚船である。五千トンから一万トンクラスの船も何隻か残っていた。その中に病院船も入っていたかもしれない。その船に、問題の財宝が積み込まれ、日本の何処《どこ》か舞鶴湾以外の場所に運ばれて行ったのではないのか。

「舞鶴湾沖で自沈した第二氷川丸は、完全なダミーだった。いってみれば、命令書も、第二氷川丸もダミーだったのです。外国の海洋資源調査会社や、今回の日本の海洋資源調査会社ＮＳＲは、それに引っかかって延々と舞鶴湾を、調べているのです」

と、十津川が説明し、本部長や原田警部もそれを信じることになった。

今日の捜査会議も昨日と同じように延々と、数時間以上続いた。しかし、財宝が隠されている場所がどこなのか、その結論は出なかった。たぶん戦争中、あるいは戦争直後、旧鎮守府が置かれていた港の近くではないか、ということになったが、確定はできない。もちろん、今後もその線で捜査を続けていくことで、数時間の捜査会議は終了した。

部屋に帰った十津川と亀井は、疲れてはいたが、その話を続けることにした。

「そういえば、思い当たることがありますよ」

と、亀井がいった。

「この舞鶴で溺死した大竹昭一ですが、一人でこの舞鶴にやって来て、漁船を雇ったりして調べていましたが、引揚船の記念館に行き、歴代の引揚船の名前と写真を克明に調べていました。つまり大竹も、引揚船の中には実際に使われなかった船があるのではないか。その船に例の物資や財宝が積み込まれたのではないかと考えたのではと、今になって思うんです」

「亀さんのその話は、当たっていると思うよ。大竹も、六年前の作業からずっと考え続けていたんだろうね。発見されなかった莫大な財宝がどうなったのか、それを考えて我々が疑ったように、この舞鶴沖ではなくて他の場所に隠されたのではないか、それにはトラックなどで運んだのではなくて、船を使ったのではないか、そんな風に考えていたのかもしれない」

「そのために大竹は殺されたんでしょうか」

と、亀井がきく。

「それはわからないが、六年前には潜水作業員として舞鶴沖の海底を調べている。そのために今回誘拐され、監禁され、そして殺されたんだと私は思っている」

「自分の考えを、そのまま話したんでしょうか？　ひょっとすると、宝物はこの舞鶴沖に沈んでいるのではなくて、他の船で他の場所に運ばれたことも考えられると話したんでしょうか？」

「それは、話さなかったと思う。たぶん、脅迫されても、今まで通りの話をそのまま話した。つまり、第二氷川丸に、積み込んで自沈させたという話をだよ。それでも相手は、大竹が邪魔だと考えて、口封じに、殺してしまったんだ」

と、十津川は、いった。

問題は終戦直後に莫大な財宝を隠すような都合のいい船が存在したかということである。それがなければ十津川の推理は成り立たない。それに迷っている時、意外な人から電話が入った。

「前田《まえだ》です」

と言われて、最初は相手の顔が思い浮かばなかったのだが、

「防衛省資料室室長の前田ですよ」

といわれて、やっと思い出した。

「先日はお世話になりました」

というと、前田は、

「十津川さんが悩んでいた問題ですが、都合のいい船が見つかりました。その資料を今からお送りします」

と、いうのである。どんな船か期待していると、翌日には速達で問題の資料が送られてきた。

封筒の中の資料を読んで、十津川は喜びに震えた。十津川の推理にぴったりの船だったからである。早速その資料を持って、舞鶴署にいる原田警部に会いに行った。

「見つかりましたよ、絶好の船が」

思わず大声になっている。

「そんな都合のいい船があったんですか？」

と、原田が、半信半疑の表情になっていた。

当然だった。

実在している船でなければならない。少なくとも、五、六千トンの大きさが必要である。問題は、その船の船跡が、はっきりしていては困るということである。その船の船跡を追っていけば、問題の財宝に辿《たど》りつけると考えられるからである。

実在する船だが、船跡がはっきりせず、消えた船でなければ、いけないのだ。

十津川が、答える。

「昭和二十年、終戦の時に舞鶴港に何隻かの船が係留《けいりゅう》されていました。その中の船で、六千トンの大洋丸《たいようまる》という輸送船です。輸送船と言っても石油や鉄鉱石を運ぶ輸送船ではなく、兵員と武器を運ぶ輸送船です」

「しかし、私もこの事件を担当してから終戦前後の舞鶴港の事を調べていますが、大洋丸という船があったということは聞いたことがありませんが」

　不審そうに原田がいった。

「そうでしょうね。幽霊船ですから」

　と、十津川がいうと、原田は逆に、眉《まゆ》を寄せて、

「そんなお伽噺《とぎばなし》のような船があったんですか？　信じられません」

「陸軍の輸送船です」

「陸軍のですか？」

「そうです。陸軍が戦争末期に建造した輸送船です」

「初耳です。陸軍が船を造っていたんですか？」

「そうです。戦争末期になると帝国海軍は壊滅していましたからね。輸送船もない。そこで仕方なく陸軍は自分たちで輸送船を造りました。大洋丸は、その一隻です」

「しかし私も、舞鶴港のことを調べていますが、陸軍の輸送船が終戦時に舞鶴港にいたという話は、聞いたことがありませんね。何かの間違いじゃないんですか？」

「いや、間違いじゃありません。原田さんが舞鶴港には終戦時陸軍の船がいなかった、というのはある意味正しいんです。この大洋丸という輸送船は海軍の輸送船ということになっていますから」

と、十津川がいった。

「ちょっと待って下さいよ」

と、原田は笑って、

「陸軍が造った輸送船でしょう？　それが海軍の物だというのはどういうことですか？　第一、日本では陸軍と海軍は、仲が悪かったでしょう」

「今いったように、戦局が悪化して帝国海軍が壊滅した後、日本陸軍は自分たちで輸送船や潜水艦を造っていました。しかし陸軍は、その運航は上手《うま》くいかないんです。熟練した船員も水兵もいませんからね。そこで、仕方なくこの大洋丸という、陸軍が建造した輸送船の運航を、海軍に任せたんです。ですから陸軍が造った輸送船ですが、海軍が運航していたわけです。したがって終戦時、舞鶴にいた時には海軍が運航していた。ですから陸軍の輸送船ではなく、海軍の輸送船だと思っていた人もたくさんいるわけです」

と、十津川が、説明した。

「それで、今回の事件に最も相応《ふさわ》しい船というわけですか。その点を詳しく説明して貰えませんか」

と、原田がいった。

「大洋丸という六千トンの輸送船は陸軍建造、海軍運航という中途半端な位置付けで、海軍中央にとって都合のいい幽霊船だったわけですよ。陸軍のことを調べても大洋丸は出てこないし、海軍のリストを調べても大洋丸という名前は出てきませんからね。そこで海軍が大洋丸に問題の資源や財宝を積み込んで、昭和二十年八月十九日に出港させた。病院船第二氷川丸もほぼ同じ時刻に出港して、命令書通りに、沖合で自沈したわけです」

「それで、輸送船大洋丸は今どこにあると思われますか？」

「それは残念ながらわかりません。とにかく輸送船大洋丸六千トンに問題の財宝が積み込まれて、舞鶴港から姿を消したのです。そして、海軍中央がもっともらしい命令書を残し、財宝のリストもわざと残しました。それで誰もが問題の財宝が第二氷川丸と共に舞鶴沖に沈んでいると考えて、舞鶴に押しかけてきたわけです。しかし財宝は見つからなかった。普通ならば、この情報は嘘だと思うんでしょうが、終戦直後の海軍中央の正式な命令書が残っていて、その上、これも海軍が作った財宝のリストもある。いずれも極秘の命令書であり、リストなので、誰も疑わなかったわけです」

「十津川さんは、どうしてこの幽霊船に気がつかれたんですか？」

と、原田が聞いた。

「先日、東京の防衛省資料室に行って調べました。その時に室長の方に、なぜ調べているのかを簡単に説明したのです。そのことを室長さんが覚えておられましてね。ちょうどいい幽霊船みたいな船が終戦の時に存在しているからといって、その資料を送って下さったんですよ。それでわかったんです」

「ということは、その資料室の資料を綿密に調べれば、誰でも幽霊船の存在に気づいたわけですね」

と、原田が言った。

「確かにそうですが、舞鶴港の問題について関心がなければ、それに気づく人はいないと思いますよ」

十津川がいった。

その後、原田警部が調べた結果、確かに昭和二十年八月十五日の終戦時に何隻かの船、病院船などが舞鶴港に係留されていることがわかったが、その中に大洋丸という船の名前もあった。原田はそれを確認してから、

「しかし、どこに所属している船かはわかりませんでしたね。したがって、十津川さんが言うように、陸軍の物でもなく、海軍の物でもない。中途半端な幽霊船だったわけです」

と、十津川に、知らせてくれた。

改めて、捜査会議が開かれた。そこで、十津川は自分の考えを言った。

「問題は、この計画を立てた人間がいたわけです。恐らく、終戦時の海軍中央の人間でしょう。個人かグループかはわかりませんが舞鶴に命令を送らせる立場にいた人間で、財宝のリストも知っていたし、幽霊船大洋丸の存在も知っていた。その人間の正体と幽霊船大洋丸六千トンが何処に消えたかがわかれば、自然に、二つの事件も解決するはずです」

と、十津川は、いった。

第五章　回顧昭和二十年八月

1

十津川は、京都府警の原田警部と、消えた財宝の行方を追うことにした。

最初から、この事件を、調べ直すことを始めた。

第二氷川丸沈没の頃、昭和二十年八月には、舞鶴湾に沈没船のマストが海面に突き出していたり、B29が投下した機雷が浮かんでいたりしていたという。

第二氷川丸が、その機雷に触れて沈没したのなら、この病院船にからむ謎はあっさり、消えてしまうのである。

そこで、第二氷川丸は本当に命令によって自沈したのか、その確認から始めることにした。

幸い関係者が、昭和三十年代に入ってから話した資料が、残っていた。

それによると昭和二十年八月十八日、舞鶴鎮守府防備隊の掃海《そうかい》部隊指揮官佐藤吾七《さとうごしち》大尉は、舞鶴軍港に停泊中の海軍特設病院船第二氷川丸を、

「極秘裡《り》に爆沈せよ」

の命令を受けた。

舞鶴港には、当時、他にも氷川丸、高砂丸も停泊していたのに、なぜ、第二氷川丸だけの爆沈命令かと、佐藤大尉は不審だったという。

しかし、舞鶴鎮守府の指示である。不審に思いながらも爆沈の準備を始めた。

この命令は、舞鶴鎮守府の判断ではなくて、米内《よない》海軍大臣—舞鶴鎮守府司令官—防衛隊司令—湾務部長—佐藤大尉の順で伝えられたという説もあるが、真偽は不明である。

それでも、米内海軍大臣から来た命令という噂《うわさ》があること自体、最初から謎めいた事件なのである。

ともかく、命令である。湾内には機雷があるので、危険だということで、佐藤大尉は決死隊を募《つの》った。

後藤《ごとう》湾務部長（大佐）を含めて、十三人の作業隊が結成され、停泊中の第二氷川丸

に乗り込んだ。

まず、船内の点検をする。

操舵室《そうだ》、船首室、士官、高位船員の個室などを調べたが、船内に人影のないことを確認した。

その時の船内の様子を、佐藤大尉や後藤大佐、梅本《うめもと》上等兵曹などが証言している。

「兵員室に転用された中甲板のホールには兵士たちのハンモックを吊るフックが、列を作って天井のハリから下がっていた。機関は止まり、しーんと静まり返った人気《ひとけ》のない船内は、実際以上に広く感じられた。機関室には、二基の巨大なディーゼルエンジンが黒光りしていた」

佐藤大尉は、船内のどこに爆弾を仕掛けたらいいか点検して回った。

船橋には、後藤大佐と、梅本上等兵曹がいて作業を見守っていた。

三等航海士の竹沢《たけざわ》は、上甲板で、カメラで作業を撮影して回った。

やがて、第二氷川丸は、掃海艇に先導されて出港した。

昭和二十年八月十九日未明である。

右舷側の船底部に、百四十九キロの爆弾二個が仕掛けられ、その導線は、掃海艇まで延ばされた。

この作業に一時間以上かかった。

船底のキングストン弁を開くと、海水がどっと船内に入ってきた。

「総員退避！」

の命令で、全員が掃海艇に乗り移った。

十三人の乗った掃海艇は、第二氷川丸から、百三十メートル離れたところで、停止する。

佐藤大尉が、起爆装置のレバーを押すと、轟音《ごうおん》とともに、あっという間に、第二氷川丸は沈没した。

梅本上等兵曹の証言。

「大きな爆音とともに火柱があがり、あっという間だった。船底部から爆発した」

佐藤大尉たちは、舞鶴軍港の防備隊宿舎に帰ったが、朝の総員起こし前だったので、誰ひとり、この作業に気づかなかった。

終戦直後、軍艦の自沈は珍しくはなかった。

敵国アメリカの手に渡す前に、自ら沈めてしまおうと考える軍人は、多かったからである。

問題は、第二氷川丸に絡む「財宝」さわぎである。

佐藤大尉たちは、船内に財宝を見たとは、いっていない。が、なかったとも、いっていない。

また、第二氷川丸の自沈について、次のように書かれた資料も見つかっている。

「昭和二十年八月終戦時に、海軍首脳陣が参集して、戦時中に南方諸国の占領地から取得した多くの戦利品処理に関して討議し議決された。

それは、これら多くの戦利品を船に積載して、将来、揚収可能な領海内に沈めて隠《いん》匿《とく》することであった。その目的は海軍の恥部を晒《さら》すことなく、戦犯を出さないようにすることだった。そして、いつの日か海軍が復活する時、その資金の一部に当てるという内容だった」

魅力的な言葉である。

これを、第二氷川丸の自沈と結びつけて考える人間が出てきても、おかしくはない。

もう一つ、第二氷川丸の持つ性格があったろうと、十津川は、考えた。

病院船第二氷川丸の前身は、オランダの客船オプテンノール号である。

太平洋沿岸の緒戦で、日本軍は、このオプテンノール号を拿《だ》捕《ほ》し、病院船天応丸として使用することになった。

戦争では、珍しいことではなかった。

問題は、天応丸を、昭和十九年に、更に第二氷川丸と名称変更していることである。しかも同一船なのに、第二氷川丸を、新造船と公表したのである。

なぜ、そんなことをしたのか?

昭和十八年後半ぐらいから、日本は敗戦続きで、制海権も制空権もアメリカに奪われてしまった。

輸送船は、次々に撃沈されて、南方の資源を、日本本土に運ぶことが不可能になってしまった。

ただ、病院船は、攻撃されない。しかし病院船で運べるものは、傷病兵と医薬品に限定されている。重油や武器などを運ぼうとすれば、監視しているアメリカ空軍機か、潜水艦に攻撃され、沈没してしまう。

アメリカは、厳格に、病院船天応丸のことを調べていた。規定通りに、傷病兵や医薬品を運ぶ時の船の喫水線を調べていて、それ以上、深くなれば、直《ただ》ちに、攻撃されてしまうのである。

そこで、海軍が考えたのが、新造船第二氷川丸の誕生だった。

新しい病院船なら、喫水線が深くなっても、疑われることはないと、計算したのだ。

そこで、第二氷川丸を使って、海軍は、南方から、重油や、鉄や、ゴムなどを本土に運んだ。その中には、戦利品の貴金属なども、含まれていただろう。

かくして、幻の「財宝伝説」は、真実性を帯びていったに違いないと、十津川は、考えていった。

京都府警の原田警部も、十津川に、同調した。

2

舞鶴警察署で、捜査会議が開かれた。

主役は、もちろん、警視庁の十津川と、京都府警の原田である。

十津川は、自分の推理を説明した。

「昭和二十年八月十八日の時点で、日本中で、何があったのか、何が行われていたのかが、問題です」

と、十津川は、口を切った。

「この舞鶴ではなく、横須賀の海軍の中枢で何が行われていたかです。ここに、終戦直前に、海軍首脳が集まって討議し、決めたことが、書かれています」

と、十津川は、その部分を読んだ。

「戦利品を、船に積載して沈め、海軍の復活の時に引き揚げて、役立てることです。今から考えれば、バカげたことに思えますが、この時には本気だったのです。無条件降伏したにもかかわらず、当時の海軍、陸軍の首脳たちは、いつか復活することを信じ、その時のために、集めた戦利品などを、一時的に隠匿することを、決めていたのです。陸軍は、山中に隠すことを考え、海軍は、船に積んで沈めることを考えていました。私は、以前に、ある事件の捜査にからんで、旧陸軍の同じ問題について調べたことがあります。その際にわかったのは、昭和二十年八月十五日に、敗戦と決まった時、本土決戦のために貯えていた軍事物資を、再起の時に必要だからといって、トラックを使って、全て、山奥に隠してしまったというのです。その時点で、連中は本気でそう考えていたのです。日本中で同じことが行われているのです」

「しかし、旧陸、海軍は、復活しなかったんだよ」

と、府警本部長がいった。

「そうです。旧陸、海軍は、復活しませんでした」

「そうなると、復活の時のために隠した物資は、どうなったのかね？　それを調べてみたかね？」

と本部長が、聞く。

「ところが、はっきりしないのです。必要なくなったが、どこに返せばいいのかわからず、自分たちで、使ってしまったという話が、多いのです」

「本来は国の物だから、国に返却すべきだろうに」

と、本部長が、いった。

「確かに、その通りです。こうした物資は、当時隠匿《いんとく》物資と呼ばれていました。国に返却された例もありましたが多くは、事業を始めるために、売却されたり、ただただ、勝手に使われてしまったことが多かったようです」

「どうも、自分勝手だね」

「仕方がないところもあったと思います」

と、十津川は、いった。

「どんなことだね？」

「終戦の十日あまり後に、連合国軍が、入ってきました。主力はアメリカ軍で、指揮官は、マッカーサーです。彼等、特にマッカーサー司令官は隠匿物資の摘発に熱心でした。今まで戦ってきた相手に、物資を流す気にはなれなくて、自分たちのために使ってしまうということが多かったというのです」

「今回も、同じことがいえるんじゃないのかね？」

と、いう本部長に向かって、

「その通りです」

と、十津川は、いった。

「そのことこそ、今回の事件の問題点なのです」

「説明したまえ」

「今回の事件の発端は、旧海軍首脳が、集めた物資や戦利品を、隠そうと計画したことにあります」

「それが、昭和二十年八月十九日に行われた、第二氷川丸の自沈だね？」

「正確にいえば、第二氷川丸に、財宝を載せて自沈に見せかけた事件というべきです」

「見せかけた——かね？」

「そうです。昭和二十年八月十九日、戦利品や財宝を、第二氷川丸に積んで沈め、あとになってから、引き揚げることにした、と見せかける命令を出したのです。財宝の種類や数量なども、発表されました。本来なら、日本軍のマイナスになる資料ですから、そんな資料は焼却すべきなのに、なぜか、残っているのです。莫大な資源、財宝、戦利品が、全て、第二氷川丸に積み込まれて、舞鶴沖に、沈められたことを信じさせるための作為です。それを信じた外国の海洋開発会社が、これまで三回にわたって、舞鶴の海を調べました。海洋資源の調査とうたっていますが、全て財宝が目的です。しかし、全て空振りに終わっています。発見されたのは、古びた鉄瓶一個です。それにもかかわらず、このお伽噺《とぎばなし》は、今も、信じられているのです。財宝は、ひそかに舞鶴沖の別の海底に、運ばれたのではないか、と考えたのです。従って今も、舞鶴沖の海底を調べる人間やグループが、絶えないのです」

十津川が、そこまで、意見を述べたあと、京都府警の原田が続けて、話を進めた。

「こうなると、問題は、二つになります。第一は、莫大な財宝は、本当は、どこに隠されたのかであり、第二は、それは、いまだに、どこかに眠っているのか、すでに持ち出されて使用されてしまったのかということです。それを調べることで、舞鶴で起きた事件も解決に導けるものと、確信しています」

3

「その物資、財宝は、いったい、いくらぐらいのものなのかね？」

と、本部長が、聞いた。

十津川と、原田が、顔を見合わせてから、原田が答えた。

「金額については、さまざまな見方がありますが、最大値を考えると、現在の価値で、数千億円、あるいは、二、三兆円ともいわれています。何しろ、その中には、オランダ女王のダイヤも、入っているとの噂《うわさ》もありますから」

と、原田が、答えた。

「しかし、その莫大な宝物の行方を、どうやって調べるつもりかね？　今まで、内外の会社やグループが、必死で探したが、見つからなかったんだろう？」

府警本部の刑事部長が、質問する。

「確かに、難しいと思います。それに、戦後七十年以上が経《た》っていて、関係者のほとんどが、亡くなっています。しかし、全て、人間のやったことですから、解明できないはずはないと思います」

と、十津川は、いった。

翌日、十津川と、原田は、大浦半島の北端、成生岬に立って、海を眺めた。

舞鶴湾は、北の若狭湾につながっている。更に、視線を伸ばせば、日本海である。

冠島も、沓島も見える。

あの北、北緯三十五度四十三分九秒、東経百三十五度三十一分一秒の海底に第二氷川丸は、沈んでいたのである。

「私は、この海が、好きなんですよ」

と、原田が、いった。

「この若狭湾に、莫大な財宝が眠っているらしいと聞いた時は、どう思いました？」

十津川が、聞く。

「事件が起きてはいましたが、この海に、財宝が沈んでいると聞いた時は、楽しかったですよ。舞鶴というと、どうしても、軍港のイメージが強いし、戦後は、外地からの引き揚げのイメージになってしまいますが、私には、お伽噺の海なんです。天橋立もありますから」

「その若狭湾に、財宝を積んだ病院船を、沈めるというストーリーを、作ったのは、誰かということですね」

と、十津川は、いった。

「自沈の命令は、米内海軍大臣から出ているという説もありますね」

「信じられますか？」

と、十津川が聞くと、原田は、即座に、首を横に振った。

「米内さんは、和平派です。内閣は、三対三で和平か、戦争継続かで決着がつかず、鈴木首相が、天皇の聖断を仰いで、ようやく、和平になったのです。米内さんが、財宝を隠せと命令するようなことは、なかったと思います」

「それなら、海軍の軍命令ですかね。当時の軍令部次長は、特攻で有名な大西《おおにし》瀧《たき》治郎《じろう》です。彼は、ひたすら戦争継続を訴え、日本国民総特攻を叫んでいましたから、戦争に必要な物資を敵に渡すことには断固反対でしょう」

十津川が、いうと、原田は、スマホで調べて、

「大西瀧治郎は、昭和二十年八月十六日に自死しています。舞鶴の方は、八月十八日の命令ですから時間が一致しません」

といった。

「そうすると、若手のグループかもしれませんね。彼等は、終戦時、戦争継続を叫んで、天皇の玉音レコードを奪取しようと走り回っていますからね。海軍大臣の名前を

使って、第二氷川丸の自沈を命令したかもしれません」

と、十津川は、いった。

そのあと、十津川は、続けた。

「これから、東京に戻り、防衛省の資料室に、日参して、旧海軍が、昭和二十年八月前後に、どんな動きをしたか、を調べてみます」

「やはり、軍の若手たちに、注目でしょうね」

と、原田は、スマホを見ながら、いった。

「軍司令部が解散したのは、昭和二十年の十月になってからですから」

十津川は、もう一度、舞鶴の海に、目をやった。

「犯人、あるいは犯人たちは、この海を使って一芝居打ったとき、どう感じていたんでしょうかね」

「私なら、こんな汚いことに、この舞鶴の海を使う気にはなれませんよ」

と、原田は、いった。

4

十津川は、その日中に、東京に戻った。

翌日から、亀井刑事と、防衛省の資料室に日参することになった。

終戦直後、旧海軍でも陸軍でも、一斉に資料を焼却している。特に、自分たちに都合の悪いものは、全て焼却したといわれる。それも、三日にわたって日本全土で、黒煙が上がっていたといわれるのだ。

それにもかかわらず、十津川たちが調べなければならない資料は、厖大《ぼうだい》な量だった。

まず、第二氷川丸という病院船を使って、東南アジアから、どんな資源、戦利品を、どのくらいの量、日本本土に運びこんだのかを知る必要があった。

この期間は、天応丸を、昭和十九年十一月に、第二氷川丸に変えてから、十ヶ月に及ぶのである。

最後の船跡は、東南アジアを回って、七月二十日の寄港である。

しかも、第二氷川丸は、昭和二十年九月二日に、佐世保で終戦を迎えたことになっていた。

それが、実際には、八月十八日に、舞鶴湾に、停泊していたのである。舞鶴鎮守府防備隊の佐藤大尉に、第二氷川丸の自沈を命令した人間は、そのことを知っていたことになる。

なぜ、そのことを、知っていたのか？

しかし、それを調べるのが難しかった。

終戦前後は、内閣も混乱していたが、陸、海軍内部も、混乱していた。

一般的に、陸軍は抗戦、海軍は和平といわれるが、その海軍でも、米内大臣は和平だが、大西軍令部次長は、徹底抗戦である。

厚木海軍飛行基地では、基地司令が、敗戦を認めず、立て籠《こ》もっている。何しろ、厚木飛行場には、連合国軍最高司令官のマッカーサーが、乗り込んでくることになっていたから、関係者は大変だったと思われる。

十津川は、今回の事件には、海軍の若手将校が関係していると考えたのだが、その数は多く、終戦の混乱期に、その一人一人が、戦争に対して、どんな考えを持っていたか、なかなか、わからないのである。

そこで、当時の若手の海軍将校の名前を、調べあげ、彼等の連絡先を調べ、家族にも会って話を聞くことにした。

その家族は、日本各地に点在しているから、亀井だけでなく、若い刑事たちも使って、日本全国を回ってもらうことになった。

昭和二十年八月に、海軍中枢にいた若手の将校たちのほとんどが、三十代である。時には、二十代の若者も交じっている。

そんな連中が、国家の未来と、自分の未来を重ね合わせて、昭和二十年八月に、叫び走り、画策していたのだと思うと、十津川は、自然に、今の自分の年齢と比べてしまう。

十津川は、現在四十歳。調べている若手将校の誰よりも年齢《とし》を取っているのだ。

そのことに、十津川は、調べていて、ふと後ろめたさを感じてしまう。

現代を生きる十津川には、生死を賭《か》ける時間など、あまりない。ないことが普通なのだとわかっていても、彼等にとって、多分、昭和二十年の八月は、一日一日が、生死を賭ける時間の連続だったに違いない。そのことに、ふと、後ろめたさを感じてしまうのだ。

それでも、十津川は、立ち止まって、「しかし――」と、考えた。

今回の事件では、昭和二十年八月十八日という終戦後にもかかわらず、犯人、あるいは犯人たちは、冷静に、舞鶴鎮守府に連絡し、第二氷川丸を、沖に出して、自沈させよと、命令しているのだ。そうすることによって、日本海軍が集めた軍事用資源や、戦利品や、財宝などを、第二氷川丸に積んで、舞鶴の海底に沈めたと思わせた。

その一方、問題の財宝などは、ひそかに別の場所に隠匿したものと思われる。冷静に計画しているのだ。

恐らく犯人、犯人たちは、冷静に振る舞える立場にいたと考えられる。

「犯人は、八月十五日、問題の財宝の傍《そば》にいたんだよ」

と十津川は亀井に、いった。

「戦争終結で、ショックを受けていたはずですが。海軍中枢の若手将校なら」

「そうだが、戦争が終わった瞬間、軍事物資は財宝に変わった。例えば、重油なら、それまで戦う航空機や船舶の燃料だったが、八月十五日を境に一リットルいくらの商品に変わったんだよ」

「そんなに冷静だったでしょうか？」

「冷静な部分もあったと思う。傍にあった財宝を、舞鶴の海に沈めたと見せかけて、どこかに隠した。表向きは、海軍復活の時のためにといっているが、最後までそう考えていたかどうかは、わからない。今いったように、八月十五日を境に、戦いのための資源だったものが、金になる財宝に変わったのだからね。平和が一日一日長くなるにつれて、この思いは、強くなっていったはずだよ」

「では、警部は、犯人たちは、それを売ってぜいたく三昧《ざんまい》の生活を送ったと思われるんですか？」

「戦後、闇成金《やみなりきん》というのが出現して、その多くが隠匿物資を手に入れて、それを売り払ったと、いわれているんだ」

「しかし、この物資は、莫大な量ですよ」

「わかっている」

「それに、わからないことがあります」

と、亀井が、いった。

「東京と、舞鶴で起きた事件のことか？」

「そうですよ。昭和二十年八月十九日に、莫大な物資を隠匿した犯人が、もう海軍の復活はありえないと見て、隠していた物資を売り払ってしまったかもしれない。この連中も、すでに亡くなっていると思うのです。それなのに、誰が何のために、殺人を犯すのでしょうか？　それがわかりません。問題の物資が、今もどこかに隠されていて、それを、狙《ねら》っての殺人なら、わかるのですが」

と、亀井が、いう。

「私にも、わからないな」

と、十津川が、いった。

その直後に、新たな殺人事件が起きた。

しかも、殺されたのは、警視庁捜査一課の若手の刑事だった。

5

笹本利彦《ささもととしひこ》。二十七歳。今回の捜査のために、十津川班の支援に来ていた刑事である。

死体は、若狭湾の冠島の近くに、浮かんでいたのだ。

漁船が発見し、船で病院に運ばれたが、すでに死亡していた。

十津川に知らせてくれたのは、原田警部だった。

十津川は、亀井を連れて、舞鶴に急行した。

まず、笹本刑事の死を確認してから、原田に、知らせてもらった礼をいった。

原田は少しばかり、不満顔だった。

「舞鶴周辺の捜査なら、私に任せてくれればいい。私の方が、土地勘もあるんだから」

と、原田がいう。

「いや、私も、そのつもりです。殺された笹本刑事は、関東地方で、今回の事件に何らかの関係がある人間か、団体を探していたので、こちらの捜査はしていません。多分、彼を殺した犯人が、死体をここまで運んで、若狭湾に遺棄したんだと思います」

と、十津川は、説明した。

それでも、原田は、すぐには、納得できない様子で、

「しかし、犯人は、なぜ、そんな面倒なことをしたんですかね？」

と、聞く。

「私にもわかりません。今は、こうする必要があったのだろうとしか、いえないのです」

とだけ、十津川は、いった。

十津川には、もっと不可解なことがあった。

それを、亀井と二人だけになった時に、いった。

「笹本刑事は、関東地方のどこかで、犯人に出会ったか、知らずに、犯人の尻尾《しっぽ》を踏んだんだ。だから、殺された。犯人は、その場所がマークされるのを恐れて、笹本刑事の死体を、別の場所に運んで捨てることにした。しかし、なぜ、舞鶴なんだ？」

と、十津川が、首をかしげる。

「確かに、そうですね。舞鶴の海は、ダミーでしたが、とにかく、今回の事件のはじまりの場所です」

と、亀井も、いった。

「犯人にとって、どうしても、舞鶴でなければならない理由があったんだろうか？」

十津川は、今夜、泊まることになったホテルから、舞鶴の海に目をやった。

確かに、美しく、魅力的な海である。

すでにＮＳＲ社長の松本たちは、財宝を諦《あきら》めて、引き揚げてしまっている。サルベージ船も、深海調査船「北海」の母船も、消えていた。

静かな、海である。

「笹本刑事の郷里が、舞鶴なんじゃありませんか？」

と、亀井が、聞いた。

「いや、彼の郷里は、埼玉県の大宮だよ。だから関東地方の捜査を任せたんだ」

「そうなると、笹本自身が、この舞鶴の海を好きだったとしか考えられませんが」

と、亀井は、いった。

「誰か、同じことを、いっていたな」

と、十津川が、いった。

「誰ですか?」

「京都府警の原田警部だよ。先日、二人で舞鶴の海を眺めていた時、いったんだ。舞鶴の海が好きだとね」

と、十津川が、いった。

第六章　軍と市民と海と

1

十津川は、壁にぶつかっていた。警視庁と合同捜査中の京都府警の原田警部も、同じだった。

十津川は戦後生まれで、戦争を知らない。

特に戦争末期、昭和二十年八月十五日前後の事を全く知らない。十津川よりも若い原田警部は尚更である。だが、今回合同で捜査を続けてきた。その結果、わかった事が幾つかある。

舞鶴の海に沈んでいた病院船、第二氷川丸には莫大な財宝は最初から積まれていなかった事もわかった。しかし、それが、今回の事件の謎を解く鍵《かぎ》にはならなかった。

逆に謎が深まる結果になってしまった。

それにもかかわらず、国内外の調査グループあるいは海洋調査会社が三回、四回にわたって舞鶴沖を調べている。問題の第二氷川丸に、莫大な財宝が積まれていない事がわかった今になっても、依然として舞鶴沖を調べている日本のグループがいる。

その一つがＮＳＲ。ニホン海洋資源調査株式会社の松本社長たちである。個人としては、外国の海洋開発会社が舞鶴沖を調べた時、潜水作業員として雇われた大竹昭一がいる。

彼は、舞鶴沖の海底に潜水作業員として潜り、その時に第二氷川丸には財宝が積まれていない事を知ったはずである。ところが、舞鶴にやって来て何者かに殺されてしまった。

なぜ彼らは舞鶴の海にこだわるのか。

その疑問に対して、十津川は、一つの推理を立てた。昭和二十年の敗戦の時、海軍の中央がそれまでに獲得していた資源や財宝を連合国軍に渡す事を拒み、臥薪嘗胆《がしんしょうたん》を唱えてそれをどこかへ隠そうとした。そして舞鶴鎮守府に命令を出す。第二氷川丸を直ちに舞鶴港から出港させ、沖合で自沈させせよという命令である。

これは一つのトリックで、外国などの目を舞鶴沖と第二氷川丸に集めておいて、他の場所に莫大な財宝を沈めて隠したのではないかと推理したのだ。

この推理には、京都府警の原田警部も、賛成した。問題は二つ。第一は、この命令を出したのが誰かという事。第二は、どこに隠したかという事である。それを調べる為には、新しく捜査をしなければならない。

2

昭和二十年八月十八日。舞鶴鎮守府防備隊の掃海《そうかい》部隊指揮官の佐藤大尉は、舞鶴港に停泊中の海軍特設病院船第二氷川丸を、極秘の内に爆沈せよとの命令を受けて、翌日十九日の未明、爆弾を積んだ病院船第二氷川丸六千七十六トンを出港させ、舞鶴港沖合で爆沈させた。これは間違いない。証言もある。ただ、誰の命令だったかがわかっていない。わかっているのは海軍の中央からという事だけで、個人名は不明だ。恐らく命令を出した海軍中央という組織が、個人名を、出さなかったのだろう。旧日本軍では、よくあったことらしい。

この為、当時も様々な噂《うわさ》が流れたという。米内海軍大臣の命令だという説もあり、当時の舞鶴鎮守府司令官の命令だという話もある。しかし、どちらも間違っていると、十津川は考えた。なぜなら、米内海軍大臣は、日本が降伏するか、戦争を継続するかの御前会議に出席していて、その後も戦争終結の為に政治的に動いているからである。また、舞鶴海軍鎮守府の司令官の命令というのも考えられない。なぜなら当時の海軍というのは上意下達《じょういかたつ》に最も厳しい組織で、上からの命令には従うが、下から命令する事はありえないからだ。

そこで考えられるのが、海軍軍令部の存在だった。日本の陸軍も海軍も戦時中は外国の軍隊組織とは異なる面が一つだけあった。それは、天皇の存在だった。

日本の軍隊の場合、陸海軍とも命令系統が二つに分かれていた。陸軍で言えば陸軍省と陸軍参謀本部である。海軍は海軍省と海軍軍令部という事になる。この複雑さは、天皇の存在から来ていた。

天皇は日本国の君主である。しかも現代的な君主制の内閣制度を作っていた。したがって、君主の下には内閣総理大臣がいて、その下に陸軍省も海軍省もあった。ところが、日本が特異な所は君主の天皇が同時に軍隊の最高権威、大元帥《だいげんすい》でもあったことである。

軍人たちも、自分たちは天皇の軍隊いわゆる皇軍で、天皇直属の組織であるから、何者にも邪魔されずに大元帥の下で作戦を計画し、実行する。そう考えて、陸軍では陸軍省の他に、天皇直属の参謀本部を作った。海軍も同じ様に海軍省の他に海軍軍令部を作った。そして陸軍省、海軍省はそれぞれ予算の獲得や、軍隊の増強、海軍ならば軍艦の建造などを事務的にやっている所であって、戦争の計画を立て、実行するのは陸軍参謀本部であり、海軍軍令部という事になってしまった。

そして、陸軍参謀本部長には長い間皇族出身の閑院宮《かんいんのみや》が座っていたし、海軍の場合は同じく皇族出身の伏見宮《ふしみのみや》が、長い間軍令部長の地位にいた。その為、軍人たちも皇族の閑院宮や、伏見宮には抵抗する事が出来ず、ますます陸軍参謀本部と海軍軍令部の存在が大きくなっていった。

昭和二十年八月時点で、海軍では、長い間軍令部長だった伏見宮は退職して、及川《おいかわ》古志郎《こしろう》が軍令部総長、軍令部次長には特攻の生みの親と言われた大西瀧治郎が座っていた。八月十四日の御前会議に米内海軍大臣も軍令部総長の及川古志郎も出席していたから、舞鶴鎮守府に第二氷川丸の沈没を命令する事は、まず無理だろう。海軍軍令部次長の大西瀧治郎は、特攻の責任を取って、終戦の翌日に腹を切って自刃している。

では、誰が一体、八月十八日、舞鶴鎮守府に命令をしたのか。

それを調べる為に、十津川と京都府警の原田警部は東京の防衛省に行き、防衛省が持っている資料や写真を中心に調べる事にした。

昭和二十年八月十五日前後の日本。

陸軍も海軍も混乱を極めていた。御前会議で天皇の英断により、終戦が決まったが、若手の将校たちは戦争の継続を願って、クーデターを計画していたし、海軍の厚木基地では終戦の放送があったにもかかわらず、特攻機に飛び乗って沖縄へ突撃していったパイロットも少なくなかった。また、海軍の第五航空艦隊長官の宇垣纏《うがきまとめ》は、基地司令は徹底抗戦を叫んで、基地の中に籠城《ろうじょう》してしまった。また、海軍の第五航空艦隊長官の宇垣纏は、天皇の玉音放送を聞いたにもかかわらず、

「戦争を中止するとは言っておられない」

と、十一機の「彗星」爆撃機を率いて沖縄に特攻してしまった。

海外に配置されていた日本軍が、八月十八日に舞鶴鎮守府に対して第二氷川丸の自沈を命令したとは思えない。とすれば、本土の海軍軍令部だろうと想像がついた。しかし、軍令部総長の及川古志郎は御前会議に出席していたし、次長の大西瀧治郎は自刃してしまっている。とすると、軍令部総長以下の部長、課長、その中の誰かが、自らの判断で八月十八日、舞鶴鎮守府に第二氷川丸の自沈を命令したに違いない、と十津川は考え、原田警部も同意した。

そこで終戦時、海軍軍令部にいた軍令部員全員の名前を書き出していった。陸軍参謀本部も同じだが、当時の海軍軍令部は海軍大学校を優秀な成績で卒業したエリートの集まりだ。前線には派遣されずに東京の軍令部で作戦の計画を立て、命令し、あるいは特攻作戦を考えていた。八月十八日、彼らが一体どんな計画を立て、どんな事を実行したのか。その中の誰かが舞鶴鎮守府に、第二氷川丸の自沈を命令したに違いないのだが、全員の名前と経歴とを見比べながら、十津川と原田警部は、一人に絞っていった。

十津川は、長谷部健夫《はせべたけお》という海軍少佐に注目した。終戦時三十五歳。海軍兵学校を首席で卒業、海軍大学校もまた首席で卒業した文字通りのエリートである。海軍軍令部の華と言えば、作戦部だろう。そこで、次の作戦計画が練られ、その作戦計画にしたがって命令が出され、連合艦隊がそれを実行する。普通、海軍大学校を首席で卒業していれば、ほとんど作戦部に配置される。それにもかかわらず長谷部は、作戦部ではなくて、後方支援を担当する軍需部に配属されていた。来年度の建造計画を立て、それについて陸軍と折衝したり、建艦に必要な物資の手配をしたりする地味な部署である。なぜ長谷部健夫の様な優秀な人間が、軍令部の華である作戦部に配置されなかったのだろうか。それを調べていくと、「M事件」にぶつかった。

通称「M事件」は日露戦争の末期に起きた事件で、戦後になってようやく明らかになった。戦前、戦中には海軍の恥辱《ちじょく》として秘密にされていた。M事件の「M」は「舞鶴」のMだとわかって、十津川と原田警部は、この事件に関係のある長谷部健夫少佐に注目したのである。

M事件は、次のようなものだった。

3

日露戦争が勃発《ぼっぱつ》した時、ロシアは世界第一の陸軍国であり、大艦隊の持ち主の海洋国家でもあった。日本の方からモスクワに攻め込む事など、無理な話で、逆に日本本土が攻撃される事を考えて、日本の各地に急遽《きゅうきょ》、鎮守府が設けられた。その中の一つが日本海に面した舞鶴鎮守府である。

特に、舞鶴鎮守府が重視されたのは、日本海に面した唯一の軍港であり、ロシア海軍の極東基地、ウラジオストクと向かい合っていることだった。また、ロシアが中国から借りて使っていた大連《だいれん》にも近い。当時、日本国民の中には、ロシア軍が日本本土に攻め込んで来たらどこに逃げたらいいだろうかと、慌てて山奥への引っ越しを考えた人たちもいたと言われている。日本の軍隊も、もちろん最初から簡単に勝てるとは思っていなかった。ところが満州の奉天《ほうてん》での戦いで日本軍は勝利し、また極東に回って来たバルチック艦隊を、日本海で沈めてしまった。そこで逆に、

「これで勝った」

という戦勝気分が国民の間にも溢《あふ》れていったのだが、しかし、軍人の中には、勝利を喜ぶ者は少なかったと言われている。

第一、ロシアは、バルチック艦隊が全滅したにもかかわらず、もっと強力な大艦隊を極東に回して、敵討ちをするという声明を出していたし、陸軍は、奉天会戦で敗れた軍隊に倍する大軍をヨーロッパから極東に回し、日本軍を撃滅すると息巻いていた。そんな空気の中で長谷部健夫少佐の祖父、長谷部健太郎《けんたろう》海軍中佐は、間違いなく、ロシア軍が日本海側から日本本土に攻め込んで来る、その第一目標は舞鶴鎮守府になるだろうと考え、舞鶴港の背後の山中に必要な資源や武器を隠しておく事を計画し、それを実行したのである。長期戦を考えたのだ。

ところが、日露戦争は突然終結する。大国ロシアが、屈服したわけではなくて、日本が自主的に、勝ったにもかかわらずロシアに対する要求をほとんどゼロにして、解決に持って行ったからである。賢明な日本の政治家と軍の上層部が、実質的には勝利

だが、このままでは、日本の国力が続かないと考えたうえで決断した和平だった。国民は、勝ち戦《いくさ》なのに、なぜ、講和を結んでしまったのかと怒り、将校や兵士たちの間でも、同じ様な不満を持つ者が多かった。その空気の中で、長谷部中佐の取った行動が問題となった。長谷部中佐はロシアとの戦争が長引き、ロシア軍が舞鶴周辺に上陸してくる事を考えての行動だと主張したが、密《ひそ》かに物資や軍事品を舞鶴の裏山に隠し、戦後それを売却し、儲《もう》けようとしたに違いないと見る人間もいて、長谷部中佐は逮捕された。

しかし、裁判になる前に無罪を主張しながら獄死してしまった。これが、日露戦争直後の「M事件」である。

その孫にあたる長谷部健夫は、祖父の汚名をすすごうとして、中学卒業と同時に海軍兵学校に志願し、入学。文武両道に秀《ひい》で、首席で卒業。一時期舞鶴海軍鎮守府に籍を置いたが、その後、海軍大学校に入学。ここも首席で卒業して海軍軍令部に配置された。

本来なら、海軍軍令部の華と言われる作戦部に配属されるはずなのに、M事件の為に作戦部ではなく、軍事品を動かすいわゆる後方支援の軍需部にまわされた。祖父の汚名のためと噂された。

長谷部健夫少佐はすでに亡くなっているが、十津川と原田警部は、この長谷部健夫少佐が昭和二十年八月十八日に、舞鶴鎮守府に問題の命令を出したのではないかと推理した。二人はその調査の途中で、二・二六事件に関係して処刑された陸軍中尉の孫が、その祖父の汚名をすすごうとして、特攻に志願し、爆弾を積んだ戦闘機で、アメリカの航空母艦に体当たりして死んだ、という話も聞く事になった。

長谷部健夫少佐は、その特攻隊員と同じ気持ちで、終戦を迎えていたのではないだろうか。当時の軍令部の資料あるいは手紙などを調べると、問題の軍需部で長谷部健夫少佐は部長ではなくて課長だったが、生来の明晰《めいせき》な頭脳を使って、ほとんど、軍需部の仕事を一人で動かしていた、と言われていた。海軍大臣の米内は和平に動いていたが、軍令部の方は戦争継続の空気が強かった。そこで軍需部にいた長谷部課長は、本土決戦に備えて海外で日本軍が手に入れた鉄、石油、アルミニウムあるいはゴムなどの、戦争に必要な物資を東南アジアから本土に運び込んで蓄積する事に熱中していたと言われる。しかし、日本の輸送船はアメリカの空軍、または潜水艦によってあらかた沈められ、使用できる船は、海軍の病院船だけだった。

もちろん病院船に軍事物資を積み込む事は国際法で禁じられていたが、それをごまかし、軍需部は、第二氷川丸その他の病院船を使って、占領地で手に入れた金属などを中心に、本土へ運び込み、佐世保や舞鶴の軍港に保管していた。

この違法な作戦を、指揮していたのは長谷部健夫少佐だったと次第にわかってきた。残っていた資料によれば、長谷部健夫少佐は昭和三十三年九月二十日死亡。四十八歳と記されている。戦後、十三年経《た》って死亡したのである。その間、何をしていたのかはわからなかったが、十津川と原田が注目したのは、そこに書かれている住所だった。舞鶴の地名だったからである。

とにかくその地名をメモに書き写し、すぐ舞鶴へ引き返す事にした。

4

東舞鶴駅で降り、海沿いを舞鶴引揚記念館に向かって歩いていく。昭和二十年代には、海外からの帰還兵や民間人が引揚船で次々と帰って来たのだろう。港は悲喜こもごもの笑いや涙で溢れていたに違いないが、今はひっそりと静かである。

引揚記念館近くから、山に向かって登って行く。雑木林に入ると人家もほとんどなくなって、山の空気だけが二人の身体を包んでいく。

「こんな山の中に、本当に長谷部健夫は住んでいたんですかねぇ？」

もいたそうです。お米は買っていたそうですが、自分で野菜を育てたり、魚を釣ったりして何とか自給自足でお暮らしになっていた様です。とにかく質素な暮らしだったと、先輩はいっていました」

「自分で野菜を作ったぐらいじゃ自給自足は出来ないでしょう？」

十津川がいった。

「それを聞いたら、海軍にいたので軍人恩給が出る。それで何とか、暮らしていけると。それに、なんでもお祖父さんが舞鶴鎮守府に勤務していた事があったそうで、そのこともあって舞鶴の海が見える場所に、暮らしたいんだと、話していたそうです」

「昭和三十三年九月二十日に、四十八歳で死亡した事になっていますが、亡くなった頃の事を誰かご存知じゃないですかね？」

と、十津川が聞いた。

「これも、先輩が話していたんですが、その頃、たまたま訪ねて行ったら、家の中で、長谷部さんが亡くなっていたそうです。舞鶴に海外から帰って来る舞鶴港の引き揚げが終わったのが、昭和三十三年九月で、全国で、舞鶴の引き揚げが最後でした。偶然かもしれませんが、最後の引き揚げが終わった直後に長谷部さんも亡くなったんじゃないかと、そういう人もいます」

と、市役所の職員は、話してくれた。

「終戦直後に舞鶴沖で沈んだ病院船の話は、もちろんご存知ですよね」

原田警部が聞く。それを受けて市役所の職員は、

「もちろん、知っていますよ。有名な話ですから」

といったあと、

「あ、そうだ。お二人ともあの事件を調べに来られた刑事さんじゃなかったですか？　今日市役所に来られた時、そうじゃないかと思ったんですが」

十津川は、頷《うなず》いて、

「天橋立で死体で見つかった大竹という男の事件も調べています。それで聞きたいんですが、この大竹昭一という男が」

と写真を見せながら、

「市役所で、この長谷部健夫さんについて、何か、聞いていませんでしたか？」

「いえ。ただ、大竹昭一という男性が、発見された頃ですが、私の父が、この辺りを散歩していたら、雑木林の中で、男が歩き回っているので、『火事に注意して下さいよ』と声を掛けたそうです。タバコの吸い殻が原因で山火事になる事もありますから。どうやらその男が、天橋立で死んでいた大竹という人らしいです」

「その他にも、この場所について質問する人は、いませんでしたか？」

原田が聞いた。

「この辺りに、別荘を建てて住みたいと言って、土地の持ち主の事を聞きに、市役所に来た人が何人かいたようです。いずれも、土地の人じゃありません。皆さん舞鶴湾が見える場所が気に入ったとおっしゃっていましたが、この辺りはそれほど便利な場所じゃありませんからね。都会の人には、住みにくいと思いますよ」

「その場所に、長谷部健夫さんは終戦直後から昭和三十三年まで住んでいたわけですよね？」

「そうですね」

「長谷部さんについて、他に何か、聞いた事はありませんか？」

と、十津川が聞いた。

「その事なら、私なんかより舞鶴引揚記念館でお聞きになった方が良いんじゃありませんか？」

「どうしてです？」

「引揚桟橋の近くに、引揚援護局の建物がありましてね。外地から引き揚げてきた兵隊さんや民間人がそこで一休みして、復員証明書や引揚証明書をもらったところです。

その引揚援護局によく長谷部さんが、女性と一緒に顔を見せて、復員した軍人や民間人に話をしていたらしいんです。そこで聞いたら、長谷部さんの事で何かわかるんじゃありませんか」

と教えてくれた。

新しく改修された引揚桟橋に人影はない。その近くの舞鶴引揚記念館も、ひっそりと静かだった。中に入る。入館者の姿もほとんどない。昭和三十三年九月に最後の引揚船が舞鶴に入港したと言うから、それからもうすでに六十年以上が過ぎているのである。

考えてみれば、今回の事件で、溺死した大竹昭一は、この引揚記念館に入って引揚船の写真を撮っていたのである。

十津川と原田は、係員に警察手帳を見せ、長谷部元少佐について聞くことにした。用意してきた長谷部元少佐の写真を見せ、山の上にあったという家のことを話すと八十八歳の女性係員は、口がほぐれてきた。

長谷部元少佐と一緒にいた若い女性のことは、はっきり覚えているという。

「引揚船が入る日時は、前もって、告示されるんです。その日になると、長谷部さんがその女性と、あと二人、こちらは若い男の人ですが、四人で、引揚者を迎えておられました」

と、係員は、いう。

「どんな迎え方、ですか？」

「駅の近くに、大きな待合所があったんです。そこで、引き揚げてきた兵隊さんや民間人の人たちが、茶菓の接待を受けながら、列車の到着を待つんです。政府の施設じゃありません。長谷部さんが、私費で建てたと聞いています。ええ。今はありません。引き揚げが終わったあと、なくなりました」

「若い男女も、長谷部さんと一緒に、そこで働いていたわけですね？」

「はい」

「ずっと、同じ人たちでしたか？」

「二人の男の方はわかりませんが、女の人はずっと同じ人でしたよ。三十代前半の色の白い方でした」

「名前はわかりませんか？」

「長谷部さんは、確か、セツコさんと呼んでいたと思います。どういう字を書くのかはわかりません」

「何か特徴は覚えていませんか？」

と、十津川が、聞いた。

「その頃の女性としては、背の高い方でした。ああ、身内に、シベリアに抑留されている方がいるみたいでしたよ。この舞鶴は、シベリアから帰って来られる方が、多かったですから」

と、教えてくれた。

その身内が、無事帰って来たかどうかは、わからないという。

確かに、この記念館には、シベリア抑留についての品物が、数多く展示されている。シベリアの原生林の伐採に使われた斧《おの》や、のこぎり、「捕らわれびと」と題された絵、自作の箸《はし》やスプーン、手作りの木の麻雀パイ、日本軍の水筒。

「いつも引揚船が入ってくると、長谷部さんと、その三人が迎えて、駅前の待合所で、接待していたわけですね？」

と、原田が、聞く。

「ええ。そうです」

「終戦直後に、長谷部さんは、舞鶴にやって来て、山の上に小屋を建てて住みついたわけですよね。その時と、引揚者を迎えるようになってからと、印象は違ったんじゃありませんか？」

と、十津川が、聞いた。

「私は、後《あと》の長谷部さんしか知りませんが、人の話では、昔の長谷部さんは元海軍の軍人さんで、眼付きが鋭くて怖かったそうです。私の知っている長谷部さんは、優しい感じでしたけど」

「長谷部さんは、ひとりの時には、若い男女は、傍にいなかったんですね？」

「ええ。長谷部さんと一緒に住んでいるわけではなくて、引揚船を迎える時に、他所《よそ》からやって来るんです」

「他に覚えていることは、ありませんか？」

「女の方は、いつも、黒い鞄《かばん》を持っていらっしゃいました」

と、いう。

「鞄ですか？」

「ええ」

「何のために持っていたんですかね？」

「長谷部さんは、引揚者が、持ち帰った品物、スプーンや箸などを高く買っていました。引揚者は、帰国して、いくらでもお金の欲しい時だから、喜んで売っていました。鞄には、そのためのお金が入っていたんだと思います」

「売る物のない引揚者には、どう応対していたんですか？」

「その時には、色紙を書いてもらって、その代金を支払っていましたね」

「一枚いくらでしょう？」

「それはわかりませんが、その時、引揚者に、差し当たって必要な金額を聞いて、その金額を払っていたという話も聞いています」

「舞鶴に帰ってきた引揚者は、全部で、何人ですか？」

「六十六万四千五百三十一人です」

「長谷部さんたちは、その全員を、待合所で接待したんですかね？」

「ほとんど全員を、接待されたと思います」

「その人たちから品物を買い、ない人には、色紙を書かせて、その代金を払った。全部で、かなりの金額になりますね」

と、十津川が、いい、原田は、

「一人千円として、六億六千四百五十三万一千円です。一人一万なら、六十億円を超える」

と計算する。

係員は、困って、

「そういう問題は、市役所で、聞いて下さい」

と、いった。

5

十津川たちとしては、この問題を、突きつめたいので、原田警部と、市役所に戻った。

今日の午前中にも、長谷部元少佐のことを聞いている。

今度も、市長や助役が、会ってくれた。

十津川が、長谷部と一緒にいたという女性のことを聞くと、市長が、

「それなら、サイモンセツコさんです」

と、いい、

「祭門節子」

と、書いてくれた。

「ちょっと変わった名前ですね」

「長谷部さんに、秘書の方ですかと聞いたら、知人の娘さんと返事をされたそうで

す」

「彼女は、いつも黒い鞄を持っていて、長谷部さんは、引揚者から、持ち物を買い、ない人には、色紙を書かせて、その代金を払っていたと、聞きましたが」

「大変な散財だったと思いますよ。引揚者の方々の持ち物といっても、手作りのスプーンとか箸とか、古びた軍用飯盒《はんごう》や水筒ですからね」

と、助役が、いう。

「トータルで、いくらぐらいだったと思いますか？」

「一人一人に、いくらもらったかと聞けませんからね。それに、引き揚げ開始の頃と、最後では、レートも違っています。大ざっぱに、一人一万円としても、六十億円。レートの変動を、もっと厳密に計算すれば、六百億円という人もいます」

「そんな大金を長谷部さんは、どうして用意できたんでしょうか？」

十津川が、聞くと、市長が笑って、

「いろいろと、いっていますが、わかりませんねえ」

「例の第二氷川丸の財宝との関連が、噂されたことはありませんか？」

と、原田が、聞いた。

「それは、ないんじゃありませんか」

「終戦直後に、長谷部さんがやってきて、舞鶴の山の上に、ひとりで家を建てられたんですね？」

十津川が、確認するように、聞く。

「そうです。おひとりで、建てて、お住みになっておられました」

「市の方で、手伝ったことはないんですか？」

「電気やガスを引く時に、お手伝いしただけです」

「昭和二十年十月に、引揚事業が始まると、東舞鶴駅の近くに、長谷部さんが、待合所を造った？」

「そうです。列車の到着を待つ間、そこで、引揚者の方たちは、茶菓の接待を受けたわけです」

「かなり大きな待合所ですよね？」

「まあ、当時としては、大きかったと思います」

「長谷部さんが、ひとりで、資金を出したんですか？」

「そうです。当時の市は、資金難でしたから」

「今は、もうありませんね」

「昭和三十三年に、長谷部さんが亡くなられましたから。今は、市所有の公園になっています」

「市が、長谷部さんから、買い取ったんですか？」

「いや、長谷部さんの方から、寄付して頂きました」

「その時には、長谷部さん本人は亡くなっていたはずですから、寄付者は、長谷部さんの子供ということですね？」

「そうです。長谷部さんが亡くなる前に、遺言されていたのでといって、ご子息が、寄付されたんです」

と、市長がいう。

「ぜひ、その方の名前や、住所など、教えて下さい」

二人の刑事が頼むと、市長は机の引出しから、一枚の名刺を取り出して、示してくれた。

「長谷部財団
　理事長　長谷部要介《ようすけ》」

住所は、小田原《おだわら》だった。

二人の刑事は、その名刺を、自分たちの手帳に書き写した。

十津川は、この人物に会う必要があると思ったが、その前に、舞鶴で、更に調べておくことがあると、思ってもいた。

その一つが、長谷部元少佐が建てた、山の上の家に関することだった。

「現在、長谷部さんの家があったところは誰の所有になっているんですか？」

と、十津川が、聞いたのも、その一つだった。

「長谷部財団の所有になっています」

と、助役が答える。

「あんな荒れた家屋跡をですか？」

と、十津川が、更に聞く。

「そうです。ですから、市が触れることは出来ません」

「長谷部財団は、あの土地を、どうするつもりなんですかね？」

「何でも、舞鶴の海が好きだった長谷部さんを記念して、あの場所に、小さな広場を造りたいと、ご子息は、おっしゃっていました」

「あんな不自由な場所にですか？」

「しかし、道路は、いいですよ。長谷部さんも海軍の士官らしく、あの家を建てた時も、まず町からの道を造ってから、家の方に取りかかっていましたから」

「しかし、駅近くに造った待合所の方は、引揚事業が終わると売却してしまったんでしょう？」

「いや、市に寄付されたんです」

「ますます、不可解ですよ。普通なら、駅前の一等地の方が価値があるのに。そっちを寄付して山の上の家屋跡を所有しているのですか」

と、十津川はいったが、反応はなかった。

6

二人の刑事は、小田原に向かった。

名刺にあった場所は、桜並木のある、いわゆる高級住宅街である。

大きな家が並び、その中に、小田原図書館もあった。

コンビニや、商店のない、静かなお屋敷街である。

その中に「長谷部邸」もあった。

「長谷部財団」の名前は、表札の下にあった。

主人の長谷部要介に会う。七十歳くらいの落ち着いた感じの男だった。

十津川たちは警察手帳を示してから、

「われわれは、舞鶴で起きた事件を捜査しています」

と、いった。

「そうですか。私の父は、舞鶴が好きで、住んでいたこともあります。しかし、昭和三十三年に亡くなっています。現在の事件とは、関係ないと思いますが」

「舞鶴の海に、莫大な財産を海軍の病院船に積んで沈めたという話がありましてね」

と、今度は、原田警部が話す。

長谷部要介は、ニッコリして、

「私も、そういうお伽噺《とぎばなし》は大好きです。しかし財宝も、金もない私たちとは、無関係の話ですね」

「お父さんの健夫さんは、戦時中、海軍軍令部におられましたね？」

「そう聞いています。が、私は、戦後生まれなので戦争中のことは全く知りません」

と、長谷部要介が、答える。

「戦後すぐ、お父さんは、舞鶴に移り住まれ、その後、引揚者を経済的に、援助されています」

「そのことは、知っています。わが父ながら立派なものだと思います。とても、私には出来ません」

「われわれが調べたところ、お父さんは、六十億円とも六百億円ともいう大金を、引揚者たちに、寄付しているんですよ」

「そんな大金を何処から集めたんですかね。全く、想像がつかない」

「だが、寄付されているんです。お父さんは軍人だから、日記をつけておられるかもしれませんね」

「いや。父は、ずぼらで、日記をつけるのを見たことがありません」

「そうですか。一応調べてみて下さい。お父さんは、何か事業をやっていらっしゃったんですか？」

「それはありません」

「しかし、何かやっておられたと思いますよ。お父さんが働いていた海軍軍令部というのは、海軍のエリートたちが集まっていたところですから」

「申しわけないが、私は、昔の海軍や陸軍には、関心がないのです」

「しかし、長谷部財団の理事長をやっておられますよね」

「あれは、平和運動です。父も、祖父も軍人でしてね。平和とは逆の仕事をやっていた。ということで、孫の私は、平和運動をすべき義務があるのではないかと思いましてね」

と、長谷部要介が、いう。

何となく、嘘っぽいと、十津川は、感じた。

「祭門節子さんは、ご存知ですね？」

と、十津川は、話題を変えた。

「ああ、知ってますよ。父の下で働いていた女性です」

「何処に行けば、会えますか？　ぜひ、お会いして、お聞きしたいことが、あるんですが」

「祭門さんは、父が亡くなったあと、顔を見せなくなりました。生きていればもう九十歳を超えているんじゃありませんか。私も連絡を取る必要があったりするんですが、何処にいらっしゃるかわからないのですよ。電話番号も、わかりません」

と、長谷部要介が、いう。

「祭門さんは、どんな仕事をやっていたんですか？」

「よくわかりませんが、父の秘書的な仕事をされていたんじゃありませんか」

「長谷部財団のパンフレットがあれば、頂きたいのですが」

と、原田がいうと、長谷部は、ニッコリして、

「どうぞ、持って行って下さい。始めたばかりで貰って下さる人を、探していたんです」

と、数枚を、まとめて押しつけてきた。

二人は、長谷部邸を辞し、小田原駅近くのカフェに落ち着いてから、パンフレットを見た。

「子供たちに、小さな遊び場を！」

という大見出しに宣伝文句が続く。

「昔は、町のいたる所に、小さな原っぱがありました。五、六坪の小さな原っぱで、駐車場もなければ、遊び道具もなく、雑草が生い茂る文字通り原っぱです。それでも、子供たちは集まってきて、夢中で遊ぶんです。

この小さな原っぱの良さは何でしょう。

一、車が入らない
二、大人も来ない
三、家の近くにある
四、タダである
五、時間制限なく、いつでも遊べる

どうですか？

今、子供たちにとって、必要なのは、駐車場付きの、高価な遊具のある入園料の必要な運動場ではありません。小さな、何もない原っぱです。車も大人も邪魔しない、自宅近くの原っぱです。

私たち長谷部財団は、そんな原っぱを、全国に作ろうとしています。町の真ん中で、使いようのない小さな原っぱがあれば、わが財団が購入し、子供たちの原っぱにします。

すでに、日本全国に、夢の原っぱが多数、生まれています」

日本地図に、小さな赤丸が、散らばっている。

「小さな原っぱ」で、遊んでいる子供たちの写真も、載っていた。

コーヒーを飲みながら、十津川と原田は、パンフレットの隅から隅まで見ていった。

「ありませんね」

「ありませんね」

と、二人は、同時に、叫んだ。

その発見に、二人とも、喜んでいた。

日本の地図のいたるところに、記された赤い小さな丸。

それがあるべき町に、ないのだ。

舞鶴のあの山上である。

雑草が生い茂り、今は、全く使われていない。

山の上だが、舞鶴の町から歩いて行ける。

山の上だから、車も来ない。

現在長谷部家の所有だから、子供の原っぱにしても、誰も文句をいわない。

パンフレットの文句に従えば、あの土地ほど、子供の原っぱにふさわしい場所はないはずである。

それなのに、パンフレットには、赤丸がついていないのだ。

「すぐ戻りたいですよ」

と、原田警部が、いい、

「私も、すぐ、あの場所に行ってみたい」

と、十津川も、応じた。

（これで、事件は、解決に向かうかもしれない）

第七章　犯罪オークション

1

急遽《きゅうきょ》、十津川と京都府警の原田警部、そして亀井の三人が向かったのは、あの舞鶴の山の上の長谷部の家の跡である。車で山を上がっていく。改めて、舗装はされていないがしかし、しっかりと固めてある道だと思う。これなら、トラックも上がる事が出来ただろう。

十津川がその事をいうと、原田警部がいった。

「調べてみると、昭和二十年の初めの頃、軍港舞鶴を守る為に、この山の上に砲台を造る予定があったそうです。その為にまず道路を造ったのだが、砲台を造る前に戦争が終わってしまった。したがって、舗装はされていませんが、トラックが山頂まで上がれるような道路になっているそうです。長谷部健夫はこの道路を利用して、自分の家を建てようとしたらしいですよ」

しかし今、十津川たちが見つけようとしているのは、長谷部が建てようとした家の跡ではない。

車で山頂まで上がる。

廃屋が見えてきた。問題は、廃屋の下である。車を降りると三人はシャベルを手に取って、廃屋の中へ入っていった。

長谷部の家そのものはバラック建てで、粗末な物だった。しかし、改めて調べてみると床は頑丈である。家そのものは崩れて、文字通り廃屋になってしまっているが床は丈夫だった。足で蹴《け》っても、びくともしない。

家の残骸《ざんがい》である木片や瓦《かわら》などを、まずシャベルでどけていく。そのあとに現れたのは頑丈な鉄板の床だった。その上に建てた家が余りにもボロ家だったせいか、床の鉄板は異常な硬さをもって、三人に迫って来た。

「とにかく、床全体を見てみましょう」

十津川がいい、三人はシャベルを動かして鉄板の見える範囲を広げていった。

「明らかに住んでいた家よりも広い、二倍はありますよ」

原田警部がいった。

「どこかに入口があるはずです」

十津川が応じた。

鉄板の床は七十四年経《た》った今でもほとんどサビがなかった。サビを止める塗料が塗ってあるのか、本来の鉄板の色と頑丈さを保っている。恐らく長谷部たちは、このボロ家に住んでいる間、家の修理よりも、床の鉄板を磨いていたに違いない。それも長谷部一人ではないだろう。二人の若い男と一人の女性が居た事もわかっている。たぶんその二人の男たちが長谷部に協力して床の鉄板を磨いていたのだろう。

やがて、亀井刑事が、

「見つけましたよ」

声をあげた。そこに急ぐと、鉄板の床の一ヶ所に取っ手が付いているのがわかった。鉄板の一部がその取っ手を使って開く事が出来るようになっているのだ。今でもその大きな鉄板は、三人の力でゆっくりと、ずらしていく事が出来た。

二メートル四方くらいの大きな鉄板を動かしていくと、そのあとに大きな穴が待ち受けていた。暗い穴である。三人で用意してきた懐中電灯を点《つ》け、その穴に向かって照らしてみると、階段が下に向かって、続いている事がわかった。

三人は頷《うなず》きながら、コンクリートの階段を下りていった。かなり深い穴である。床に足が着いた。用意してきたランプを何ヶ所かに置いた。懐中電灯を消して、改めて周りを眺め回した。

巨大な地下室である。よく見ると少しずつ、広げていった形跡があった。まず、十メートル四方の真四角な地下室を作り、運ばれてきた荷物が多くなるにつれて、少しずつ、広げていったように見える。

今は、何もない。

単なる空間である。しかし、ここに何が積まれていたか、想像する事は可能だった。東南アジアから運ばれてきた様々な軍事物資や、占領地で手に入れた様々な宝石、金や銀などであろう。それらが、ここまで運び上げられ、地下室に隠されていたに違いない。

澱《よど》んだ空気のためか少しばかり息苦しくなってきたので、三人は階段を上がって、地上に出た。改めて山上から舞鶴湾と、舞鶴の町に目をやった。戦争中、ここは軍港で舞鶴鎮守府が置かれていた。そして今も、同じく軍港である。海上自衛隊の駐屯地でもある。様々な建物が目に入る。海上自衛隊の軍艦も、何隻か係留《けいりゅう》されていた。

しかし、長谷部健夫がここにやって来た昭和二十年八月二十日頃はどうだったのだろうか。舞鶴鎮守府は何度も空襲を受けているが幾つかの日本海軍の建物は残っていたのだろう。だが降伏した後、日本は、非武装中立国家になる事が目標にされていた。まだその頃は引揚船も舞鶴港には帰って来ていない。引揚事業が動き出すのは、昭和二十年十月からである。

たぶん、この舞鶴の町は、その頃、死んだように活動を止めていたに違いない。そこで長谷部は若者たちを使って、ここに軍事物資や宝石などを蓄える途方もない巨大な地下室を作る事を考えたのだ。

その一方、長谷部は、軍令部から舞鶴鎮守府に向かって、病院船第二氷川丸を舞鶴湾外で爆沈させる事を命じた。莫大な軍事物資や宝石などを積んだ第二氷川丸を隠すために、自沈したように見せかける為である。

計画は成功したのだ。

三人は腰を下ろして、眼下に広がる舞鶴の海に目をやった。遠く、問題の島が見える。

「長谷部の計画は、成功したんですよ」

原田警部が確認するようにいった。

「私も、そう思いますね」

と、十津川が応じて、

「日本海軍が、病院船第二氷川丸に、五百万ドルあるいは五千万ドルともいわれる軍事物資や、宝石類などを入れて、あの島の近くに沈めたという伝説が出来上がったんです。それを信じた国内外のグループが争って、このあたりの海底を調べていった」

「しかし、途中で第二氷川丸には問題の財宝は積まれていない事がわかった訳でしょう。それでもなお、この海を調べようとした人間がいるのは、どうしてでしょうか？」

亀井が疑問を口にする。

「それはたぶん、もう一つの伝説が、生まれたからだと思いますね」

と、原田が続けて、

「軍令部の軍需部にいた長谷部健夫は、この山上にわざわざ、バラックを建てて住むようになった。なぜ、こんな所に軍令部の参謀クラスの人間が、戦後に家を建てたのか。それはたぶん、ここから舞鶴湾を見張るためだっただろうと皆が思うようになった」

「そのうえ、引揚事業が始まると、長谷部と若者たちは駅の近くに待合所を造る、そこで外地から引き揚げて来た兵士や民間人に、金を渡すようになった。それが二つ目の伝説を作ったに違いないと思いますね。やはり、『舞鶴沖のどこかに莫大な財宝が隠されている』という伝説です。しかし、第二氷川丸の船内ではない。船内に隠したと見せかけて舞鶴沖の海底の他の場所に、問題の財宝が隠されているのではないか。そう思って、続けて外国の会社や日本人たちが舞鶴沖の海底を調べるようになっていったんだと思いますね。例のＮＳＲの社長たちも同じように考えたんでしょう」

十津川がいった。

「その莫大な物資はこの山上の家の地下に隠されていた訳でしょう。ごらんのように今は空っぽです。そうなると、莫大な財宝はもう、なくなっているんじゃありませんか」

と、亀井がいった。

「そうかもしれないが、違うかもしれない」

原田がいった。

日が暮れて来た。少しずつ、眼下の舞鶴湾が暗くなっていく。反対に、舞鶴湾に面した町の明かりが、強くなっていった。

三人は用意してきたテントを張り、その中に入る事にした。少しばかり、空気が寒くなってきたからである。それでも興奮が続いて、簡単には眠れなかった。用意してきたインスタントコーヒーをいれ、それを飲みながら話を続けた。

三人は、床に舞鶴の地図を広げた。

「長谷部は明らかに『日本海軍が復活する』と信じてその時の為に莫大な財宝をこの家の地下に、隠した。しかしその後、日本も海軍も復活はするが、彼の望んでいるような復活ではないとわかってきた。日米安全保障条約でアメリカに、がっしりと頭を押さえつけられている軍隊。そうした軍隊しか出来ない事を知った。せっかく隠した物資や財宝は、何の役にも立たない。そこで、国民に返すような気持ちで、金に換え、シベリアや中国から引き揚げて来た兵士や民間人に、渡していたんだと思いますね」

十津川が話すと、他の二人も頷いたが原田警部は、

「しかし、どうして最後までこの山上の家に住んでいたんでしょうか？　もう第二氷川丸の伝説を守っている必要はなくなったわけですから。ここから引き揚げて東京へ帰ってもよかったんじゃないか。それなのになぜ、ボロボロの家に住みつづけたんでしょう。決して快適ではなかったと思いますよ。最後までこの家から離れなかった。祖父の汚名という問題があったからじゃないんですか？　祖父の汚名をすすごうとして、この舞鶴に莫大な物資を隠したんですから。それももう終わってしまったわけですよ。隠す必要がなくなったのですから。それなのになぜ、この山上から舞鶴湾を眺めていたんでしょうか」

（確かにその通りだ）

と、十津川は思った。

「よほど舞鶴の海が好きだったんじゃありませんか」

亀井がいうと、

「たぶんそうでしょうね」

と、原田も応じた。確かにそうかもしれない。だがそれだけで長谷部健夫は、山上からこの舞鶴の海を毎日、眺めていたのだろうか？

2

いつの間にか眠っていたらしい。目を覚ますと、朝になっていた。

十津川はテントから這《は》い出した。今日も晴天である。朝日を受けて輝いている舞鶴湾に目をやっていると、海上自衛隊の駆逐艦二隻が、補給船一隻を連れて出港するのが見えた。このあと日本海に出てから、訓練にあたるのだろう。

十津川は、それをじっと眺めていた。湾内を出るまで、三隻はゆっくりと航行している。

いつの間にか原田と、部下の亀井刑事も、起き出してきて十津川の横に並んで腰を下ろした。

「海上自衛隊の出港ですか」

亀井がいう。

「戦前も、戦後も、この舞鶴は軍港なんだ。たぶん、日本海に面した唯一の軍港だから、軍港を続けていく事が宿命なんだろうね」

十津川がいった。

「長谷部も毎日、こうやって、同じ様に起きると舞鶴の海を眺めていたんでしょうかね」

と、原田がいった。

「と、思いますよ。そうでなければこんな山上に家を建てる必要はない」

「しかし、海ばかり眺めていたんじゃ退屈するんじゃありませんか？」

と、亀井がいった。

「カメさんは確か、青森の生まれだったね」

「そうです。青森で毎日のように海を眺めていましたよ」

「それでカメさんは退屈しなかったのか？」

「ただ単に海を眺めていると退屈です。しかし、海の中の何かを眺めていれば退屈はしないんです」

「何をカメさんは見ていたんだ？」

「カモメですよ。今日は何羽かな。数えながら、海を眺めていましたね。風が強くて今日はいないとか、考えながら海を眺めていると退屈はしないんです。何もない海よりはカモメが一羽いただけでも、海は違って見えますから」

と、亀井はいう。

「そうなると、長谷部健夫は毎日、舞鶴の海に何を眺めていたんだろう？」

原田がいった。

「カモメ、ですかね？」

「いや、カモメを見るならもっと海辺がいい。こんな山の上から見ても仕方がない」

と、十津川がいった。

長谷部健夫は何を見つめていたのか。それが三人の疑問になった。

「舞鶴の町ではありませんね」

と、亀井がいった。

「やはり長谷部は、舞鶴の海を毎日眺めていたんだと思うね」

十津川がいった。

「しかし、海は退屈ですよ」

亀井がいう。

「たぶんそうだろう。しかし、彼は最後まで舞鶴の海を眺めていたんだ」

「どうして、そう思うんですか？」

原田警部がきく。

「彼はこの家の地下に莫大な軍事物資や宝石を隠していて、それを金に換えて国民に還元していた。しかし、何か一つだけ売らない物があったんじゃないですか。それを海の財宝伝説が消えた後、ひそかにこの舞鶴の海に沈めたんじゃないか。そんな風に考えたんですがね」

「それは何ですか？」

「それを、何とかして確かめたい」

と、十津川がいった。

確かめる方法はあるのだろうか。その鍵を握るのは、長谷部のそばにいた女だと思う。大きな鞄《かばん》を提げていた。その中にはたぶん、莫大な財宝を売った金が詰まっていたのだ。

何処《どこ》で換金したのか？

3

十津川は戦後世代である。だから戦争を知らないし、戦後の闇市の時代も知らない。しかし、戦後すぐは、日本には何もなくて何でも売れたということは知っている。特に軍事物資、アルミとか重油とかゴムとか銅なら、いくら高くても売れたといわれている。

「しかし、その莫大な売上金を一時的にどこの銀行に預けていたんですかね」

と、亀井がきく。

「日本の銀行は、たぶん駄目だったでしょうね。戦後すぐは、占領軍によって活動を制限されていましたからね。自由に預けられたのはたぶん、アメリカの銀行ですよ。日本にやって来たアメリカ兵の給料だって扱わなければならないし」

原田がいった。

「それを調べてみましょう。時間が掛かるかもしれませんが、何かわかるかもしれない」

十津川がいった。

一旦、三人は別れて、十津川と亀井は東京に戻り、戦後すぐの銀行関係の資料を調べる事にした。

十津川が予想した通り、戦後すぐ日本の銀行はその業務を制限されていた。特に三井、三菱、住友といった大手の銀行はGHQによって、大きく制限されていた事がわかる。それに代わって自由に動いていたのはアメリカ系の銀行だった。戦後すぐ日本に進出してくると、日本の銀行のように制限されずに自由にドルを動かしていたし、日本円も動かしていた。

このアメリカの銀行の、戦後の動きを調べていくと、その客の中に「長谷部ユニオン」という会社名があるのを発見した。その長谷部ユニオンはかなり大きな金額を毎月の様にアメリカの銀行に預けたり、引き出したりしていたのだ。

これで長谷部の秘書と思われる女性が、大きな鞄を提げて、長谷部と一緒に動いていたわけもわかってきた。問題は長谷部ユニオンは、どんなものを売って莫大な利益をあげていたかである。

日本の戦後は物資がなかった。正価では物は買えなかった。その代わり、闇で金さえ出せば、どんな物でも手に入った。

その当時の記録が国会図書館に収められていた。それを見ると、いかに『闇』というものがのさばっていたのかがわかる。

戦後、昭和二十三年頃まで、米は配給だった。だから、一キロいくらという値段はあるのだが、その値段では売られていない。米だけではない。味噌、塩、酒などの食品だけに限らず、下駄や糸さえも闇の値段が付いていた。つまり、何でもかんでも売れた時代である。闇市場に行って金さえ出せば、何でも手に入った時代である。逆に言えば何でも売れたのである。その闇市場が警察の取り締まりにあってアウトになると、マーケットに姿を変えた。マーケットはスーパーマーケットになり、最後まで生き残ったマーケットはデパートになった。それが、日本市場の歴史だった。

そうした日本経済の歴史に長谷部ユニオンという名前が出てくるのだ。

調べていくと、東京、池袋の闇市場を支配していたのが長谷部ユニオンである。このグループに頼めば何でも手に入った。米でも塩でも、そして驚いた事に、絶対手に入らないと思われるペニシリンさえ手に入るのだと、当時の新聞に書かれていた。その長谷部ユニオンが扱った品物の一覧表も出ていた。漢方薬もその中には入っていた。たぶん、中国からその材料を手に入れたのだろう。重油もある。アルミニウムもある。銅やスズもある。金、銀も扱っている。その金は、金細工の職人が闇で買っていって、アメリカ軍の兵士が気に入るような記念品に加工して売りつけていたと思われる。

長谷部ユニオンが扱った品物、それは多岐にわたっていた。それを調べていって十津川は一つの結論に到達した。

ほとんどあらゆる物を扱っている。だが、一つだけ扱っていない物が見つかった。

「謎の財宝」に書かれていたものだった。

オランダの女王が身に着けていた宝石類である。インドネシアは戦争中、戦後もしばらくはオランダ領だった。インドネシアを占領した日本軍が、どこからか女王の宝石を手に入れたのだ。

日本軍が終戦直前に手に入れた宝石類の中に入っていたという話は、今も残っていた。そして、その宝石類をオランダ政府も探しているし、宝石類に目のないアラブの金持ちたちも狙《ねら》っていると、十津川は聞いた事があった。

その宝石類を、長谷部が他の軍事物資や宝石と一緒に手に入れていたとしたら、女王の宝石だけは金に換えていなかったと考えられるのである。

その事を、十津川が知らせると、京都府警の原田警部は、すぐ上京してきた。十津川は、帝国ホテルで会う事にした。現在、帝国ホテルで「世界宝石展」をやっていたからである。

まず二階の「菊の間」で開かれている「世界宝石展」をのぞく事にした。そこには、オランダの女王が使う王冠や、身に着ける宝石類も展示されていた。それについて十津川が、原田に、いった。

「私が調べた限りでは、オランダ王室の王冠とか宝石類は、代々前の女王の使っていた物を新しい女王も使う事になっていた様ですが、戦争で女王の王冠類は紛失してしまって、戦後新しい女王の為に、わざわざ作られたそうです」

「これで、謎の財宝のお伽噺《とぎばなし》は真実味を帯びてきましたね」

と、原田がニッコリした。もし、日本軍がインドネシアでオランダ女王の王冠や宝石類などを手に入れたとして、それを、長谷部が、最後まで手放さなかったとすれば依然として、今もどこかに眠っているはずである。となれば、「オランダ女王の宝石」の謎というお伽噺が、生まれて来るのだ。

宝石展を見た後、二人はロビーで話し合った。原田警部は興奮した口調でいった。

「旧日本海軍が手に入れていた膨大な物資や宝石類の中に、オランダ女王の宝石類があったという噂《うわさ》、それと新しいオランダ女王の戴冠式《たいかんしき》では、前女王の王冠や宝石類などが紛失しているので新しく作られたという話。それを繋《つな》げると、長谷部健夫がオランダ女王の宝石類だけは、売らなかった話が本当らしく思えてきましたね」

「持っていたのになぜ売らなかったのか。死んだ時、彼は手元に持っていなかった。とすると、舞鶴のどこかに隠したんですよ。それで、山上の家から毎日眺めていた。たぶん、問題の宝石を隠したあたりを眺めていたんだと思いますね」

と、十津川がいった。

「なぜ、そんな事をしたんですかね。オランダ女王の宝石をオランダ政府に返せば、オランダ政府から現代の英雄として称賛されたでしょうに」

と、原田がいう。

「理由はわかりません。長谷部ユニオンが売却した品物の中に宝石類はありましたが、オランダ女王の宝石類は入っていませんでした。もしそれが事実なら、間違いなく今も、舞鶴の海のどこかに、眠っているんです」

十津川はいった。

「これを新聞に話したら大スクープですよ。どうします？」

と、原田がニッコリする。

「まだ、その時期じゃないと思いますね。我々が想像で決めつけているだけで、実際にオランダ女王の宝石類が隠されているかどうかはっきりしていないのですから」

十津川が慎重にいった。

「それにしても長谷部健夫は、海軍大学校を優秀な成績で卒業して軍令部に入ったんでしょう？　そうした人間が膨大な物資などを、日本の海軍の復活を夢見て隠していた。それはわかりますが、オランダ女王の宝石は個人の物だし、所有者がはっきりしているのになぜ、戦後政府に話をしなかったのか。あるいはオランダ政府でもいいわけですが。その点がわかりませんね」

と、原田がいうのだ。

「私も不思議に思って戦時中の軍令部の軍人たちが、どんな戦争観を持っていたのか、それを研究している人に聞いてみたんですよ。そうしたらこう教えられました。イギリス、オランダの女王の宝石類。それについて海軍軍令部や陸軍参謀本部の、いわゆるエリートたちはこんな風に考えていた様です。『イギリス王妃が所有する王冠にしても、イギリス連邦から巻き上げた金で作った物じゃないか。それにオランダ女王の王冠にしても、オランダが支配していたインドネシアの人々から巻き上げた金で作った代物じゃないか。我々は太平洋戦争で、イギリスやオランダの植民地を解放しようとしていた。その考えからすれば、イギリスやオランダ王室の所有物だって、個人の物ではなくて、本来なら植民地の人々に返されるべき物だ。しかし、返す方法がない。それなら戦争が終わった後、それを持ちだして世界的なオークションにかければいい。イギリスやオランダの王室がそれに参加しても面白い。そんな風に彼らは考えていたようです」

「その話、面白いですね。我々はオランダ女王の宝石を発見したら、それを世界的なオークションにかけてみたら面白いと思いますよ。確かにその方が、公明正大かもしれません」

と、原田はいい、続けて、

「そう考えれば、我々の手で一刻も早くオランダ前女王の宝石を見つけ出そうじゃありませんか」

と、付け加えた。

4

オランダ女王の宝石を探す、という話は秘密にしたまま、新しい捜査が舞鶴で始まった。

舞鶴警察署に警視庁から十津川を含めて七人の刑事が出向き、京都府警からも同じく七人の刑事が集まった。

全部で十四人の精鋭たちである。

問題の山の上のプレハブに舞鶴署の支署を作り、刑事たちが、そこから舞鶴の海を、監視する事にした。

他にも、京都府警は、事件の重大さを考え、オランダ女王の、紛失したと言われている王冠や宝石類の模造品を、京都の有名な宝石店に頼んで作らせ、それを舞鶴警察署の捜査本部に、飾る事にした。

かなり大きな物で、その大きさや光り具合などを考えれば、簡単に隠せるものではない。

そうした事から、警察は、長谷部がどこに隠したかを、推測する事にした。

だが難しい。幻の財宝伝説を信じて頑張っていたニホン海洋資源調査会社ＮＳＲの社長や秘書たちは、諦《あきら》めたらしく、引き揚げていった。

「これで、舞鶴の海も静かになりましたからゆっくりと探せますよ」

と、原田警部はいったが、それでもなお、問題のオランダ女王の宝石が、どこに隠されているのか、一向に見当が付かないまま時間だけが、過ぎていった。

宝石の隠し場所については様々な意見があり、その意見を巡って度々、捜査会議が開かれた。堅牢《けんろう》な宝石箱に入れて、舞鶴の海の底に沈められたのではないかという意見がある一方で、それに反対する意見もあった。

「長谷部がオランダ女王の宝石類を海中に沈めたとすると、その頃は海底深く潜航して作業できる潜水船はなかったはずですから、舞鶴の海底深くに沈めたとは思えません」

という反対意見である。逆の意見は、こうだった。

「当時の技術を考えて、舞鶴の海底に沈めたと思うのです。つまり、海底まで潜れる深海作業船が生まれるまでの間は、誰もその宝石を発見できない。そこまで考えて、長谷部は問題の宝石を舞鶴沖の海中に沈めたのではないか」

というのである。

海ではなくて周辺のどこかに埋めたのではないかという意見も、勿論《もちろん》あった。その意見の出処は、やはり、病院船第二氷川丸にあった。

長谷部は陽動作戦として、世間の目を第二氷川丸に向ける為に、わざわざ終戦直後に第二氷川丸を舞鶴沖の冠島付近に沈めさせた。

わざと、伝説を作らせる為である。

それが成功して、海外、国内の目が、舞鶴沖の海底に向けられた。

ただ、問題の女王の宝石まで同じように海底に沈めたのでは、発見される恐れがあるのではないか。と考えると、世間の目を舞鶴沖の海底に向けておいて、実際には、陸上のどこかに隠したと考える方が妥当なのではないか。という意見である。

この意見の刑事たちはこう主張した。

「陸地に限っても、宝石を隠す場所は無数にある事がわかった。例えば、砲台跡である。舞鶴という軍港を守る為に周辺には、明治時代から昭和にかけて、幾つもの砲台が造られた。戦後になって大砲は撤去されているが、コンクリートの建物は今も残っている。その壁のどこかに隠してしまえばまず見つからないだろう。その他にも軍港特有の隠し場所もある。例えば、貯水池である。舞鶴軍港に限らない。軍港の周囲には必ず小さな貯水池が幾つか造られている。水の補給で入港してくる軍艦に提供する為の貯水池である。中には、現在も使われているものもあるから、その底に沈めてしまう事も考えられる」

他にも、「顕彰碑《けんしょうひ》」という物があった。

日露戦争の戦勝を祝って作られた、大きな顕彰碑。その石碑の底に隠してしまえば、まずそこを調べる者はいないだろう。

そこで警視庁と京都府警の刑事たちは、あらゆる科学機器を使って砲台跡や貯水池の底や、顕彰碑を、調べて回った。

しかし、例のオランダ女王の宝石は見つからなかった。

一向に、目的の物が見つからないと、刑事たちも、疑心暗鬼になっていった。

オランダ女王の王冠や宝石類を、戦時中日本海軍が手に入れ、それを、長谷部が隠していたという話を、信じられなくなっていったのである。

しかし、十津川や原田は、簡単には、引き退《さ》がれなかった。それなら、なぜ、長谷部が死ぬまで、舞鶴の海にこだわったのか。内外のグループや個人が、舞鶴の海で財宝探しを続けているのかが、わからないからだ。

そこで、十津川たちは、密かに、外務省に連絡して、オランダ政府に、戦時中のオランダ女王の王冠や宝石類が、現在どうなっているか、聞いて貰うことにした。

現在、帝国ホテルで、「世界宝石展」をやっていて、現女王の宝石類は飾られているが、前女王の豪華な宝石類がないのは寂しい。現在どうなっているのか、教えて欲しいといった形の問い合わせである。

一週間後に、外務省のヨーロッパ担当課長が、わざわざ舞鶴までやってきて、十津川と原田の二人に、知らせてくれた。

「オランダ政府の回答は、戦時中に紛失した。その場所も時期もわからないということです」

「日本軍に奪われたという話はないんですね？」

と、十津川は、確かめた。

「ありません」

と、課長は答えた。そのあとで、声をひそめて、

「実は、オランダ女王の宝石については、こんな話も、伝わっているのです。日本軍が、インドネシアに攻め込む以前、たまたまジャカルタに滞在していたオランダ女王一行は専用機で避難することが出来た。ところが、王室の役人が、女王の宝石を、置き忘れて、飛行機に乗ってしまったというのです。それを日本軍に押収されてしまった。その役人の中に、女王の親戚《しんせき》がいたため、紛失ということになったというのです」

「つまり、女王付きの役人の失態を隠して、誰の責任か不明にしたということですか？」

「そうらしいです」

「とすると、女王の宝石類が、現在、行方不明ということは、間違いないんですね？」

と、十津川は、質問した。

「その通りです。女王が新しくなる時の祝宴では、必ず前女王の宝石を身に着けることに決まっているのに、現女王の場合は、わざわざ新しく作っていることからも、前女王の宝石が、行方不明であることは、間違いないと思います」

と、課長は、いう。

「それを聞いて、納得しました」

と、原田がいうと、課長は、こんなことも、教えてくれた。

「当時の女王の宝石類が、現在行方不明なことは、内密になっているのですが、いつの間にか、漏《も》れてしまい、発見されたら、百億円以上払うという好事家《こうずか》も、現れていると聞いています」

と、課長は、いう。さらに続けて、

「最近、インドネシアの富豪の一人がオランダ女王が身に着けていた宝石類は、全て、自分の家族が代々、引き継いできたもので、所有権は、当方にある、と、裁判所に訴えたんです。インドネシアの裁判所がどんな裁定を下すかわかりませんが、問題の宝石類は、現在、行方不明であり、その所有権も、はっきりしないのです」

「面白いですね」

と、十津川も原田も、異口同音にいった。

どうやら、舞鶴の何処かに隠されていることは、間違いないらしい。

「これで、捜査を続ける理由が、ついてきましたね」

と、十津川は、いった。

捜査本部内にも、ほっとした空気が、流れた。

それなのに、また、捜査本部に衝撃が走ったのである。

それは、アメリカのニューヨークからの衝撃だった。

ニューヨークの有名なオークション会場で、目玉物件の一つとして『オランダ女王所有の宝石十点、その中には、女王の座についた時に使われた王冠も含まれている』という発表があったのである。

その写真も公表された。

5

十津川は、直ちに、そのオークション事務所に電話して、説明を求めた。

現在、日本の警察は、オランダ女王の宝石に絡む事件を捜査中だが、そちらに出品された宝石類の出処を教えて頂きたい、というものだった。

文書で、回答があった。

「現在の所有者については、規則によって明かすことは出来ないが、この宝石類の経歴について、次のように承知している。一九四二年二月、太平洋戦争の時、インドネシアのジャカルタに進攻した日本軍が、入手したもので、その後、持ち主が転々として、現在の所有者が購入したといわれている。品質については、鑑定済みで、また、オランダ政府に照会したところ、太平洋戦争中に紛失したもので、その詳細については不明である旨の回答があり、今回の宝石類が、オランダ女王のものであった可能性は八十パーセントと見ております」

このオークションに参加している人々の名前も、書かれていた。

世界的な宝石商の名前もあったが、十津川が注目したのは、オランダの造船王の名前があったことだった。

彼が宝石に興味があるという話を聞いたことがない。根っから船と事業が好きだと書かれているのを、十津川は雑誌で読んだことがあったからである。

「オランダ政府や、オランダ王室が、表立って今回のオークションに参加するわけにはいかないので、造船王に頼んだんだと思いますね」

と、十津川は、いった。

「オランダ王室や、オランダ政府が、問題の宝石類の返還を要求することは、ないということですかね」

京都府警の原田がいう。

「先日の外務省の担当課長の話では、オランダ王室の関係者のミスで、宝石類は紛失したようですからね。それに、返還要求をすれば、女王の宝石類であったことの証明を与えるようなものなので、それは出来ないと考えたのでしょうね。それにまだ、ニセモノである可能性もあるんですから」

二人の間で、そんな会話が交わされたあと、

(その宝石類をニューヨークのオークションに出したのは誰か?)


という問題で、一致した。

捜査の第一の目的は、舞鶴で起きた殺人事件の解決である。

その殺人と、今回、オランダ女王の宝石類が、オークションに出品された件が関係

している可能性があると、十津川も原田も考えていた。

翌日の捜査会議でも、それが、問題になった。

「問題は、重なっています。オークションに出品したのは誰かということもありますが、隠したものを見つけて、オークションに出したのか、それとも、この機会を狙って、それらしい模造品を作って、出品したのかも、調べたいと思います。多分、その人間が、この舞鶴で大竹昭一を殺したのだろうと考えていますが、その証拠も手に入れたいと、考えています」

十津川と原田が、自分たちの推理を、本部長に、説明する。

「捜査は、難しそうだが、大丈夫か？」

と、本部長が心配したのは、下手をすると、国際問題になりかねないからだろう。

その心配に対して、十津川と原田が、差し当たっての捜査について、説明した。

「犯人が、オランダ女王の宝石類の模造品を作って、オークションに出品した可能性について、まず調べます。われわれも、捜査の参考にするために、京都の有名宝石店で、模造品を作って貰いましたが、小さな宝石店が簡単に作れるものではありません。何といっても、オランダ女王の王冠であり、身に着けていた宝石ですから。もし、犯人が、模造品で金儲《もう》けを狙ったとすれば、有名宝石店に製造を頼んだに違いないので、まず、この線の捜査から始めます」

日本国内の大手宝石店を書き抜き、それを一店ずつ調べていく。

結果は簡単に出た。

警察が、模造品を頼んだ京都の宝石店が同じ王冠と宝石類の製造を頼まれたというのである。

十津川と原田が、すぐ、京都に飛んだ。

日本で、十指に入る大きな宝石店である。

世界の有名人の宝石の完全な模造品を作り、それを展示していることでも有名な店である。

オランダ女王の王冠と宝石類も展示されている。舞鶴警察も、それを知って、模造品を、作って貰ったのである。

その時に担当してくれた女店主が、今日も、十津川たちの質問に答えてくれた。

「そちらに納品した直後に、全く同じ物を作ってくれと頼まれたんです。警察のものは、プラスチックや、ガラスを使った完全な模造品ですが、こちらは費用はいくらかかっても構わないから、形も内容も、全く同じ物を作って欲しいといわれました。模造品ではなく、完全に同じ物ということなので、私共も張り切って、作らせて頂きました」

と、いう。

「いくらかかりました？」

と、原田が、きいた。

「二億円です」

「二億円で、本物そっくりの物が出来たんですか？」

「お客さんの要求は、こうでした。例えば、ルビーでも、大きさが同じなら、色は多少違っても構わないということなので、二億円で作れました。警察に頼まれたものとは、全く逆です。おたくの方は、外見が似ていれば、中身は、プラスチックでも、ガラスでも構わないと、いわれましたが、その点、全く逆です。全く同じ数字の宝石を使ってくれれば、外見は、多少違っても構わない、という注文でした。珍しい注文でした。普通は、外見そっくりに作ってくれという注文ですから」

「七十六年と、戦争です」

と、十津川が、いった。

「何ですか？　それは――」

「一九四二年から、七十六年。それに、戦争が重なっているということです」

「なるほど、年月と戦争で、宝石も色があせるということですか」

相手が、感心するのを、構わずに、二人がきいた。

「その客の名前を教えてください。松本健一郎という男じゃありませんか？」

「いや、女性です」

「それなら、入江久美子ではありませんか？」

「いや、そんな名前ではありませんね」

と、担当者は、その客の名刺を、二人に見せた。

「長谷部ユニオン代表　長谷部　綾《あや》」

と、読めた。

突然、忘れかけていた名前が、飛び出して来た感じだった。

住所は、京都だが、北端の若狭になっていた。

「どんな感じの女性で、何歳くらいですか？」

と、原田が、聞いた。

「背が高くて、眼が大きく、三十歳ぐらいの女性です」

と、いい、なおも「もっと細かく」というと相手は、いきなりメモ用紙に、似顔を描いてくれた。

（似ている）

と、思った。

長谷部ユニオンで、長谷部の秘書のような感じで、大きな鞄を持って付き添っていた女のことである。

長谷部ユニオンの経理を担当していたと思われる女性だ。当時のことを知っている人に聞くと、多くの人が、

「背が高くて、眼が大きく、三十歳ぐらい」と表現していたのだ。祭門節子という名だった。

もちろん、同一人物のはずはない。年代が違うのだ。

（とすると、孫なのか）

今まで、長谷部の秘書と思い込んでいたのだが、よく考えれば、二人の間に、さほど年齢差はないのだ。

女が三十代。長谷部の方は、終戦を迎えた時、三十五歳だった。

二人は、結婚したのかもしれないし、すでに結婚していたのかもしれない。

その孫娘が、長谷部綾なのか。

何のために、二億円使って、オランダ女王の宝石の模造品を、作ったのか。

「長谷部綾は、ニューヨークのオークションに出すために、オランダ女王の宝石類を模造させたわけですよ。普通、外見を似せて騙《だま》そうとしますが、彼女は、逆に、外見には構わず、中身を重視した。オークションの主催者は、まず、宝石の大きさとかを、緻密《ちみつ》に調べるはずです。それに合格したので、オークションの主催者は、八十パーセントホンモノと判定しています」

と、十津川は、いった。

「長谷部綾は、なぜ、そんなことをしたんですかね？」

と、原田は、首をひねった。

「金儲けとも思えませんね。長谷部ユニオンは、莫大な物資を売却して、それを、国民に返すことをしていたわけですから」

「それに、オランダ女王の宝石のホンモノを手に入れている可能性もありますからね。ニセモノを作る必要はないでしょう」

そう考えていくと、精密なニセモノを作って世界が注目するニューヨークのオークションにかける理由は一つしか考えられないのだ。

（誰かを罠《わな》にかけるため）

である。

その相手は、オランダ女王の宝石を欲しがっているが、まだ手に入れていない。

長谷部綾と、何人かの長谷部ユニオンの人間が、一番、騙したい人間とは誰なのか。

二人の警部は、そこに、「ニホン海洋資源調査会社ＮＳＲの松本健一郎」の名前を入れたいと思った。

しかし、理由が、見つからないのである。

松本健一郎と秘書の入江久美子と、ＮＳＲは、「舞鶴の海に沈む財宝」を手に入れようとする最後の人間であり、グループだ。

十津川たちが、長谷部という存在に気づいた頃、彼等はまだ、舞鶴にいた。

そのあと、急に、姿を消したのである。

十津川は現在、松本社長と入江秘書、それに、ＮＳＲが、何をしているのか、東京にいる刑事たちに調べさせた。

その結果が、すぐ報告された。

「会社の方は、普通に営業していますが、社長の松本と入江秘書は、現在、ニューヨークだそうです。アメリカの同業者について調査となっていますが、違いますね。社員の話では、そんな話を社長から聞いたことはないそうですから」

と、日下《くさか》刑事が、いう。

「やはり、ニューヨークのオークションが気になるんだろう。NSRというのは、もともと、どんな会社なんだ？」

十津川がきく。

「東証二部に上場していますが、松本社長のワンマン会社で、決まった経営方針というものはなく、今回のように、突然、舞鶴で宝探しを始めたりするんだそうです」

「それでよく、会社が成り立っているね」

「もともと、父親の残した莫大な財産があって、海が好きだというだけで、始めた会社みたいです。入江久美子が秘書になってから、その傾向が更に強くなったといわれます。そのせいで、社員の出入りが激しいそうです」

「つまり、松本社長のワンマン会社か」

「入江秘書とのツーマン会社だという社員もいます」

と、いったあと、北条早苗《ほうじょうさなえ》刑事に代わって、

「一つ面白い情報を耳にしました。例の大竹昭一と思われる男が、会社にいたらしいです」

「NSRの社員だったのか？」

「いや、社長室で、時々、見かけたというのです。親しげに社長と話をしていたので、何者だろうかと首をかしげていた社員の話を聞きました」

「多分、舞鶴の沈没船の話を持ち込んだんだろう」

「これも社員の話ですが、宝探しみたいな話を持ち込む人間もいて、また松本社長は、そんな話が、やたらに好きなんだそうです」

「海底に眠る謎の財宝か」

「そうです。社長室も見せて貰ったのですが、そういった種類のニュース写真が、壁一面に貼ってありました」

と、早苗は、いった。

「ひょっとして、松本社長というのは、その方面では、良くも悪くも、かなりの有名人じゃないのか？」

と、十津川が、聞いた。

「『日本の財宝・海外の財宝』という一部の人たちに人気のある雑誌があるんですが、松本社長は定期購読者で、彼自身も、時々、寄稿しています」

「そんな松本社長と知って、大竹昭一は、舞鶴の話を、持ち込んだんだろう。ただ、噂話だけなら、松本の方も、耳を貸さなかったろう。大竹が、どんな話を持ち込んだのか、何とか調べてくれ」

十津川は、それを注文して、電話を切った。

（それにしても、松本と入江久美子は、ニューヨークに、何しに行ったのか？）

十津川の疑問に対する答えは、すぐ、テレビと新聞のニュースという形になって現れた。

松本と久美子の二人が、ニューヨークのオークション会場の近くのホテルで、記者会見を行ったというニュースである。

「今回、ニューヨークのオークションに、出品されるオランダ女王の宝石と称するものは、真っ赤なニセモノである。もともと、彼らは、戦時中の日本海軍軍人の流れで、占領地で入手した軍事物資や宝石類などを、舞鶴の海に沈めたという噂を流し、それも金のタネにしていたのだが、全てデタラメである。

ただ、この噂話は、今も信じる者が多く、彼等は、それを利用して今回、オランダ女王の宝石の精巧な偽造品を作りあげ、舞鶴の海で発見したと騙して、著名なニューヨークのオークションに出品したのである。

われわれは、同じ日本人として恥辱と感じて、記者会見を設けたもので、かかる詐術に引っかからないようにして頂きたい」

これが、記者会見で、松本が話した内容だった。

記者たちから、当然の質問が出た。

「オランダ王家やオランダ政府は、問題の宝石は戦時中に紛失したとしているが、松本社長はどう思うか？」

「一九四二年、当時のオランダ領インドネシアに侵攻した時、日本軍が、オランダ女王の宝石を、手に入れたことは、間違いないと思うのです。その後、軍関係者、特に海軍軍令部の参謀が、いつか日本海軍の復活を夢見て、終戦直後に、軍港のあった舞鶴に隠したことは、事実です。しかし財宝、特にオランダ女王の宝石は、まだ、見つかっていないのです。今後も、全力で発見に努め、発見した場合は、すみやかに報告するつもりでおります」

「発見した場合は、最終的には、どうするつもりですか？」

「正当な持ち主、オランダ政府か、オランダ国王に、お返し致すつもりです。もちろん、謝礼は頂きません」

最後の松本社長の言葉に、記者団から拍手が生まれた。

第八章　静けさを取り戻した海

1

　ニューヨークで行われるオークションの前日、厳重警戒のはずの現場に賊が入り、オランダ女王の王冠と宝石類が盗まれたという知らせが入った。

　十津川は信じられなかった。ニューヨークの世界的なオークションである。その会場から高価な美術品、しかもその中のオランダ女王の王冠と宝石類だけが盗まれてしまったのだ。それがどうにも十津川には納得できなかった。

　翌、オークション当日。

　盗まれなかった他の宝石や名画などがオークションにかけられ、それなりに盛り上がったが、盗まれたオランダ女王の宝石はすぐには見つからなかった。その内にニューヨーク市警察が、この盗難事件には内通者があったと発表した。

内通者といっても、オークション会社の人間という事ではなかった。オークションにかけられる品物は全て、豪華ホテルの一室に保管され、それぞれの品を出した個人や団体が交代で、警備に当たる事になっていた。

問題の日、警備に当たっていたのは、オランダ女王の宝石を出品した長谷部ユニオンの社員の一人、大石隆一《おおいしりゅういち》（三十五歳）と発表された。

大石は、部屋の警備を任されていたが、そのまま帰って来なかったというのである。どうやらこの大石隆一という社員が、犯人を問題の部屋に導き入れ、オランダ女王の宝石を盗み出させたという事らしかった。

十津川は、その名前、大石隆一に記憶があった。終戦直後の莫大な軍事物資を舞鶴《まいづる》の山中に隠した、元海軍の軍需部課長だった長谷部。彼には信頼できる部下が三人いて、その中に大石隆則《たかのり》という名前があったのを、十津川は思い出した。その大石隆則の孫ではないのか。そう考えれば、この名前に事件の鍵がある様な気がしてきた。

今のところ、オランダ女王の宝石を盗んだ人間は誰だかわからない。しかし、手引きをしたのが、長谷部ユニオンの人間の一人だとすれば、なぜ警戒厳重なホテルの一室から簡単に問題の宝石が盗まれたのか納得がいく。

この盗難事件が新聞に載るとすぐ、京都府警の原田警部がこちらに電話してきた。

「新聞に載った例の盗難事件ですが、犯人と共謀してオランダ女王の宝石を盗ませ姿を消した大石隆一というのは、我々が調べた時にわかった、長谷部の三人の部下の内の一人、大石隆則の孫だと思いますね」

と、電話で原田がいう。

「同感です。間違いなく大石隆則の孫でしょう。彼が手引きをして盗ませたオランダ女王の宝石ですが、犯人はひょっとすると、例のNSR、ニホン海洋資源調査会社の連中じゃないか、と私は思っています」

十津川がいうと、今度は電話の向こうで原田警部が、

「同感です」

と、いった。

「他に、危険を冒して盗み出すほど、オランダ女王の宝石に執念を持つグループがいるとは思えませんからね。たぶん、あの社長と秘書の二人が企《たくら》んで、長谷部ユニオンの社員、大石隆一を買収したんでしょう」

「確か、NSRの連中はニューヨークで記者会見をしました。ますますあの連中が犯人だという事になってきますよ」

と、十津川は確信を持っていった。

ニューヨーク市警察から警視庁に、問題の大石隆一という日本人がニューヨーク発東京行きの飛行機に乗ったらしい、という連絡が来た。十津川は京都府警の原田警部に知らせるとともに、亀井刑事と日下刑事、それに北条刑事の三人を連れて、成田空港へ急行した。

原田警部も部下一人を連れ、国内便で成田に到着していた。問題の便は三十分遅れて成田空港に到着した。

サングラスをかけ、帽子を深く被《かぶ》っていたが、十津川たちは乗っている事がわかっていたから、すぐ乗客の中に大石隆一を発見して控え室に連れていった。十津川と原田の二人で、ニューヨークにおける事件について問い詰める。

最初は、オランダ女王の宝石については何も知らない、確かに長谷部ユニオンで働いていた事は認めるが、喧嘩《けんか》をしたのでひとり東京に帰って来たとしかいわなかった。

しかし、彼がニューヨークから持ってきたトランクの中から、アメリカドルで、五万ドル、日本円にしておよそ五百万円が発見された事で、大石隆一は観念したのか、宝石の模造品を作らせた件にも関係している事を自白した。

「犯人に金を貰《もら》って、問題の宝石を盗ませたんだから、この辺で犯人の名前も素直にいったらどうかね」

と、十津川が追及した。が、大石は、

「それだけは勘弁して下さい」

と、逃げる。

「なぜ、いえないのかな。相手はオランダ女王の宝石を盗んだ。世界的に見ても貴重な物だからね。その犯人をどうしてかばうのかね」

と、京都府警の原田も追及する。

「確かに、刑事さんの言うように犯人は大泥棒ですよ。しかし、五万ドルも貰って、絶対に犯人の名前は言わないと約束したんですから。言いたくないんですよ」

と、おかしな答えをする。

「それなら、私の方から言ってやろう。ニホン海洋資源調査会社、通称ＮＳＲという会社の社長から頼まれて盗ませたんじゃないのかね」

と、十津川はいった。途端に大石の顔色が変わったが、それでも、

「知りませんよ」

と主張する。

「どうしてそんな悪党をかばうのか、私にはわからないねぇ」

原田が、いった。

しかし、大石は急に黙秘してしまった。

そこで二人は、尋問を止《や》め、空港内のカフェで話し合った。

「犯人は間違いなく、NSRの連中だと思いますよ。十津川さんがその名前をいった時、明らかに大石隆一の顔色が変わりましたからね」

「その、NSRの社長や秘書は今どこにいるんだろう？　ニューヨークにいるんだろうか」

「NSRの本社に電話してみたんですが、電話が繋《つな》がりません。会社は臨時休業のようです」

原田がいった。

2

一週間後。NSRの社長、松本健一郎と秘書の入江久美子の二人が、日本に帰って来た。それも、堂々とである。

二人がNSRの本社に入ったとの知らせを受けて、十津川と原田警部の二人が急行した。ひょっとすると、面談を拒否するかとも思ったが、社長の松本は二人の刑事を堂々と社長室に招き入れた。

社長室では、秘書の入江久美子も一緒だった。二人とも、見事なほど日焼けしている。

「ニューヨークから、お帰りになったんですね」

十津川が聞くと、社長の松本は、

「正確にいえば、ニューヨークではなくて、フロリダにいました。ニューヨークの同業者と商売の話をしていましてね。その会社の社長の別荘がフロリダにあったので、そこに逗留《とうりゅう》し、毎日の様にゴルフをやっていましたよ。おかげで腕も上がりましたが、ご覧の様に私も秘書も日焼けしてしまいました」

といって、笑うのである。

「ニューヨークで事件があった事はご存知ですよね？」

と、原田が聞いた。

「現代のアメリカは事件ばかりですからね。高校に男が押し入って銃を乱射して、何人もの生徒が死んだり、最新鋭のボーイング旅客機が墜落して、全員が死亡したりしていますからね」

「そういう事件じゃありませんよ」

少しばかりイラついて、十津川がいった。そうすると、

「ああ、あの事件ですか。ニューヨークで高額な名画や、宝石類がオークションにかけられた。その中の一つ、オランダ女王の宝石が盗まれた、あの事件ですね。しかし、私らは今も申し上げた通り、同業者と商談をしたりゴルフを楽しんだりしていましたから、関係ありません」

という。

「ニューヨークで盗まれたのが、オランダ女王の宝石だというのはご存知なんですね」

「もちろん知っていますよ。大きなニュースになっていましたから」

「あなたも、オランダ女王の宝石が欲しかったんじゃありませんか？　あなたたちが探していた、日本海軍が密《ひそ》かに舞鶴の海底に隠したといわれている莫大な財宝。その中の一つというより最大の財宝がオランダ女王の宝石でしたからね。違いますか？」

原田が聞いた。するとなぜか、松本社長は笑って、

「いや、申し訳ないが、私はその宝石には関心がないんですよ」

「なぜ関心がないんですか？　女王の宝石を含めた莫大な財宝を、必死になって舞鶴

の海で、探していたんじゃありませんか」

と、十津川がいった。

「確かに、日本海軍が終戦直後に舞鶴の海に沈めた財宝には関心がありましたよ。しかしある理由があって、オランダ女王の宝石は欲しくはなかったんです」

「そんな事は信じられませんね。もしそれが事実なら、理由を言って下さい」

「その理由を申し上げましょう」

松本は、社長室の奥にある大きな金庫を開けて、そこから大きな宝石箱を取り出して、机の上に置いた。鍵でその宝石箱を開ける。

現れたのは、まばゆいばかりの宝石だった。王冠もある。

「この宝石が、どんな物かはご存知のはずです。これらは全て、オランダ女王の宝石です。つまり、私の会社はすでに問題の宝石を手に入れていたんです。ですから、オークションにかけられている問題の宝石は必要なかったんです。何しろ、向こうはよく似た偽物で、こちらにあるのが、正真正銘のオランダ女王の宝石ですから」

と、松本は、いった。

十津川には信じられない話だった。原田警部も同じだっただろう。だから、眉《まゆ》をひそめてその宝石を眺めていたが、

「オランダ女王の宝石が、ニューヨークのオークションにかけられようとしていた。その宝石が盗まれた。手引きをしていたのは、長谷部ユニオンの社員の一人、大石隆一という男で、すでに逮捕しています。その男の手引きでオークションの宝石を、盗み出したんじゃありませんか」

「心外ですねぇ。第一、この宝石こそ本物のオランダ女王が身に着けていた宝石なんですよ。ニューヨークでオークションにかけられそうになっていた物は、間違いなく模造品なんです。良く似せてはありますが、私は偽物には全く関心がない」

「それを証明できますか？」

十津川が聞いた。

「何の証明ですか？」

「ここにある宝石が、ニューヨークでオークションにかけられようとしていた模造品ではない、という証明ですよ」

「それは難しいな。なぜなら、出品された模造品は巧妙に作られていますから。ですが、こちらの方が本物です。それにこちらが本物でなくて私たちが、オークション会場から盗んだという証拠もないわけでしょう。オランダ女王の宝石は全て写真に撮られて、精密に調べられているんです。そのデータを見てもらえば、こちらの宝石が偽物ではなく本物だという事がわかるはずですよ。是非そうして頂きたい」

と、開き直るように松本がいった。

いったん十津川と原田の二人は警視庁に戻る事にした。そこへ十津川宛てに、電話が掛かってきた。電話の相手は、終戦直後に莫大な財宝を舞鶴の海の底に隠したといわれてきた、海軍軍需部の長谷部健夫の孫娘だと名乗った。その長谷部綾が、いう。

「今日、十津川警部さんはニューヨークから帰って来た松本社長に会われたんでしょう」

「どうして、知っているんですか？」

「私たちは、ニューヨークからずっと、松本社長たちを追って来ているんです。ですからNSRの松本社長と入江秘書の二人が、ニューヨークで何をしたか、全部知っています」

「松本社長はニューヨークにいたのではなくて、フロリダで同業者に会い、毎日ゴルフをやっていたといっていましたよ。その言葉通り、松本社長も入江秘書もすっかり日焼けしていました」

十津川が、いった。

電話の向こうで相手が笑った。

「フロリダに行った事は間違いありませんけど、二人はほとんどニューヨークのオークション会場付近のホテルで過ごしていたんですよ。ですから、ニューヨークの新聞が伝えた宝石泥棒は、松本社長と入江秘書の二人しか考えられません。それに、証拠もありますから」

彼女がいう。十津川は、驚いて、

「どんな証拠ですか？」

「その証拠を持って、明日、松本社長と入江秘書に会いに行きますから、十津川さんと京都府警の原田警部さんも、一緒に行って頂けませんか？　ひょっとすると、荒っぽい事になるかもしれませんから、警護をお願いしたくて」

といった。また、電話の向こうで笑い声がした。

3

翌日。ＮＳＲ本社の近くで十津川と原田の二人は彼女と落ち合った。

彼女はなぜか大きなトランクを持っていた。

「それは何ですか？」

と、原田が聞いても

「とにかく、一緒に松本社長の嘘《うそ》を徹底的に暴いてやろうじゃありませんか」

というだけだった。

三人で、昨日と同じ様に社長室で松本に会った。松本は十津川たちに同行者がいる事に眉をひそめたが、それに対抗する様に、すぐ秘書の入江久美子を社長室に呼んだ。

十津川と原田が、ニューヨークの事件を蒸し返すと、松本がまた社長室の金庫から大きな宝石箱を取り出して、問題の、オランダ女王の宝石を三人に見せて、

「昨日も、二人の刑事さんに申し上げたんですけどね。これは、私の社が以前から手に入れていた、本物のオランダ女王の宝石ですよ。オークションにかけられた偽物じゃありません」

という。それに対して、長谷部綾が、いった。

「それは間違いなく、私たちが日本の宝石店で作らせたオランダ女王の宝石の模造品ですよ」

「それは驚いた。あなたたちが作った模造品だと、どうやって証明できるんですか？　これが間違いなく、本物の前女王の宝石だという事はこの二人の刑事さんも認めたんですよ」

「いいえ、これは間違いなく私たちの作った模造品です」

「だから、それを証明してみせろと言ってるんですよ」

松本が息巻くと、綾は、やおら大きなトランクを机の上に乗せて蓋《ふた》を開けた。そこから出てきたのは、宝石の鑑定機材だった。

「こちらに出ている数値は、オランダ政府とオランダの王室が公けにしていない紛失した女王の宝石のカラット、光の具合、その角度です。そして、もう一つのこちらの数値は、私たちが京都の宝石店で作らせた模造品の数値です。もし、ここにある宝石がオランダ政府と王室が秘密にしてきた数値に合っていれば、私の負けです。しかし、私たちが作った模造品の数値に合致していれば、あなたは間違いなく、私たちが作った模造品を盗んだ犯人です」

そう言って、彼女が持ち込んだ器具を使って、まず、ルビーから調べ始めた。

「はい、出ました。ご覧下さい。間違いなく本物の数値ではなくて、私たちが宝石店で作らせた模造品の数値と、ぴったり一致しています。次は一番大きなダイヤにいきましょうか」

そうやって、彼女は次々に宝石の鑑定を行っていった。発表される数値は間違いなく、長谷部ユニオンが京都の宝石店で作らせた模造品の数値だった。その数値が彼女の口から発表される度に、目の前の松本と入江秘書の表情が暗くなり、怯《おび》えていき、一言も喋《しゃべ》らなくなっていった。

最後に、十津川がいった。

「何か、弁明がなければあなた方を逮捕する」

ＮＳＲの松本社長と入江秘書は、二億円相当の宝石を強奪した容疑で逮捕された。

4

しかし、これで全てが終わりというわけにはいかなかった。

そこで、十津川と京都府警の原田の二人は改めて長谷部綾から話を聞く事にした。

二人は翌日、彼女に会った。今回彼女は一人でなくて弁護士が一緒だった。その弁護士も長谷部ユニオンの一員だった。それだけ今も長谷部ユニオンの結束は固いのだろう。

「私たちはどうしても、今回の事件がただ単に、二億円という大金を使って作られたオランダ女王の宝石の模造品の強奪だとは、思えないんですよ」

「でも、ＮＳＲの社長たちが奪っていったのは、私たちが作った模造品ですよ」

「そういう意味ではなくて、その模造品を連中が盗み出した、それが露見して逮捕されたという、簡単な事件ではないという事を言っているんです」

「どういう意味でしょうか？」

「もう少し複雑な、企みがある様な気がしているんです」

「同感ですね。もっと深い意味があっての、今回の事件だと私も思っています」

と、原田もいった。

「刑事さんたちのいう意味がわかりませんけど」

「私は、こう考えているんです。あなた方がNSRの松本社長と入江秘書の二人を、初めから罠《わな》にかけようとして、精巧な模造品を作り、それをニューヨークのオークションに出した。そうすれば連中が必ず、その宝石を奪おうとする。そう読んで罠をかけたんじゃないかと思っているのです。ただ、なぜそんな事をしたのかが、わからない」

「ですから、あまり深い意味なんか、ないんですよ。私たちは、失われたオランダ女王の宝石を再現したくて、京都の宝石店に頼んで精巧な模造品を作りました。ただ、その模造品がどこまで世界に認められるか。どれだけ世界の人を騙《だま》せるか。それが知りたくてニューヨークのオークションに出したんです。ただそれだけの事です。NS

Rの松本社長や入江秘書が、それを模造品とわからずに奪おうとした。それは余分でした」

「あなたが弁明すればするほど、我々は、これが深く掘られた罠だと、思うようになるんです。そうなると、長谷部ユニオンの一人、大石隆一が皆さんを裏切って連中から五万ドルの大金を貰ってあなた方の作った宝石を盗ませた、これも、どうやら罠ではないですか？　大石隆一はわざとあなた方を裏切った形でNSRの社長たちに近付いていき、宝石を盗ませたのではないですか？」

「なぜ、そんな事をする必要があったんでしょうか？」

「問題はそこですよ。そこがわからない。しかし、一つだけ頭に浮かんでいる事があるんです。それは、大竹昭一という潜水作業員の事です。彼は、舞鶴の海で殺されました。どうやら犯人は、NSRの連中らしい。そして、犯行の動機はあなたのお祖父さんが舞鶴に隠した莫大な財宝自体にあるのではないですか？」

と、十津川は聞いたが、綾は答えない。

「こうなると、あなた方がニューヨークを舞台にして、NSRという海洋資源調査会社の社長と秘書を罠にかけた。偽物の宝石と知りながら、本物と偽ってオークションに出品した。立派な詐欺罪です。その容疑で逮捕状を取るより仕方が、ありませんね。

もし、逮捕状が取れてあなた方を逮捕する事になったら、亡くなったあなたのお祖父さん、元海軍少佐の長谷部健夫さんの大きな汚点になりますよ」

十津川が脅《おど》した。彼女は黙秘を続けた。そこで十津川は、このあと、一にも二にも、亡くなった長谷部元海軍少佐の名誉が傷付くという一点だけで責めたてた。

それが功を奏したのか、三十分ほど経《た》ち、やっと彼女は弁護士と相談してから、事件の真相を話してくれた。

5

祖父の長谷部元海軍少佐が亡くなった後も、彼を慕《した》ってついてきた海軍時代の部下たちがいた。孫の綾が大事に考えたのは、祖父の名誉という事だった。そこで祖父が亡くなった後も長谷部ユニオンで、財宝を売った資金は全て社会に還元していった。

気になったのは、全ての軍事物資や財宝のメモだった。オランダ女王の宝石が、メモには書いてあったのに、現物が、見つからなかった。

「それだけが、どうにも気になっていたんです」

と、彼女がいった。

「それで、見つかったんですか？　見つからなかったんですか？」

と、京都府警の原田がきく。

「見つかりませんでした。そして、諦《あきら》めていた時に、大竹昭一さんが訪ねて来たんです。大竹さんは大変素朴で真面目な人でした。自分は潜水作業員である。そして、外国の会社に雇われて、舞鶴の海を調べた事があった。その時、海底で、宝石を見つけた。しかし、外国の会社が営利に走っていて、戦争の事も歴史の事も全く関心がない様だったので、宝石は渡さなかった。そういわれましたね。舞鶴の海の底で拾ったという宝石を、私に見せてくれたんです。

それは、さほど大きくはないダイヤモンドでした。一目見て私は、どんな物かわかりました。今も、どこにあるのかわからない、オランダ女王の宝石の一つなんです。すぐデータを調べてみました。間違いなくオランダ女王の宝石の一つでした。だから私は何回も舞鶴の海を探してみました。しかし他の宝石類は、見つかりませんでした。それで大竹さんにいったんです。これ以上、探すのを止めて、永遠に見つからない事にした方が良いんじゃないか、と。

でも大竹さんは真面目な人で、何とかして探し出して、オランダ政府やオランダ王室に返したい。そうおっしゃって、ＮＳＲの松本社長に話を持っていったんです。すぐ、あの社長と秘書も乗り気になりました。

是非、舞鶴の海を探して、オランダ女王の宝石を見つけたい。そうすれば高値で売れるに違いない。そういって、完全に乗り気になってきたといいます。それで逆に大竹さんの方が、引いてしまったそうなんです。

発見したらオランダ政府や王室に返却したい、そう考えているほどの人ですから、儲《もう》け第一を口にするNSRの社長たちには反感を持ったんでしょうね。だから自分はもう、この件には参加しない。そういって、例のダイヤモンドの宝石を持って別れようとした時に、殺されてしまったらしいのです。NSRは、何とかして、オランダ女王の宝石全てを手に入れようとした。しかし、結局彼らもオランダ女王の宝石は見つけられなかった。それはいい気味だと思ったんですけどね。

でも大竹さんを死なせたことが、悔やまれて、どうしても大竹さんの仇《かたき》を討ってあげたい、そう思いましてね。それがあって私たちは、オランダ女王の宝石の模造品を作って、NSRの松本社長たちを、罠にかけたんです」

「なるほどね」

と、十津川は納得したが、

「しかし、このままでは、大竹さんの仇を討った事にならないんじゃありませんか。

宝石を強奪した罪でしか起訴できない。それも、模造品の強奪ですからね。それではまだ満足できないんじゃありませんか？」

と聞いてみた。

「確かに、その悔しさはありますけど、大竹さんを殺して宝石を奪ったのは、ＮＳＲの社長と秘書の二人だと確信はしているんですが、証拠がないんです。状況証拠しかありません」

と、綾は悔しそうにいった。

それを見て、十津川が微笑した。

「それなら我々に任せておきなさい。あの二人を必ず殺人容疑で逮捕し、起訴してみせますよ」

といい、原田警部も、頷《うなず》いた。

しかし、それからが、なかなか難しかった。

大竹が殺された前後の、松本社長と入江秘書のアリバイは曖昧《あいまい》だったが、確実な直接証拠とは、なかなかならないのである。ただ、十津川たちには有力な証人がいた。

それは、すでに逮捕している大石隆一だった。

　十津川がこれまでにわかった事を話すと、やはり大石は、ＮＳＲの松本社長と入江秘書を罠にかける為に裏切る芝居をしたと認め、松本社長と入江秘書をどうやって騙したのか、どうやって信用させたのかを話してくれた。

「疑い深い連中でしたからね。信用させるのが大変でしたよ。しかし、信用させた後は楽でした。何しろ二人とも野心家で欲張りで、金儲けには目がありませんでしたからね。私を信用した後は、色々な事を、喋ってくれました」

　大石は、次のように証言した。

「さすがに大竹昭一さんを殺したとはいいませんでした。ただ、金に困っていたらしい大竹さんに十万円渡したら喜んでいて、これは舞鶴の海で拾った物だが、社長にあげましょうといって、ダイヤをプレゼントしてくれたそうです。小さいけれど良い物だったので指輪にして、秘書の入江君が今、はめています。松本社長はそう話していて、入江秘書が得意そうにその指輪を見せてくれました」

（あの指輪だ）

　と、十津川はすぐ確信した。豪華な宝石を強奪した罪で、現在二人を留置しているのだが、入江秘書がはめていた指輪があった。

　彼女は全身をキラキラ光る宝石で飾っていた。あの指輪が問題のオランダ女王の、唯一舞鶴の海に落とした本物のダイヤとは気付かないで、すべての宝飾品が押収されていた。

十津川はすぐ、その指輪を鑑定してもらった。

確かにダイヤ自体は、さほど大きな物ではない。しかし、カラットや色、その古さを調べていくと、大竹が舞鶴の海の底で拾ったダイヤに間違いなかった。

十津川と原田警部の二人が、その指輪を突き付けると、入江秘書があっさりと大竹昭一を殺した事を自供した。

その指輪は今、十津川の机の上に乗っている。宝石商に頼んでこのダイヤモンドを元の形に戻して、オランダ政府とオランダ王室に返却せねばならない。

そうしないとまた事件になってくる、と十津川は、考えていた。

☆西村京太郎全著作リスト（2021.6.30現在）

山前譲　編

1　四つの終止符

ポケット文春（文藝春秋新社）／1964・3・20
　春陽文庫（春陽堂書店）／1970・8・25
　サンポウ・ノベルス（産報）／1973・6・25
　講談社文庫（講談社）／1981・10・15
　西村京太郎長編推理選集第一巻（講談社）／1987・2・20

2　天使の傷痕

講談社／1965・8・15
　春陽文庫／1971・6・25
　ロマン・ブックス（講談社）／1975・5・4
　講談社文庫／1976・5・15
　西村京太郎長編推理選集第一巻／1987・2・20
　江戸川乱歩賞全集⑥（講談社文庫）／1999・3・15
　講談社文庫【新装版】／2015・2・13

3　D機関情報

講談社／1966・6・25
　春陽文庫／1971・7・20
　講談社文庫／1978・12・15
　西村京太郎長編推理選集第三巻／1987・11・20
　講談社文庫【新装版】／2015・6・12

4　太陽と砂

講談社／1967・8・20
　春陽文庫／1971・8・5
　講談社文庫／1986・1・15
　西村京太郎長編推理選集第七巻／1988・1・20
　講談社ノベルス（講談社）／2002・10・5

5　おお21世紀

サン・ポケット・ブックス（春陽堂書店）／1969・11・25
　角川文庫（角川書店　改題『21世紀のブルース』）／

1986・4・25

6　**南神威島**

私家版／1970・5・20

講談社文庫／1992・9・15

〈収録作品〉「南神威島」「幻想の夏」「手を拍く猿」「カードの城」「刑事」

7　**ある朝海に**

カッパ・ノベルス（光文社）／1971・3・20

講談社文庫／1980・9・15

西村京太郎長編推理選集第二巻／1987・12・20

光文社文庫（光文社）／1998・2・20

8　**名探偵なんか怖くない**

講談社／1971・5・20

ロマン・ブックス／1973・3・20

講談社文庫／1977・8・15

西村京太郎長編推理選集第四巻／1987・5・20

講談社文庫【新装版】／2006・7・14

9　**脱出**

カッパ・ノベルス／1971・8・20

KOSAIDO·BLUE·BOOKS（廣済堂出版）／1977・2・15

講談社文庫／1981・2・15

西村京太郎長編推理選集第二巻／1987・12・20

10　**悪への招待**

講談社／1971・8・24

講談社文庫／1983・3・15

徳間文庫（徳間書店）〈上下〉／1997・3・15

徳間文庫【新装版】／2003・7・15

11　**汚染海域**

毎日新聞社／1971・9・28

KOSAIDO·BLUE·BOOKS／1977・3・30

徳間文庫／1982・6・15

廣済堂文庫（廣済堂出版）／1995・12・1

トクマ・ノベルズ（徳間書店）／1997・3・31

徳間文庫【新装版】／2007・5・15

12　殺しの双曲線

ホリデー・フィクション（実業之日本社）／1971・11・15
　ジョイ・ノベルス（実業之日本社）／1977・9・25
　講談社文庫／1979・5・15
　西村京太郎長編推理選集第五巻／1987・10・20
　ジョイ・ノベルス【新装版】／2004・5・25
　講談社文庫【新装版】／2012・8・10

13　マンション殺人

青樹社／1971・12・10
　徳間文庫／1983・10・15
　トクマ・ノベルズ／1995・11・30
　徳間文庫【新装版】／2005・5・15
　光文社文庫／2016・11・20

14　殺意の設計

こだまブック（弘済出版社）／1972・4・10
　KOSAIDO·BLUE·BOOKS／1976・8・31
　文華新書（日本文華社）／1978・5・1
　角川文庫／1988・4・25
　廣済堂文庫／1994・12・1

15　ハイビスカス殺人事件

サンケイノベルス（サンケイ新聞社出版局）／1972・4・28
　講談社文庫／1984・7・15
　徳間文庫／1993・4・15
　トクマ・ノベルズ／1998・4・30

16　名探偵が多すぎる

講談社／1972・5・22
　講談社文庫／1980・5・15

17　伊豆七島殺人事件

カッパ・ノベルス／1972・8・10
　光文社文庫／1985・2・20

18　鬼女面殺人事件

マイニチ・ミステリーブックス（毎日新聞社）／1973・3・15
　文華新書／1977・9・5

徳間文庫／1981・1・15
西村京太郎長編推理選集第六巻／1987・8・20
飛天文庫（飛天出版）／1995・6・5
トクマ・ノベルズ／1996・7・31
青樹社文庫（青樹社）／2001・8・20
廣済堂文庫／2004・1・1
徳間文庫【新装版】／2011・3・15

19　殺人者はオーロラを見た
サンケイノベルス／1973・5・30
徳間文庫／1982・10・15
講談社文庫／1993・10・15
トクマ・ノベルズ／1997・6・30
徳間文庫【新装版】／2006・9・15

20　赤い帆船
カッパ・ノベルス／1973・8・15
角川文庫／1982・9・10
光文社文庫／1998・6・20
光文社文庫【新装版】／2013・3・20

21　名探偵も楽じゃない
講談社／1973・12・8
ロマン・ブックス／1975・11・4
講談社文庫／1982・9・15

22　日本ダービー殺人事件
サンポウ・ノベルス／1974・5・25
KOSAIDO·BLUE·BOOKS／1977・8・29
徳間文庫／1981・5・15
集英社文庫（集英社）／1993・4・25
トクマ・ノベルズ／1996・3・31

23　おれたちはブルースしか歌わない
講談社／1975・3・24
ロマン・ブックス／1975・10・4
講談社文庫／1982・5・15
講談社ノベルス／2002・12・5

24　消えたタンカー

カッパ・ノベルス／1975・4・30

光文社文庫／1985・5・20

西村京太郎長編推理選集第八巻／1987・4・20

講談社文庫／1999・2・15

光文社文庫【新装版】／2018・8・20

25　幻奇島

毎日新聞社／1975・5・15

徳間文庫／1982・2・15

西村京太郎長編推理選集第六巻／1987・8・20

トクマ・ノベルズ／1995・7・31

双葉文庫（双葉社）／1997・4・10

徳間文庫【新装版】／2004・7・15

26　聖夜に死を

トクマ・ノベルズ／1975・12・10

徳間文庫／1982・4・15

トクマ・ノベルズ／1996・12・31

徳間文庫【新装版】／2003・12・15

光文社文庫／2015・12・20

27　消えた巨人軍

トクマ・ノベルズ／1976・4・10

徳間文庫／1980・10・31

徳間文庫【新装版】／2000・5・15

中公文庫（中央公論新社）／2014・7・25

28　消えた乗組員

カッパ・ノベルス／1976・5・20

光文社文庫／1985・11・20

西村京太郎長編推理選集第八巻／1987・4・20

講談社文庫／1998・5・15

光文社文庫【新装版】／2017・12・20

29　殺しのバンカーショット

文華新書／1976・8・20

文華新書／1985・4・15

角川文庫／1987・5・25

集英社文庫／1992・4・25
十津川警部日本縦断長篇ベスト選集33／2014・2・28

30　名探偵に乾杯

講談社／1976・9・8
講談社文庫／1983・8・15
西村京太郎長編推理選集第四巻／1987・5・20
講談社文庫【新装版】／2013・8・9

31　血ぞめの試走車

文華新書／1977・2・5
集英社文庫／1981・9・25
文華新書／1985・11・25
徳間文庫〈上下〉／1994・4・15
KōYōNOVELS（向陽舎）／2000・12・10
徳間文庫【新装版】／2003・2・15

32　華麗なる誘拐

トクマ・ノベルズ／1977・3・5
徳間文庫／1982・8・15
西村京太郎長編推理選集第九巻／1987・9・20
講談社文庫／1995・3・15
徳間文庫【新装版】／2000・7・15
トクマ・ノベルズ【新装版】／2004・3・31
河出文庫／2020・7・20

33　七人の証人

ジョイ・ノベルス／1977・5・25
ジョイ・ノベルス【新装版】／1983・11・25
講談社文庫／1983・12・15
西村京太郎長編推理選集第五巻／1987・10・20
ジョイ・ノベルス【新装版】／2004・9・25
講談社文庫【新装版】／2021・6・15

34　発信人は死者

カッパ・ノベルス／1977・11・25
光文社文庫／1986・3・20
西村京太郎長編推理選集第三巻／1987・11・20

徳間文庫／2015・4・15

35　ゼロ計画を阻止せよ

トクマ・ノベルズ／1977・12・30
徳間文庫／1983・6・15
徳間文庫【新装版】／2000・8・15

36　カードの城

新評社／1978・2・20
〈収録作品〉「南神威島」「幻想の夏」「手を拍く猿」「カードの城」「刑事」「行先のない切符」

37　炎の墓標

講談社／1978・2・24
講談社文庫／1984・8・15
西村京太郎長編推理選集第七巻／1988・1・20

38　ダービーを狙え

双葉新書（双葉社）／1978・4・10
集英社文庫（改題『現金強奪計画』）／1981・12・25
角川文庫（改題『現金強奪計画』）／1992・2・25
双葉文庫（改題『現金強奪計画』）／1997・4・10

39　盗まれた都市

トクマ・ノベルズ／1978・4・10
徳間文庫／1982・12・15
徳間文庫【新装版】／2001・2・15
中公文庫／2015・3・25

40　寝台特急殺人事件

カッパ・ノベルス／1978・10・30
光文社文庫／1984・10・20
西村京太郎長編推理選集第十巻／1987・1・20
カッパ・ノベルス【新装版】／2003・4・20
光文社文庫【新装版】／2009・9・20

41　イヴが死んだ夜

集英社／1978・11・25
集英社文庫／1982・6・25
嶋中文庫（嶋中書店）／2005・6・20
角川文庫／2008・5・25

42　真夜中の構図

集英社／1979・7・25

集英社文庫／1983・1・25

角川文庫／2010・5・25

43　一千万人誘拐計画

立風書房／1979・8・10

角川文庫／1983・3・10

立風ノベルス（立風書房）／1990・9・30

〈収録作品〉「受験地獄」「第二の標的」「一千万人誘拐計画」「白い殉教者」「天国に近い死体」

44　夜間飛行殺人事件

カッパ・ノベルス／1979・8・10

光文社文庫／1984・12・20

西村京太郎長編推理選集第十巻／1987・1・20

光文社文庫【新装版】／2009・11・20

45　11の迷路

講談社／1979・8・16

〈収録作品〉「密告」「二一・〇〇時に殺せ」「美談崩れ」「オートレック号の秘密」「アカベ・伝説の島」「変身願望」「回春連盟」「隣人愛」「アンドロメダから来た男」「チャリティゲーム」「殺しへの招待」

46　黄金番組殺人事件

トクマ・ノベルズ／1979・9・10

徳間文庫／1983・2・15

徳間文庫【新装版】／2002・11・15

47　黙示録殺人事件

新潮社／1980・1・20

新潮文庫（新潮社）／1983・1・15

西村京太郎長編推理選集第九巻／1987・9・20

48　けものたちの祝宴

トクマ・ノベルズ／1980・5・30

徳間文庫／1984・4・15

徳間文庫【新装版】／2004・2・15

集英社文庫／2019・4・25

49　終着駅殺人事件

カッパ・ノベルス／1980・7・20
光文社文庫／1984・11・20
西村京太郎長編推理選集第十一巻／1986・11・20
日本推理作家協会賞受賞作全集40（双葉文庫）／1997・11・15
光文社文庫【新装版】／2009・10・20

50　夜行列車殺人事件

カッパ・ノベルス／1981・4・25
光文社文庫／1985・3・20
光文社文庫【新装版】／2009・12・20

51　消えたドライバー

KOSAIDO·BLUE·BOOKS／1981・6・10
角川文庫／1983・5・25
廣済堂文庫／1990・4・25
〈収録作品〉「消えたドライバー」「死を呼ぶトランク」「九時三十分の殺人」

52　日本殺人ルート

KOSAIDO·BLUE·BOOKS／1981・9・10
角川文庫／1984・5・25
廣済堂文庫／1986・7・10
トクマ・ノベルズ／1997・12・31
〈収録作品〉「花冷えの殺意」「石垣殺人行」「秘めたる殺人」「死へのワン・ショット」「超高層ホテル爆破計画」「危険なダイヤル」「死者の告発」「手を拍く猿」

53　原子力船むつ消失事件

カドカワノベルズ（角川書店）／1981・11・1
角川文庫／1984・9・10

54　北帰行殺人事件

カッパ・ノベルス／1981・12・20
光文社文庫／1985・8・15
西村京太郎長編推理選集第十一巻／1986・11・20
光文社文庫【新装版】／2010・1・20

55 恐怖の金曜日

カドカワノベルズ／1982・1・25

角川文庫／1985・2・25

56 死者に捧げる殺人

FUTABA NOVELS（双葉社）／1982・2・10

双葉ポケット文庫（双葉社）／1983・7・1

集英社文庫／1997・7・25

〈収録作品〉「海辺の悲劇」「三億円の悪夢」「知らない町で」「危険な伴侶」「超速球150キロの殺人」「白いスキャンダル」「戦慄のライフル」「白い罠」「死者に捧げる殺人」

57 蜜月列車殺人事件

カッパ・ノベルス／1982・4・25

光文社文庫／1985・12・20

〈収録作品〉「再婚旅行殺人事件」「あずさ3号殺人事件」「ゆうづる5号殺人事件」「新婚旅行殺人事件」

58 特急さくら殺人事件

講談社ノベルス／1982・5・20

講談社文庫／1984・11・15

西村京太郎長編推理選集第十二巻／1987・3・20

光文社文庫／1999・2・20

十津川警部日本縦断長篇ベスト選集25／2013・5・31

59 ミステリー列車が消えた

新潮社／1982・7・15

新潮文庫／1985・1・25

西村京太郎長編推理選集第十三巻／1986・12・20

60 イレブン殺人事件

ジョイ・ノベルス／1982・7・25

角川文庫／1986・2・25

〈収録作品〉「ホテルの鍵は死への鍵」「歌を忘れたカナリヤは」「ピンクカード」「仮面の欲望」「優しい悪魔たち」「受験地獄」（角川文庫は再版より「裸のアリバイ」）「危険なサイドビジネス」「水の上の殺人」「危険な道づ

れ」「モーツァルトの罠」「死体の値段」

61　消えたエース

カドカワノベルズ／1982・8・25
角川文庫／1985・5・25

62　無明剣、走る

角川書店／1982・8・31
角川文庫／1984・8・10
祥伝社文庫（祥伝社）／2005・10・30

63　日本一周「旅号」殺人事件

カッパ・ノベルス／1982・9・10
光文社文庫／1986・4・20
光文社文庫【新装版】／2010・2・20

64　寝台特急「紀伊」殺人行

カドカワノベルズ／1982・11・25
角川文庫／1985・9・10
廣済堂文庫／1987・11・10
中公文庫／1997・9・18
十津川警部日本縦断長篇ベスト選集08（徳間書店）／2011・6・30

65　四国連絡特急殺人事件

講談社ノベルス／1983・1・8
講談社文庫／1985・4・15
西村京太郎長編推理選集第十二巻／1987・3・20
光文社文庫／1999・5・20

66　東北新幹線殺人事件

カッパ・ノベルス／1983・1・25
光文社文庫／1986・8・20
光文社文庫【新装版】／2010・3・20

67　寝台特急あかつき殺人事件

講談社ノベルス／1983・6・5
講談社文庫／1986・8・15
光文社文庫／2001・12・20
十津川警部日本縦断長篇ベスト選集27／2013・7・31

68　下り特急「富士」殺人事件

カッパ・ノベルス／1983・6・10
光文社文庫／1987・1・20
徳間文庫／2000・2・15
十津川警部日本縦断長篇ベスト選集13／2011・11・30

69　死者はまだ眠れない

FUTABA NOVELS／1983・6・10
双葉文庫／1985・1・25
徳間文庫／1996・11・15
徳間文庫【新装版】／2009・8・15

70　雷鳥九号殺人事件

カッパ・ノベルス／1983・7・15
光文社文庫／1987・4・20
講談社文庫／2001・2・15
〈収録作品〉「『雷鳥九号』殺人事件」「幻の特急を見た」「急行『だいせん』殺人事件」「殺人は食堂車で」「夜行列車『日本海』の謎」

71　行先のない切符

FUTABA NOVELS／1983・9・10
双葉文庫／1986・6・25
徳間文庫／1999・4・15
〈収録作品〉「夜の殺人者」「カードの城」「刑事」「行先のない切符」「手を拍く猿」「幻想の夏」「南神威島」「鳩」

72　神話列車殺人事件

ジョイ・ノベルス／1983・10・25
光文社文庫／1987・12・20
徳間文庫／2000・10・15
ジョイ・ノベルス【新装版】／2005・5・25
徳間文庫【新装版】／2012・11・15

73　夜の探偵

集英社／1983・10・25
集英社文庫／1985・3・25

集英社文庫【新装版】／2011・4・25

74　札幌着23時25分

カドカワノベルズ／1983・11・25

角川文庫／1985・9・25

中公文庫／1998・9・18

75　超特急「つばめ号」殺人事件

カッパ・ノベルス／1983・12・1

光文社文庫／1987・8・20

講談社文庫／1999・8・15

十津川警部日本縦断長篇ベスト選集35／2014・4・30

76　日本シリーズ殺人事件

講談社ノベルス／1984・3・5

講談社文庫／1986・10・15

77　高原鉄道殺人事件

カッパ・ノベルス／1984・4・5

光文社文庫／1988・2・20

祥伝社文庫／2001・5・20

〈収録作品〉「高原鉄道殺人事件」「おおぞら3号殺人事件」「振り子電車殺人事件」「内房線で出会った女」「殺意の『函館本線』」

78　L特急踊り子号殺人事件

講談社ノベルス／1984・5・1

講談社文庫／1987・1・15

光文社文庫／2001・3・20

〈収録作品〉「L特急踊り子号殺人事件」「特急しらさぎ殺人事件」「振り子電車殺人事件」

79　寝台特急「北陸」殺人事件

講談社ノベルス／1984・7・5

西村京太郎長編推理選集第十三巻／1986・12・20

講談社文庫／1987・4・15

光文社文庫／2003・8・20

80　北能登殺人事件

カッパ・ノベルス／1984・7・20

光文社文庫／1988・4・20
講談社文庫／2000・8・15
十津川警部日本縦断長篇ベスト選集07／2011・5・31

81 **都電荒川線殺人事件**
読売新聞社／1984・8・7
光文社文庫／1988・6・20
〈収録作品〉「都電荒川線殺人事件」「十和田南への旅」「四国情死行」「宮崎へのラブレター」「湯煙りの中の殺意」「祇園の女」「サロベツ原野で死んだ女」「白樺心中行」

82 **展望車殺人事件**
新潮社／1984・8・10
新潮文庫／1987・1・25
祥伝社文庫／2014・2・20
〈収録作品〉「友よ、松江で」「特急『富士』殺人事件」「展望車殺人事件」「死を運ぶ特急『谷川5号』」「復讐のスイッチ・バック」

83 **オホーツク殺人ルート**
講談社ノベルス／1984・9・5
講談社文庫／1987・7・15
西村京太郎長編推理選集第十五巻／1987・7・20
徳間文庫／1997・11・15
十津川警部日本縦断長篇ベスト選集02／2011・1・31

84 **京都感情旅行殺人事件**
光文社文庫／1984・9・10
光文社文庫【新装版】／2010・4・20

85 **東京駅殺人事件**
カッパ・ノベルス／1984・9・30
西村京太郎長編推理選集第十四巻／1987・6・20
光文社文庫／1988・8・20
光文社文庫【新装版】／2010・6・20
講談社文庫／2019・2・15

86　特急「白鳥」十四時間
カドカワノベルズ／1984・11・25
角川文庫／1985・11・10
中公文庫／2000・6・25

87　特急北アルプス殺人事件
ジョイ・ノベルス／1985・1・30
角川文庫／1988・4・25
中公文庫／2001・7・25
ジョイ・ノベルス【新装版】／2005・9・25

88　寝台特急「日本海」殺人事件
カッパ・ノベルス／1985・2・25
光文社文庫／1988・12・20
講談社文庫／2004・6・15

89　変身願望
講談社文庫／1985・3・15
〈収録作品〉「変身願望」「回春連盟」「隣人愛」「オートレック号の秘密」「アカベ・伝説の島」「アンドロメダから来た男」「チャリティゲーム」「殺しへの招待」「アリバイ」

90　寝台急行「銀河」殺人事件
文藝春秋／1985・3・20
文春文庫（文藝春秋）／1987・9・10
文春文庫【新装版】／2017・6・10

91　行楽特急殺人事件
講談社ノベルス／1985・5・1
講談社文庫／1988・3・15
〈収録作品〉「ATC作動せず（L特急『わかしお』殺人事件）」「急行べにばな殺人事件」「午後九時の目撃者」「行楽特急殺人事件」

92　上野駅殺人事件
カッパ・ノベルス／1985・6・20
西村京太郎長編推理選集第十四巻／1987・6・20
光文社文庫／1989・4・20
光文社文庫【新装版】／2010・7・20

講談社文庫／2017・2・15

93 午後の脅迫者

講談社文庫／1985・7・15

講談社ノベルス／2002・11・5

〈収録作品〉「午後の脅迫者」「密告」「二一・〇〇時に殺せ」「美談崩れ」「柴田巡査の奇妙なアルバイト」「私は職業婦人」「オーストラリアの蟬」「成功報酬百万円」「マルチ商法」

94 南伊豆高原殺人事件

トクマ・ノベルズ／1985・8・31

徳間文庫／1987・10・15

講談社文庫／1998・3・15

徳間文庫【新装版】／2008・6・15

95 狙われた寝台特急「さくら」

ノン・ノベル（祥伝社）／1985・9・5

ノン・ポシェット（祥伝社）／1989・7・20

徳間文庫／2000・6・15

祥伝社文庫／2016・2・20

96 第二の標的

光文社文庫／1985・9・15

〈収録作品〉「第二の標的」「謎の組写真」「アクシデンタル・ジャイブ」「神話の殺人」「危険なダイヤル」

97 夜ごと死の匂いが

廣済堂文庫／1985・10・15

角川文庫／1987・4・10

〈収録作品〉「夜ごと死の匂いが」「危険な賞金」「危険な判決」「危険な遺産」「危険なスポットライト」「狙われた男」「私を殺さないで」

98 臨時特急「京都号」殺人事件

ノン・ノベル／1985・11・20

ノン・ポシェット／1990・2・20

十津川警部日本縦断長篇ベスト選集47／2015・6・30

徳間文庫／2017・3・15

99 急行奥只見殺人事件
ジョイ・ノベルス／1985・11・25
角川文庫／1989・4・25
ジョイ・ノベルス【新装版】／2006・5・25
祥伝社文庫／2018・1・20

100 トンネルに消えた…
KOSAIDO·BLUE·BOOKS／1985・12・15
廣済堂文庫／1987・2・10
角川文庫／1988・9・25
〈収録作品〉「トンネルに消えた…」「殺しの慰謝料」「見事な被害者」「タレントの城」「落し穴」「死の代役」「ヌード協定」「闇の中の祭典」

101 富士山麓殺人事件
カッパ・ノベルス／1985・12・20
光文社文庫（改題『仮装の時代』）／1989・6・20
徳間文庫（改題『仮装の時代』）／2019・12・15

102 怖ろしい夜
角川文庫／1986・1・25
廣済堂文庫／1987・7・10
〈収録作品〉「夜の追跡者」「怠惰な夜」「夜の罠」「夜の牙」「夜の脅迫者」「夜の狙撃」

103 寝台急行「天の川」殺人事件
文藝春秋／1986・1・30
文春文庫／1988・6・10
文春文庫【新装版】／2018・6・10

104 殺しのインターチェンジ
廣済堂文庫／1986・2・10
角川文庫／1987・10・25
〈収録作品〉「雪は死の粧い」「殺しのインターチェンジ」「脅迫者」「三十億円の期待」「アリバイ」「見舞の人」「海の牙」「死霊の島」

105 最果てのブルートレイン
カッパ・ノベルス／1986・3・25
光文社文庫／1989・8・20

〈収録作品〉「最果てのブルートレイン」「余部橋梁310メートルの死」「愛と死の飯田線」

106 南紀殺人ルート

講談社ノベルス／1986・4・15
西村京太郎長編推理選集第十五巻／1987・7・20
講談社文庫／1988・7・15
徳間文庫／1999・2・15

107 寝台特急八分停車

カドカワノベルズ／1986・4・25
角川文庫／1987・5・30
徳間文庫／2012・1・15

108 特急「あずさ」殺人事件

カッパ・ノベルス／1986・5・30
光文社文庫／1989・10・20
講談社文庫／2004・11・15
十津川警部日本縦断長篇ベスト選集32／2014・1・31

109 EF63形機関車の証言

ジョイ・ノベルス／1986・6・25
角川文庫／1989・6・10
双葉文庫／2013・7・14
〈収録作品〉「EF63形機関車の証言」「見知らぬ時刻表」「スキー列車殺人事件」「江ノ電の中の目撃者」「運河の見える駅で」「西の終着駅の殺人」

110 夜の終り

角川文庫／1986・6・25
双葉文庫／2015・1・18
〈収録作品〉「人探しゲーム」「夜の終り」「海の沈黙」

111 座席急行「津軽」殺人事件

文藝春秋／1986・7・20
文春文庫／1989・6・10
文春文庫【新装版】／2019・8・10

112 山陰路殺人事件

カッパ・ノベルス／1986・7・25

光文社文庫／1989・12・20
講談社文庫／2001・9・15

113 寝台特急「はやぶさ」の女

サンケイ・ノベルス（サンケイ出版）／1986・8・10
角川文庫／1988・10・25
中公文庫／2003・3・25

114 マウンドの死

光文社文庫／1986・9・20
〈収録作品〉「裸の牙」「マウンドの死」「血に飢えた獣」「二十三年目の夏」「バイヤー殺人事件」「わが心のサンクチュアリ」

115 函館駅殺人事件

カッパ・ノベルス／1986・9・25
光文社文庫／1990・2・20
光文社文庫【新装版】／2010・9・20
講談社文庫／2018・6・14

116 特急「おき3号」殺人事件

講談社ノベルス／1986・10・5
講談社文庫／1989・6・15
光文社文庫／2003・2・20
〈収録作品〉「関門三六〇〇メートル」「裏切りの中央本線」「臨時特急を追え」「最北端の犯罪」「特急『おき3号』殺人事件」

117 大垣行345M列車の殺意

新潮社／1986・11・10
カッパ・ノベルス／1988・10・30
新潮文庫／1989・7・25
〈収録作品〉「十津川警部の孤独な捜査」「青に染まった死体」「君は機関車を見たか」「大垣行345M列車の殺意」

118 急行もがみ殺人事件

ジョイ・ノベルス／1987・1・25
角川文庫／1990・4・25
ジョイ・ノベルス【新装版】／2007・5・25
双葉文庫／2009・9・13

119 日本海からの殺意の風

カッパ・ノベルス／1987・1・30
光文社文庫／1990・4・20
講談社文庫／2002・9・15
〈収録作品〉「日本海からの殺意の風」「殺人へのミニ・トリップ」「潮風にのせた死の便り」

120 阿蘇殺人ルート

講談社ノベルス／1987・2・5
講談社文庫／1989・7・15
徳間文庫／1999・6・15
十津川警部日本縦断長篇ベスト選集09／2011・7・31

121 みちのく殺意の旅

文藝春秋／1987・3・1
文春文庫／1989・10・10
光文社文庫／2005・11・20
十津川警部日本縦断長篇ベスト選集19／2012・6・30

122 日本海殺人ルート

講談社ノベルス／1987・4・5
講談社文庫／1990・2・15
徳間文庫／2002・4・15
十津川警部日本縦断長篇ベスト選集21／2012・8・31

123 東京地下鉄殺人事件

読売新聞社／1987・5・13
光文社文庫／1992・2・20
徳間文庫／2004・1・15
十津川警部日本縦断長篇ベスト選集01／2011・1・31

124 環状線に消えた女

C★NOVELS（中央公論社）／1987・5・20
中公文庫／1989・7・10
集英社文庫／1997・12・20

〈収録作品〉「環状線に消えた女」「LAより哀をこめて」「愛は死の影の中で」「愛と死の甘き香り」

125 目撃者を消せ

角川文庫／1987・5・25

廣済堂文庫／1988・2・10

〈収録作品〉「目撃者を消せ」「死を運ぶ車」「歪んだ顔」「影の接点」「八番目の死」「ある証言」「暗い部屋から」

126 西鹿児島駅殺人事件

カッパ・ノベルス／1987・5・30

光文社文庫／1990・6・20

光文社文庫【新装版】／2010・10・20

講談社文庫／2020・2・14

127 ひかり62号の殺意

新潮社／1987・6・10

カッパ・ノベルス／1989・2・28

新潮文庫／1990・1・25

徳間文庫／2011・2・15

128 伊勢・志摩に消えた女

集英社／1987・7・25

集英社文庫／1990・4・25

中公文庫／1998・2・18

十津川警部日本縦断長篇ベスト選集06／2011・3・31

129 特急「おおぞら」殺人事件

カッパ・ノベルス／1987・7・30

光文社文庫／1990・8・20

講談社文庫／2005・3・15

130 ミニ急行「ノサップ」殺人事件

文藝春秋／1987・7・30

文春文庫／1990・3・10

徳間文庫／2010・6・15

131 八ヶ岳高原殺人事件

トクマ・ノベルズ／1987・8・31

徳間文庫／1989・8・15

講談社文庫／1999・1・15
徳間文庫【新装版】／2005・7・15

132 ナイター殺人事件

光文社文庫／1987・9・20

〈収録作品〉「ナイター殺人事件」「スプリング・ボード」「優しい支配者たち」「我ら地獄を見たり」「素晴らしき天」

133 寝台特急六分間の殺意

講談社ノベルス／1987・10・5
講談社文庫／1990・7・15

〈収録作品〉「列車プラス・ワンの殺人」「死への週末列車」「マスカットの証言」「小さな駅の大きな事件」「寝台特急六分間の殺意」

134 特急「北斗1号」殺人事件

カッパ・ノベルス／1987・10・25
光文社文庫／1990・12・20
講談社文庫／2007・9・14

135 殺人列車への招待

カドカワノベルズ／1987・11・25
角川文庫／1989・12・10
集英社文庫／2009・4・25

136 極楽行最終列車

文藝春秋／1987・11・30
文春文庫／1991・1・10

〈収録作品〉「死への旅『奥羽本線』」「18時24分東京発の女」「お座敷列車殺人事件」「極楽行最終列車」

137 L特急たざわ殺人事件

ジョイ・ノベルス／1988・1・25
角川文庫／1990・7・10
ジョイ・ノベルス【新装版】／2008・6・25
双葉文庫／2011・9・18

138 祝日に殺人の列車が走る

カドカワノベルズ／1988・3・25
角川文庫／1990・11・25

集英社文庫／2010・4・25

139 山手線五・八キロの証言

カッパ・ノベルス／1988・3・30

光文社文庫／1991・2・20

〈収録作品〉「山手線五・八キロの証言」「裏磐梯殺人ルート」「鎮魂の表示板が走った」

140 釧路・網走殺人ルート

講談社ノベルス／1988・4・5

講談社文庫／1991・2・15

徳間文庫／2003・1・15

141 寝台特急「ゆうづる」の女

FUSO·MYSTERY500（扶桑社）／1988・4・25

文春文庫／1990・8・10

光文社文庫／2006・11・15

文春文庫【新装版】／2020・8・10

142 L特急やくも殺人事件

ジョイ・ノベルス／1988・6・30

角川文庫／1991・10・25

ジョイ・ノベルス【新装版】／2009・6・25

双葉文庫／2014・7・12

〈収録作品〉「L特急やくも殺人事件」「イベント列車を狙え」「挽歌をのせて」「青函連絡船から消えた」

143 札幌駅殺人事件

カッパ・ノベルス／1988・6・30

光文社文庫／1991・4・20

光文社文庫【新装版】／2010・12・20

講談社文庫／2020・6・11

144 アルプス誘拐ルート

講談社ノベルス／1988・7・5

講談社文庫／1991・7・15

徳間文庫／2011・4・15

145 会津高原殺人事件

トクマ・ノベルズ／1988・8・31

徳間文庫／1990・10・15

講談社文庫／1999・5・15
徳間文庫【新装版】／2006・7・15
十津川警部日本縦断長篇ベスト選集23／2012・11・30

146 寝台特急「北斗星」殺人事件
カッパ・ノベルス／1988・8・31
光文社文庫／1991・8・20
講談社文庫／2005・5・15

147 殺人はサヨナラ列車で
光文社文庫／1988・9・20
講談社文庫／2002・7・15
〈収録作品〉「殺人はサヨナラ列車で」「薔薇の殺人」「秘密を売る男」「第六病棟の殺人」「狙撃者の部屋」

148 特急「あさしお3号」殺人事件
新潮社／1988・9・20
カッパ・ノベルス／1990・10・25
新潮文庫／1991・7・25
〈収録作品〉「特急『あさしお3号』殺人事件」「夜が殺意を運ぶ」「オートレック号の秘密」（新潮文庫版には収録せず）「首相暗殺計画」

149 特急「にちりん」の殺意
講談社ノベルス／1988・10・5
講談社文庫／1991・9・15
光文社文庫／2004・2・20
〈収録作品〉「殺意を運ぶ列車」「ヨコカル11.2キロの殺意」「神話の国の殺人」「特急『にちりん』の殺意」

150 十津川警部の挑戦
ジョイ・ノベルス〈上下〉／1988・10・20
角川文庫〈上下〉／1991・4・25
ジョイ・ノベルス〈上下〉【新装版】／2009・9・25
祥伝社文庫〈上下〉／2011・10・20

151 伊豆の海に消えた女
ミューノベルズ（毎日新聞社）／1988・12・20
光文社文庫／1991・12・20

祥伝社文庫／2000・9・20

152 寝台特急「あさかぜ1号」殺人事件

カッパ・ノベルス／1988・12・20
光文社文庫／1992・4・20
徳間文庫／2003・10・15
十津川警部日本縦断長篇ベスト選集36／2014・5・31

153 十和田南へ殺意の旅

KOSAIDO·BLUE·BOOKS／1989・1・30
廣済堂文庫／1993・12・1
徳間文庫／1996・5・15
廣済堂文庫【新装版】／2009・6・11
十津川警部日本縦断長篇ベスト選集03／2011・2・28

154 特急「富士」に乗っていた女

カドカワノベルズ／1989・2・25
角川文庫／1991・7・10
祥伝社文庫／2013・2・20

155 青函特急殺人ルート

講談社ノベルス／1989・4・5
講談社文庫／1992・3・15
光文社文庫／2004・8・20

156 死への招待状

角川文庫／1989・4・10
角川文庫【新装版】／2017・5・25
〈収録作品〉「危険な男」「危険なヌード」「死への招待状」「血の挑戦」「ベトナムから来た兵士」「罠」

157 L特急しまんと殺人事件

ジョイ・ノベルス／1989・4・20
角川文庫／1992・6・25
双葉文庫／2008・9・14
ジョイ・ノベルス【新装版】／2010・6・25
十津川警部日本縦断長篇ベスト選集43／2015・1・31

158「C62ニセコ」殺人事件
カッパ・ノベルス／1989・4・30
光文社文庫／1992・8・20
〈収録作品〉「『C62ニセコ』殺人事件」「特急『ゆうづる3号』の証言」「とき403号で殺された男」

159 十津川警部の決断
カッパ・ノベルス／1989・6・25
光文社文庫／1992・12・20
文春文庫／2010・6・10

160 十津川警部の対決
講談社／1989・6・28
講談社ノベルス／1991・7・5
講談社文庫／1992・7・15
徳間文庫／2003・4・15

161 山陽・東海道殺人ルート
講談社ノベルス／1989・7・5
講談社文庫／1992・5・15
光文社文庫／2005・2・20

162 志賀高原殺人事件
トクマ・ノベルズ／1989・8・31
徳間文庫／1991・10・15
講談社文庫／2000・1・15
徳間文庫【新装版】／2005・12・15
十津川警部日本縦断長篇ベスト選集12／2011・10・31

163 最終ひかり号の女
講談社ノベルス／1989・10・5
講談社文庫／1992・12・15
〈収録作品〉「スーパー特急『かがやき』の殺意」「石勝高原の愛と殺意」「愛と殺意の中央本線」「最終ひかり号の女」

164 特急「白山」六時間〇二分
カドカワノベルズ／1989・11・25
角川文庫／1992・2・25

中公文庫／2004・4・25

165 特急ゆふいんの森殺人事件

ジョイ・ノベルス／1990・1・30
文春文庫／1993・1・25
光文社文庫／2007・11・20
文春文庫【新装版】／2021・6・10

166 悪女の舞踏会

角川文庫／1990・2・25
〈収録作品〉「悪女の舞踏会」「女に気をつけろ」「女が消えた」「女とダイヤモンド」「拾った女」「女と逃げろ」

167 宗谷本線殺人事件

カッパ・ノベルス／1990・2・28
光文社文庫／1993・4・20
講談社文庫／2007・2・15

168「のと恋路号」殺意の旅

C★NOVELS／1990・3・25
中公文庫／1992・11・10
角川文庫／1998・9・25

169 富士・箱根殺人ルート

講談社ノベルス／1990・4・5
講談社文庫／1993・3・15
光文社文庫／2006・2・20

170 十津川警部の怒り

カッパ・ノベルス／1990・5・30
光文社文庫／1993・8・20
講談社文庫／2006・4・15
〈収録作品〉「十津川警部の怒り」「快速列車『ムーンライト』の罠」「禁じられた『北斗星5号』」

171 特急ひだ3号殺人事件

ジョイ・ノベルス／1990・7・10
角川文庫／1994・9・25
中公文庫／2007・8・25
ジョイ・ノベルス【新装版】／2010・9・25
〈収録作品〉「特急ひだ3号殺人事件」「特急あいづ殺人

事件」「信濃の死」「殺意を運ぶあじさい電車」

172 飛騨高山に消えた女

ノン・ノベル／1990・7・20
ノン・ポシェット／1994・2・25
光文社文庫／2000・10・20

173 パリ発殺人列車

カッパ・ノベルス／1990・7・25
光文社文庫／1993・12・20
文春文庫／2005・4・10

174 スーパー雷鳥殺人事件

トクマ・ノベルズ／1990・8・31
徳間文庫／1992・10・15
祥伝社文庫／2000・3・20
十津川警部日本縦断長篇ベスト選集20／2012・7・31

175 十津川警部の困惑

講談社ノベルス／1990・10・5
講談社文庫／1993・7・15
〈収録作品〉「海を渡る殺意—特急しおかぜ殺人事件」「死を呼ぶ身延線」「死が乗り入れて来る」「十津川警部の困惑」

176 特急「有明」殺人事件

カドカワノベルズ／1990・11・25
角川文庫／1992・9・25
祥伝社文庫／2006・2・20

177 十津川警部の逆襲

カッパ・ノベルス／1990・12・20
光文社文庫／1994・4・20
〈収録作品〉「阿波鳴門殺人事件」「死体は潮風に吹かれて」「ある刑事の旅」

178 夜の脅迫者

角川文庫／1991・3・25
祥伝社文庫／2015・3・20
〈収録作品〉「危険な若者」「ある男の肖像」「脅迫者」

「電話の男」「優しい死神」「めでたい奴」

179 津軽・陸中殺人ルート

講談社ノベルス／1991・4・5
講談社文庫／1994・5・15
光文社文庫／2006・8・20
十津川警部日本縦断長篇ベスト選集24／2013・4・30

180 オリエント急行を追え

カドカワノベルズ／1991・4・25
角川文庫／1993・9・25
祥伝社文庫／2011・2・15

181 木曾街道殺意の旅

C★NOVELS／1991・5・25
中公文庫／1994・9・18
角川文庫／1999・2・25

182 愛と憎しみの高山本線

文藝春秋／1991・7・20
文春文庫／1993・8・10
双葉文庫／2003・3・11
〈収録作品〉「愛と裏切りの石北本線」「愛と孤独の宗谷本線」「愛と憎しみの高山本線」「愛と絶望の奥羽本線」

183 長崎駅殺人事件

カッパ・ノベルス／1991・7・31
光文社文庫／1994・8・20
光文社文庫【新装版】／2011・1・20
講談社文庫／2019・6・13

184 美女高原殺人事件

トクマ・ノベルズ／1991・8・31
徳間文庫／1993・11・15
講談社文庫／2000・5・15
徳間文庫【新装版】／2008・7・15

185 パリ・東京殺人ルート

C★NOVELS／1991・9・25
中公文庫／1995・2・18

集英社文庫／1998・8・25

186 十津川警部C11を追う

講談社ノベルス／1991・10・5

講談社文庫／1994・7・15

〈収録作品〉「二階座席の女」「十津川警部C11を追う」「北の廃駅で死んだ女」「死への近道列車」

187 十津川警部・怒りの追跡

ジョイ・ノベルス〈上下〉／1991・11・15

文春文庫〈上下〉／1995・1・10

188 尾道に消えた女

ノン・ノベル／1991・11・30

ノン・ポシェット／1995・3・1

光文社文庫／2002・3・20

189 紀勢本線殺人事件

カッパ・ノベルス／1991・11・30

光文社文庫／1994・10・20

文春文庫／2007・4・10

190 豪華特急トワイライト殺人事件

新潮社／1992・1・20

新潮社／1993・12・5

新潮文庫／1995・2・1

191 越後・会津殺人ルート

講談社ノベルス／1992・2・5

講談社文庫／1994・10・15

光文社文庫／2007・8・20

192 完全殺人

角川文庫／1992・5・25

祥伝社文庫／2015・4・20

〈収録作品〉「奇妙なラブ・レター」「幻の魚」「完全殺人」「殺しのゲーム」「アリバイ引受けます」「私は狙われている」「死者の告発」「焦点距離」

193 謎と殺意の田沢湖線

文藝春秋／1992・6・20

文春文庫／1994・6・10

新潮文庫／2005・8・1

〈収録作品〉「謎と殺意の田沢湖線」「謎と憎悪の陸羽東線」「謎と幻想の根室本線」「謎と絶望の東北本線」

194 夏は、愛と殺人の季節

カドカワノベルズ／1992・6・25

角川文庫／1995・8・25

双葉文庫／2012・7・15

195 五能線誘拐ルート

講談社ノベルス／1992・7・5

講談社文庫／1995・7・15

196 特急「あさま」が運ぶ殺意

カッパ・ノベルス／1992・7・30

光文社文庫／1995・8・20

〈収録作品〉「特急『あさま』が運ぶ殺意」「北への列車は殺意を乗せて」「SLに愛された死体」「北への危険な旅」

197 恋の十和田、死の猪苗代

C★NOVELS／1992・9・25

中公文庫／1995・5・18

角川文庫／2001・2・25

198 スーパーとかち殺人事件

トクマ・ノベルズ／1992・9・30

徳間文庫／1994・11・15

光文社文庫／2000・2・20

199 幻想と死の信越本線

集英社／1992・11・25

集英社文庫／1994・11・25

中公文庫／1999・8・18

集英社文庫【新装版】／2012・4・25

〈収録作品〉「阿蘇で死んだ刑事」「北の果ての殺意」「南紀　夏の終わりの殺人」「幻想と死の信越本線」

200 会津若松からの死の便り

トクマ・ノベルズ／1992・11・30

徳間文庫／1995・6・15

双葉文庫（改題『身代り殺人事件』）／1997・4・10
〈収録作品〉「会津若松からの死の便り」「日曜日には走らない」「下呂温泉で死んだ女」「身代り殺人事件」「残酷な季節」

201 恨みの陸中リアス線
講談社ノベルス／1992・12・5
講談社文庫／1996・4・15
〈収録作品〉「恨みの陸中リアス線」「新幹線個室の客」「急行アルプス殺人事件」「一日遅れのバースディ」

202 シベリア鉄道殺人事件
朝日新聞社／1993・1・1
カッパ・ノベルス／1995・2・28
講談社文庫／1996・1・15
朝日文芸文庫（朝日新聞社）／1996・12・1
光文社文庫／2007・2・20

203 山形新幹線「つばさ」殺人事件
カッパ・ノベルス／1993・1・30
光文社文庫／1995・12・20
講談社文庫／2013・6・14

204 危険な殺人者
角川文庫／1993・3・25
〈収録作品〉「病める心」「いかさま」「危険な遊び」「鍵穴の中の殺人」「目撃者」「でっちあげ」「硝子の遺書」

205 恋と裏切りの山陰本線
文藝春秋／1993・3・30
文春文庫／1995・4・10
〈収録作品〉「恋と復讐の徳島線」「恋と殺意ののと鉄道」「恋と裏切りの山陰本線」「恋と幻想の上越線」

206 鳥取・出雲殺人ルート
講談社ノベルス／1993・4・5
講談社文庫／1996・7・15
光文社文庫／2008・2・20

207 怒りの北陸本線
ジョイ・ノベルス／1993・5・25

徳間文庫／1998・6・15
光文社文庫／2004・11・20
十津川警部日本縦断長篇ベスト選集14／2012・1・31

208 九州新特急「つばめ」殺人事件

カッパ・ノベルス／1993・5・30
光文社文庫／1996・7・20
講談社文庫／2009・2・15

209 別府・国東殺意の旅

新潮社／1993・6・20
新潮文庫／1995・7・1
十津川警部日本縦断長篇ベスト選集34／2014・3・31
徳間文庫／2016・1・15

210 越後湯沢殺人事件

C★NOVELS／1993・8・25
中公文庫／1995・8・18
角川文庫／2000・5・25
十津川警部日本縦断長篇ベスト選集26／2013・6・30

211 伊豆・河津七滝に消えた女

カッパ・ノベルス／1993・10・25
光文社文庫／1996・9・20
〈収録作品〉「河津七滝に消えた女」「鬼怒川心中事件」「伊豆下田で消えた友へ」

212 尾道・倉敷殺人ルート

講談社ノベルス／1993・11・5
講談社文庫／1996・12・15
光文社文庫／2008・8・20
十津川警部日本縦断長篇ベスト選集38／2014・7・31

213 恨みの三保羽衣伝説

文藝春秋／1993・12・20
文春文庫／1996・1・10

〈収録作品〉「恨みの箱根仙石原」「恨みの箱根芦ノ湖」「恨みの浜松防風林」「恨みの三保羽衣伝説」

214 十津川警部、沈黙の壁に挑む

カッパ・ノベルス／1994・1・25
光文社文庫／1996・12・20
文春文庫／2009・7・10

215 特急ワイドビューひだ殺人事件

トクマ・ノベルズ／1994・1・31
徳間文庫／1995・11・15
光文社文庫／2002・5・20
十津川警部日本縦断長篇ベスト選集10／2011・8・31

216 諏訪・安曇野殺人ルート

講談社ノベルス／1994・2・5
講談社文庫／1997・2・15
光文社文庫／2009・8・20

217 北緯四三度からの死の予告

カドカワノベルズ／1994・3・25
角川文庫／1996・9・25
徳間文庫／2012・3・15

218 哀しみの北廃止線

講談社ノベルス／1994・4・5
講談社文庫／1997・5・15
〈収録作品〉「小諸からの甘い殺意」「哀しみの北廃止線」「北の空に殺意が走る」「蔵王霧の中の殺人」

219 雲仙・長崎殺意の旅

ジョイ・ノベルス／1994・4・25
角川文庫／1997・5・25
中公文庫／2008・4・25
十津川警部日本縦断長篇ベスト選集31／2013・11・30

220 奥能登に吹く殺意の風

カッパ・ノベルス／1994・4・25
光文社文庫／1997・5・20

講談社文庫／2007・6・15

221 松島・蔵王殺人事件

トクマ・ノベルズ／1994・5・31

徳間文庫／1997・7・15

講談社文庫／2003・2・15

十津川警部日本縦断長篇ベスト選集17／2012・3・31

222 萩・津和野に消えた女

ノン・ノベル／1994・7・20

ノン・ポシェット／1997・2・20

双葉文庫／2002・8・20

十津川警部日本縦断長篇ベスト選集42／2014・11・30

223 ワイドビュー南紀殺人事件

C★NOVELS／1994・7・25

中公文庫／1996・8・18

角川文庫／2002・5・25

224 祖谷・淡路殺意の旅

新潮社／1994・7・30

新潮文庫／1995・12・1

中公文庫／2017・2・25

225 十津川警部の標的

カッパ・ノベルス／1994・9・25

光文社文庫／1997・9・20

〈収録作品〉「十津川警部の標的」「十津川警部いたちを追う」「十津川、民謡を唄う」

226 謀殺の四国ルート

ジョイ・ノベルス／1994・11・25

角川文庫／1998・5・25

祥伝社文庫／2013・7・30

〈収録作品〉「謀殺の四国ルート」「予告されていた殺人」「城崎にて、死」「十津川警部の休暇」

227 伊豆海岸殺人ルート

講談社ノベルス／1994・12・5

講談社文庫／1997・10・15
光文社文庫／2010・8・20

228 特急「しなの21号」殺人事件

トクマ・ノベルズ／1995・2・28
徳間文庫／1998・10・15
光文社文庫／2005・8・20

229 愛と悲しみの墓標

読売新聞社／1995・3・16
文春文庫／1997・4・10
光文社文庫／2011・3・20

230 雨の中に死ぬ

角川文庫／1995・3・25
〈収録作品〉「雨の中に死ぬ」「老人の牙」「死んで下さい」「浮気の果て」「殺意の季節」「誘拐の季節」

231 倉敷から来た女

講談社ノベルス／1995・4・5
講談社文庫／1998・1・15
〈収録作品〉「倉敷から来た女」「初夏の海に死ぬ」「殺しの風が南へ向う」「事件の裏側」

232 特急しおかぜ殺人事件

カドカワノベルズ／1995・4・25
角川文庫／1997・10・25
中公文庫／2005・2・25
十津川警部日本縦断長篇ベスト選集11／2011・9・30

233 恐怖の海 東尋坊

文藝春秋／1995・6・20
文春文庫／1997・12・10
〈収録作品〉「恐怖の海　東尋坊」「恐怖の湖　富士西湖」「恐怖の清流　昇仙峡」「恐怖の橋　つなぎ大橋」

234 十津川警部の抵抗

カッパ・ノベルス／1995・6・25
光文社文庫／1998・9・20
文春文庫／2008・7・10

235 殺人者は北へ向かう
ノン・ノベル／1995・7・20
祥伝社文庫／1999・7・20
双葉文庫／2003・12・9

236 丹後　殺人迷路
新潮社／1995・9・15
新潮文庫／1997・1・1

237 仙台駅殺人事件
カッパ・ノベルス／1995・9・25
光文社文庫／1999・12・20
光文社文庫【新装版】／2011・2・20
講談社文庫／2021・2・16

238 陸中海岸殺意の旅
ジョイ・ノベルス／1995・9・25
角川文庫／1999・4・25
中公文庫／2009・8・25

239 東京・山形殺人ルート
講談社ノベルス／1995・11・5
講談社文庫／1998・6・15
光文社文庫／2011・9・20

240 十津川警部 雪と戦う
C★NOVELS／1995・11・25
中公文庫／1998・12・18
角川文庫／2004・2・25

241 浅草偏奇館の殺人
文藝春秋／1996・3・1
文藝春秋／1998・2・10
文春文庫／2000・1・10

242 九州特急「ソニックにちりん」殺人事件
カッパ・ノベルス／1996・6・25
光文社文庫／1999・9・20
講談社文庫／2009・6・15

243 十津川警部「友への挽歌」
文藝春秋／1996・7・1

文春文庫／1998・12・10
光文社文庫／2009・2・20

244 南紀白浜殺人事件
トクマ・ノベルズ／1996・9・30
徳間文庫／1999・10・15
ハルキ文庫（角川春樹事務所）／2007・2・18

245 猿が啼くとき人が死ぬ
新潮社／1996・10・15
新潮文庫／1998・6・1
文春文庫／2006・4・10

246 日本のエーゲ海、日本の死
カドカワノベルズ／1996・12・25
角川文庫／2000・11・25
祥伝社文庫／2010・3・20

247 青に染まる死体 勝浦温泉
文藝春秋／1997・1・15
文春文庫／1999・8・10
〈収録作品〉「愛と死　草津温泉」「友の消えた熱海温泉」「青に染まる死体 勝浦温泉」「偽りの季節　伊豆長岡温泉」

248 高山本線殺人事件
カッパ・ノベルス／1997・2・5
光文社文庫／2000・8・20
講談社文庫／2010・2・13

249 秘めたる殺人
双葉社／1997・4・10
FUTABA NOVELS／1998・9・25
双葉文庫／2000・6・20
〈収録作品〉「雪は死の粧い」「九時三十分の殺人」「私を殺さないで」「死へのワンショット」「秘めたる殺人」

250 北陸の海に消えた女
講談社ノベルス／1997・6・5
講談社文庫／1999・10・15
〈収録作品〉「目撃者たち」「No.200の女」「箱根を越え

た死」「北陸の海に消えた女」

251 野猿殺人事件

文藝春秋／1997・7・10

文春文庫／2000・6・10

〈収録作品〉「白鳥殺人事件」「野猿殺人事件」「野良猫殺人事件」「愛犬殺人事件」

252 在原業平殺人事件

C★NOVELS／1997・7・25

中公文庫／1999・10・18

角川文庫／2003・1・25

※山村美紗との共著

253 海辺の悲劇

双葉社／1997・7・25

FUTABA NOVELS／1998・11・25

双葉文庫／2001・5・20

〈収録作品〉「夜の終り」「私刑」「死を呼ぶトランク」「海辺の悲劇」「アリバイ」

254 出雲 神々への愛と恐れ

トクマ・ノベルズ／1997・9・30

徳間文庫／2000・4・15

ハルキ文庫／2007・5・18

十津川警部日本縦断長篇ベスト選集15／2012・2・29

徳間文庫【新装版】／2014・9・15

255 十津川警部 千曲川に犯人を追う

講談社ノベルス／1997・10・5

講談社文庫／2000・7・15

光文社文庫／2011・11・20

256 伊豆誘拐行

カッパ・ノベルス／1997・11・25

光文社文庫／2000・12・20

講談社文庫／2010・10・15

257 南伊豆殺人事件

ジョイ・ノベルス／1997・11・25

徳間文庫／2001・1・15
講談社文庫／2014・2・14

258 海を渡った愛と殺意

ジョイ・ノベルス／1998・1・20
祥伝社文庫／2000・7・20
〈収録作品〉「越前殺意の岬」「EF63型機関車の証言」「海を渡った愛と殺意」

259 夜が待っている

角川文庫／1998・1・25
〈収録作品〉「女をさがせ」「夜が待っている」「赤いハトが死んだ」「愛の詩集」「死の予告」「夜の秘密」

260 秋田新幹線「こまち」殺人事件

カッパ・ノベルス／1998・2・25
光文社文庫／2001・5・20
講談社文庫／2011・6・15

261「雪国」殺人事件

C★NOVELS／1998・2・25
中公文庫／2000・11・25
小学館文庫（小学館）／2003・12・1

262 神戸 愛と殺意の街

新潮社／1998・3・20
新潮文庫／2000・2・1
中公文庫／2018・2・25

263 失踪計画

角川文庫／1998・3・25
〈収録作品〉「失踪計画」「くたばれ草加次郎」「裏切りの果て」「うらなり出世譚」「夜にうごめく」「第六太平丸の殺人」「死刑囚」

264 十津川警部 白浜へ飛ぶ

講談社ノベルス／1998・4・5
講談社文庫／2001・4・15
〈収録作品〉「処刑の日」「絵の中の殺人」「十津川警部の苦悩」「十津川警部 白浜へ飛ぶ」

265 伊豆下賀茂で死んだ女

ノン・ノベル／1998・7・20
祥伝社文庫／2001・9・10
角川文庫／2005・1・25

266 十津川警部の試練

カッパ・ノベルス／1998・7・30
光文社文庫／2001・9・20
〈収録作品〉「午後の悪魔」「北の女が死んだ」「警官嫌い」「若い刑事への鎮魂歌」

267 十津川警部 海の挽歌

ハルキ・ノベルス（角川春樹事務所）／1998・8・8
ハルキ文庫／1999・7・18
徳間文庫／2006・10・15
十津川警部日本縦断長篇ベスト選集05／2011・3・31

268 冬休みの誘拐、夏休みの殺人

C★NOVELS／1998・8・25
中公文庫／2001・2・25
小学館文庫／2004・4・1
〈収録作品〉「その石を消せ！」「まぼろしの遺産」「白い時間を追え」

269 闇を引き継ぐ者

カドカワ・エンタテインメント（角川書店）／1998・8・25
角川文庫／2001・9・25
祥伝社文庫／2010・7・25

270 十津川警部北陸を走る

トクマ・ノベルズ／1998・8・31
徳間文庫／2001・10・15
ハルキ文庫／2007・9・18

271 上越新幹線殺人事件

講談社ノベルス／1998・10・5
講談社文庫／2001・7・15
光文社文庫／2012・3・20

272 JR周遊殺人事件

KōYōNOVELS／1998・11・20
徳間文庫／2001・4・15
ワンツーポケットノベルス（ワンツーマガジン社）／2003・9・20
双葉文庫／2015・7・19

〈収録作品〉「北の果ての殺意」「北への列車は殺意を乗せて」「イベント列車を狙え」「日曜日には走らない」「恋と復讐の徳島線」「神話の国の殺人」

273 城崎にて、殺人

C★NOVELS／1998・11・25
中公文庫／2001・12・20
角川文庫／2005・8・25
十津川警部日本縦断長篇ベスト選集30／2013・10・31

274 東京・松島殺人ルート

カッパ・ノベルス／1998・11・25
光文社文庫／2002・8・20
講談社文庫／2011・2・15

275 桜の下殺人事件

FUTABA NOVELS／1998・12・20
双葉文庫／2000・10・12
祥伝社文庫／2002・9・10
十津川警部日本縦断長篇ベスト選集45／2015・4・30

276 十津川警部の事件簿

トクマ・ノベルズ／1998・12・31
徳間文庫／2001・6・15

〈収録作品〉「甘い殺意」「危険な賞金」「白いスキャンダル」「戦慄のライフル」「白い罠」「死者に捧げる殺人」

277 知多半島殺人事件

ジョイ・ノベルス／1999・1・25
文春文庫／2002・2・10
光文社文庫／2012・12・20

278 石狩川殺人事件
文藝春秋／1999・2・10
文春文庫／2001・6・10
〈収録作品〉「最上川殺人事件」「日高川殺人事件」「長良川殺人事件」「石狩川殺人事件」

279 京都 恋と裏切りの嵯峨野
新潮社／1999・3・20
新潮文庫／2001・4・1
中公文庫／2015・7・25

280 北への殺人ルート
講談社ノベルス／1999・4・5
講談社文庫（改題『十津川警部みちのくで苦悩する』）／2002・3・15
〈収録作品〉「十津川警部みちのくで苦悩する」「北への殺人ルート」「甦る過去」「冬の殺人」

281 西伊豆 美しき殺意
読売新聞社／1999・4・18
中公文庫／2001・8・25
徳間文庫／2005・1・15
十津川警部日本縦断長篇ベスト選集16／2012・3・31

282 河津・天城連続殺人事件
C★NOVELS（中央公論新社）／1999・4・25
中公文庫／2002・6・25
集英社文庫／2005・4・25
〈収録作品〉「河津・天城連続殺人事件」「黒部トロッコ列車の死」「週末の殺意」「一千万円のアリバイ」

283 十津川刑事の肖像
トクマ・ノベルズ／1999・4・30
徳間文庫／2002・1・15
双葉文庫／2016・3・13
〈収録作品〉「危険な判決」「回春連盟」「第二の標的」「一千万人誘拐計画」「人探しゲーム」

284 十津川警部 赤と青の幻想
文藝春秋／1999・6・30
文春文庫／2001・11・10
光文社文庫／2012・8・20

285 十津川警部 十年目の真実
ノン・ノベル／1999・7・20
祥伝社文庫／2002・2・20
双葉文庫／2009・5・17

286 十津川警部 風の挽歌
ハルキ・ノベルス／1999・8・28
ハルキ文庫／2000・7・18
徳間文庫／2007・1・15
十津川警部日本縦断長篇ベスト選集22／2012・10・31

287 十津川警部の死闘
カッパ・ノベルス／1999・9・25
光文社文庫／2002・12・20
〈収録作品〉「心中プラス1」「処刑のメッセージ」「加賀温泉郷の殺人遊戯」「特別室の秘密」

288 夜行列車の女
トクマ・ノベルズ／1999・9・30
徳間文庫／2002・6・25
中公文庫／2008・8・25
十津川警部日本縦断長篇ベスト選集39／2014・8・31

289 東京―旭川殺人ルート
ジョイ・ノベルス／1999・10・25
集英社文庫／2002・4・25
中公文庫／2006・8・25
〈収録作品〉「北の空　悲しみの唄」「東京―旭川殺人ルート」「雪の石塀小路に死ぬ」

290 南九州殺人迷路
C★NOVELS／1999・10・25
中公文庫／2002・12・25

角川文庫／2006・1・25

291 私を殺しに来た男

角川文庫／1999・10・25
祥伝社文庫／2018・3・20
〈収録作品〉「事件の裏で」「私を殺しに来た男」「見張られた部屋」「死者が時計を鳴らす」「扉の向うの死体」「サヨナラ死球」「トレードは死」「審判員工藤氏の復讐」「愛」「小説マリー・セレスト号の悲劇」

292 紀伊半島殺人事件

FUTABA NOVELS／1999・12・10
双葉文庫／2001・10・16
祥伝社文庫／2003・9・10

293 伊勢志摩殺意の旅

ジョイ・ノベルス／2000・1・25
双葉文庫／2002・5・20
角川文庫／2006・7・25

294 京都駅殺人事件

カッパ・ノベルス／2000・2・29
光文社文庫／2003・5・20
光文社文庫【新装版】／2011・4・20
講談社文庫／2017・6・15

295 箱根 愛と死のラビリンス

新潮社／2000・3・20
新潮文庫／2002・1・1
徳間文庫／2017・1・15

296 下田情死行

文藝春秋／2000・3・30
文春文庫／2002・6・10
〈収録作品〉「殺し屋Aの記録」「タイムカプセル奪取計画」「阿蘇幻死行」「下田情死行」「道後温泉で死んだ女」

297 四国情死行

講談社ノベルス／2000・4・5
講談社文庫／2003・4・15
〈収録作品〉「配達するのは死」「死を運ぶ運転手」「四

国情死行」「能登八キロの罠」

298 狙われた男

トクマ・ノベルズ／2000・4・30
徳間文庫／2002・10・15
祥伝社文庫／2016・7・20
〈収録作品〉「狙われた男」「危険な男」「危険なヌード」「危険なダイヤル」「危険なスポットライト」

299 女流作家

朝日新聞社／2000・5・1
朝日文庫（朝日新聞社）／2002・8・1

300 殺意の青函トンネル

ノン・ノベル／2000・7・20
祥伝社文庫／2003・2・20
双葉文庫／2010・9・19

301 十津川警部「裏切り」

カドカワ・エンタテインメント／2000・7・25
角川文庫／2003・10・25
中公文庫／2010・7・25

302 十津川警部 長良川に犯人を追う

カッパ・ノベルス／2000・8・30
光文社文庫／2003・11・20
講談社文庫／2012・6・15

303 寝台特急カシオペアを追え

トクマ・ノベルズ／2000・8・31
徳間文庫／2003・6・15
祥伝社文庫／2009・2・20

304 十津川警部 殺しのトライアングル

ハルキ・ノベルス／2000・10・8
ハルキ文庫／2001・5・18
徳間文庫／2007・4・15
十津川警部日本縦断長篇ベスト選集29／2013・9・30

305 華やかな殺意　西村京太郎自選集①

トクマ・ノベルズ／2000・10・31

徳間文庫／2004・4・15
〈収録作品〉「病める心」「歪んだ朝」「美談崩れ」「優しい脅迫者」「南神威島」

306 十津川警部 愛と死の伝説
講談社ノベルス〈上下〉／2000・11・5
講談社文庫〈上下〉／2003・10・15
光文社文庫〈上下〉／2013・8・20

307 麗しき疑惑　西村京太郎自選集②
トクマ・ノベルズ／2000・11・30
徳間文庫／2004・4・15
〈収録作品〉「白い殉教者」「アンドロメダから来た男」「首相暗殺計画」「新婚旅行殺人事件」

308 能登半島殺人事件
FUTABA NOVELS／2000・12・15
双葉文庫／2002・10・15
祥伝社文庫／2007・2・20

309 由布院心中事件
C★NOVELS／2000・12・15
中公文庫／2003・12・25
徳間文庫／2007・11・15

310 金沢加賀殺意の旅
ジョイ・ノベルス／2001・1・25
角川文庫／2004・4・25
双葉文庫／2014・11・16

311 祭りの果て、郡上八幡
文藝春秋／2001・2・10
文春文庫／2003・9・10
光文社文庫／2015・8・20

312 災厄の「つばさ」121号
新潮社／2001・3・20
新潮文庫／2003・2・1

313 竹久夢二 殺人の記
講談社ノベルス／2001・4・5
講談社文庫／2004・3・15

光文社文庫／2014・8・20

314 空白の時刻表　西村京太郎自選集③鉄道ミステリー編

トクマ・ノベルズ／2001・4・30

徳間文庫／2004・6・15

〈収録作品〉「おおぞら3号殺人事件」「死への旅『奥羽本線』」「ATC作動せず（L特急『わかしお』殺人事件）」「急行『だいせん』殺人事件」「殺意を運ぶ列車」「復讐のスイッチ・バック」

315 歪んだ朝

角川文庫／2001・5・25

〈収録作品〉「歪んだ朝」「黒の記憶」「蘇える過去」「夜の密戯」「優しい脅迫者」

316 愛の伝説・釧路湿原

カッパ・ノベルス／2001・5・30

光文社文庫／2004・5・20

講談社文庫／2013・2・15

317 十津川警部　ある女への挽歌

小学館／2001・8・10

小学館文庫（改題『十津川警部「ある女への挽歌」』）／2003・8・1

中公文庫（改題『十津川警部「ある女への挽歌」』）／2006・4・25

〈収録作品〉「ある女への挽歌」「三人目の女」「依頼人は死者」

318 東京発ひかり147号

ノン・ノベル／2001・9・10

祥伝社文庫／2004・2・20

徳間文庫／2008・12・15

319 しまなみ海道追跡ルート

トクマ・ノベルズ／2001・9・30

徳間文庫／2004・10・15

祥伝社文庫／2010・2・20

320 十津川警部 帰郷・会津若松

講談社ノベルス／2001・11・5

講談社文庫／2004・9・15
光文社文庫／2014・12・20

321 十津川警部「射殺」
カドカワ・エンタテインメント／2001・11・25
角川文庫／2004・10・25
中公文庫／2011・8・25

322 愛と復讐の桃源郷
FUTABA NOVELS／2001・12・10
双葉文庫／2003・9・20
角川文庫／2007・5・25

323 焦げた密室
幻冬舎ノベルス（幻冬舎）／2001・12・15
幻冬舎文庫（幻冬舎）／2003・4・15

324 十津川警部「狂気」
C★NOVELS／2001・12・15
中公文庫／2004・12・20
角川文庫／2010・3・25

325 松本美ヶ原殺意の旅
ジョイ・ノベルス／2002・1・25
祥伝社文庫／2005・2・20
徳間文庫／2009・11・15

326 風の殺意・おわら風の盆
文藝春秋／2002・2・15
文春文庫／2004・9・10
光文社文庫／2016・8・20

327 裏切りの特急サンダーバード
新潮社／2002・3・20
新潮文庫／2004・2・1
祥伝社文庫／2015・9・5

328 十津川警部 ロマンの死、銀山温泉
カッパ・ノベルス／2002・5・25
光文社文庫／2005・5・20
文春文庫／2011・6・10

329 十津川警部 影を追う
トクマ・ノベルズ／2002・6・30
徳間文庫／2005・4・15
中公文庫／2013・7・25

330 金沢歴史の殺人
FUTABA NOVELS／2002・7・16
双葉文庫／2004・7・20
祥伝社文庫／2008・2・20

331 十七年の空白
ジョイ・ノベルス／2002・7・25
祥伝社文庫／2004・9・10
〈収録作品〉「十七年の空白」「見知らぬ時刻表」「青函連絡船から消えた」「城崎にて、死」「琵琶湖周遊殺人事件」

332 日本列島殺意の旅　西村京太郎自選集④旅情ミステリー編
トクマ・ノベルズ／2002・8・31
徳間文庫／2004・8・15
〈収録作品〉「恐怖の橋　つなぎ大橋」「十津川警部の休暇」「LAより哀をこめて」「南紀　夏の終わりの殺人」「越前殺意の岬」

333 十津川警部「初恋」
ノン・ノベル／2002・9・5
祥伝社文庫／2006・9・10
徳間文庫／2017・10・15

334 十津川警部 姫路・千姫殺人事件
講談社ノベルス／2002・10・5
講談社文庫／2005・10・15
光文社文庫／2016・2・20

335 薔薇の殺人
FUTABA NOVELS／2002・11・25
双葉文庫／2004・10・20
〈収録作品〉「薔薇の殺人」「十和田湖の女」「夜の秘密」「危険な肉体」「或る証言」「306号室の女」「25時の情婦」「病める心」

336 十津川警部「標的」

カドカワ・エンタテインメント／2002・12・5

角川文庫／2005・10・25

徳間文庫／2012・5・15

337 愛と殺意の津軽三味線

C★NOVELS／2002・12・20

中公文庫／2005・12・20

角川文庫／2011・4・25

338 天下を狙う

角川文庫／2003・1・25

〈収録作品〉「天下を狙う」「真説宇都宮釣天井」「権謀術策」「維新の若者たち」「徳川王朝の夢」

339 十津川警部「ダブル誘拐」

ジョイ・ノベルス／2003・1・25

集英社文庫／2006・4・25

徳間文庫／2013・4・15

340 祭ジャック・京都祇園祭

文藝春秋／2003・2・15

文春文庫／2005・9・10

光文社文庫／2017・7・15

341 十津川警部の休日

トクマ・ノベルズ／2003・2・28

徳間文庫／2005・6・15

双葉文庫／2015・11・15

〈収録作品〉「友の消えた熱海温泉」「河津七滝に消えた女」「神話の国の殺人」「信濃の死」

342 失踪

文芸ポストnovels（小学館）／2003・3・20

小学館文庫／2005・8・1

中公文庫／2007・4・25

343 松山・道後 十七文字の殺人

新潮社／2003・3・20

新潮文庫／2005・2・1

344 新・寝台特急殺人事件
カッパ・ノベルス／2003・4・20
光文社文庫／2006・5・20
文春文庫／2013・6・10

345 明日香・幻想の殺人
トクマ・ノベルズ／2003・5・31
徳間文庫／2005・10・15
十津川警部日本縦断長篇ベスト選集18／2012・5・31
集英社文庫／2013・4・25

346 仙台・青葉の殺意
FUTABA NOVELS／2003・6・20
双葉文庫／2005・5・20
角川文庫／2012・1・25

347 熱海・湯河原殺人事件
C★NOVELS／2003・6・25
中公文庫／2006・12・20
十津川警部日本縦断長篇ベスト選集40／2014・9・30
徳間文庫／2016・8・15

348 三年目の真実
FUTABA NOVELS／2003・8・15
双葉文庫／2005・2・20
〈収録作品〉「三年目の真実」「夜の脅迫者」「変身」「アリバイ引受けます」「海の沈黙」「所得倍増計画」「裏切りの果て」「相銀貸金庫盗難事件」

349 十津川警部「家族」
ノン・ノベル／2003・9・10
祥伝社文庫／2007・9・5
双葉文庫（改題『家族』）／2019・3・17

350 十津川警部捜査行――北の事件簿
ジョイ・ノベルス（有楽出版社）／2003・9・25
双葉文庫（改題『北海道殺人ガイド』）／2004・11・20

角川文庫（改題『北海道殺人ガイド』）／2013・5・25

〈収録作品〉「殺意の『函館本線』」「北の果ての殺意」「哀しみの北廃止線」「愛と裏切りの石北本線」「最果てのブルートレイン」

351 十津川警部「荒城の月」殺人事件

講談社ノベルス／2003・10・5

講談社文庫／2006・11・15

光文社文庫／2017・2・20

352 十津川警部「告発」

角川書店／2003・11・30

角川文庫／2006・10・25

双葉文庫（改題『告発』）／2013・11・17

353 上海特急殺人事件

実業之日本社／2004・1・25

集英社文庫／2007・4・25

354 十津川警部の青春

トクマ・ノベルズ／2004・1・31

徳間文庫／2006・1・15

〈収録作品〉「十津川警部の怒り」「特急『富士』殺人事件」「江ノ電の中の目撃者」「スーパー特急『かがやき』の殺意」

355 鎌倉・流鏑馬神事の殺人

文藝春秋／2004・2・15

文春文庫／2006・9・10

角川文庫／2019・5・25

356 十津川警部の回想

トクマ・ノベルズ／2004・2・29

徳間文庫／2006・4・15

〈収録作品〉「甦る過去」「特急『あさしお3号』殺人事件」「十津川警部の困惑」「新幹線個室の客」

357 出雲神々の殺人

FUTABA NOVELS／2004・3・20

双葉文庫／2006・3・20

角川文庫／2013・3・25

358 東京湾アクアライン十五・一キロの罠

新潮社／2004・3・20

新潮文庫／2006・2・1

359 十津川警部「目撃」

ジョイ・ノベルス（有楽出版社）／2004・4・15

双葉文庫／2006・5・20

角川文庫／2014・1・25

360 東北新幹線「はやて」殺人事件

カッパ・ノベルス／2004・4・25

光文社文庫／2007・5・20

文春文庫／2014・6・10

361 男鹿・角館殺しのスパン

トクマ・ノベルズ／2004・5・31

徳間文庫／2006・6・15

文春文庫／2012・6・10

362 誘拐の季節

FUTABA NOVELS／2004・6・15

双葉文庫／2016・1・17

〈収録作品〉「誘拐の季節」「女が消えた」「拾った女」「女をさがせ」「失踪計画」「血の挑戦」

363 十津川警部捜査行――みちのく事件簿

ジョイ・ノベルス（有楽出版社）／2004・7・25

双葉文庫／2005・7・20

〈収録作品〉「死体は潮風に吹かれて」「北への殺人ルート」「最上川殺人事件」「謎と憎悪の陸羽東線」「裏磐梯殺人ルート」

角川文庫／2016・1・25

364 十津川警部推理行

双葉社／2004・8・5

双葉文庫／2017・1・15

〈収録作品〉「夜の殺人者」「白いスキャンダル」「戦慄のライフル」「白い罠」「死者に捧げる殺人」

365 夜の狙撃
FUTABA NOVELS／2004・8・20
双葉文庫／2013・1・13
〈収録作品〉「夜の狙撃」「くたばれ草加次郎」「目撃者を消せ」「うらなり出世譚」「私は狙われている」「いかさま」「雨の中に死ぬ」「死んで下さい」

366 十津川警部「故郷」
ノン・ノベル／2004・8・30
祥伝社文庫／2008・9・10
徳間文庫／2018・12・15

367 十津川警部「悪夢」通勤快速の罠
講談社ノベルス／2004・10・5
講談社文庫／2008・2・15
光文社文庫／2018・2・20

368 兇悪な街
文芸ポストnovels／2004・10・20
小学館文庫／2006・11・1

369 十津川警部「記憶」
カドカワ・エンタテインメント／2004・11・20
角川文庫／2007・10・25
双葉文庫（改題『記憶』）／2015・9・13

370 十津川警部捜査行——北陸事件簿
ジョイ・ノベルス（有楽出版社）／2004・11・25
双葉文庫／2005・11・20
角川文庫／2015・3・25
〈収録作品〉「とき403号で殺された男」「夜行列車『日本海』の謎」「加賀温泉郷の殺人遊戯」「恋と殺意ののと鉄道」「能登八キロの罠」

371 十津川警部 五稜郭殺人事件
講談社ノベルス／2004・12・5
講談社文庫／2008・6・15

372 十津川警部「オキナワ」
カッパ・ノベルス／2004・12・20
光文社文庫／2008・5・20

文春文庫／2015・6・10

373「スーパー隠岐」殺人特急

ジョイ・ノベルス／2005・1・25

集英社文庫（改題『十津川警部「スーパー隠岐」殺人特急』）／2008・4・25

徳間文庫（改題『十津川警部「スーパー隠岐」殺人特急』）／2015・5・15

374 九州新幹線「つばめ」誘拐事件

トクマ・ノベルズ／2005・1・31

徳間文庫／2007・6・15

十津川警部日本縦断長篇ベスト選集04／2011・2・28

集英社文庫／2014・4・25

375 青森ねぶた殺人事件

文藝春秋／2005・2・10

文春文庫／2007・9・10

角川文庫／2020・5・25

376 十津川警部「生命」

ジョイ・ノベルス〈上下〉（有楽出版社）／2005・3・10

双葉文庫〈上下〉／2007・3・20

中公文庫〈上下〉／2012・8・25

377 高知・龍馬殺人街道

新潮社／2005・3・20

新潮文庫／2007・2・1

378 青い国から来た殺人者

カッパ・ノベルス／2005・3・30

光文社文庫／2008・11・20

講談社文庫（改題『十津川警部 青い国から来た殺人者』）／2014・6・13

379 西村京太郎の麗しき日本、愛しき風景―わが創作と旅を語る

文芸社／2005・4・14

380 神話の里殺人事件

FUTABA NOVELS／2005・4・20

双葉文庫／2008・5・20

角川文庫／2015・1・25

381 十津川警部SLを追う！

トクマ・ノベルズ／2005・5・31

徳間文庫／2007・8・15

〈収録作品〉「展望車殺人事件」「鎮魂の表示板が走った」「SLに愛された死体」「十津川警部C11を追う」

382 京都感情案内

C★NOVELS〈上下〉／2005・6・25

中公文庫〈上下〉／2007・12・20

双葉文庫／2012・11・18

383 十津川警部 哀しみの余部鉄橋

文芸ポストnovels／2005・7・1

小学館文庫／2007・7・11

双葉文庫（改題『哀しみの余部鉄橋』）／2019・1・13

〈収録作品〉「十津川、民謡を唄う」「北の空　悲しみの唄」「北への殺人ルート」「哀しみの余部鉄橋」

384 小樽 北の墓標

毎日新聞社／2005・7・20

徳間文庫／2010・10・15

小学館文庫／2015・6・10

385 十津川警部捜査行――伊豆箱根事件簿

ジョイ・ノベルス（有楽出版社）／2005・7・25

双葉文庫／2006・7・20

実業之日本社文庫／2017・6・15

〈収録作品〉「伊豆下田で消えた友へ」「お座敷列車殺人事件」「箱根を越えた死」「殺意を運ぶあじさい列車」「恨みの箱根仙石原」

386 十津川警部「子守唄殺人事件」

ノン・ノベル／2005・9・10

祥伝社文庫／2009・9・5

双葉文庫（改題『「子守唄殺人事件」』）／2020・1・19

387 脅迫者

FUTABA NOVELS／2005・9・20

双葉文庫／2013・9・15

〈収録作品〉「脅迫者」「赤いハトが死んだ」「死を運ぶ車」「夜が待っている」「女に気をつけろ」「女とダイヤモンド」「女と逃げろ」「浮気の果て」

388 十津川警部 湖北の幻想

講談社ノベルス／2005・10・5

講談社文庫／2008・10・15

角川文庫／2018・1・25

389 十津川警部捜査行——愛と哀しみの信州

ジョイ・ノベルス（有楽出版社）／2005・11・25

双葉文庫／2006・11・20

〈収録作品〉「白鳥殺人事件」「小諸からの甘い殺意」「信濃の死」「ヨコカル11.2キロの殺意」「スキー列車殺人事件」

徳間文庫／2017・7・15

390 湖西線12×4の謎

カドカワ・エンタテインメント／2005・11・30

角川文庫／2008・10・25

十津川警部日本縦断長篇ベスト選集28／2013・8・31

徳間文庫／2014・11・15

391 韓国新幹線を追え

カッパ・ノベルス／2005・12・20

光文社文庫／2009・5・20

講談社文庫／2016・2・13

392 外房線60秒の罠

実業之日本社／2006・1・25

徳間文庫／2009・4・15

十津川警部日本縦断長篇ベスト選集37／2014・6・30

集英社文庫／2017・4・25

393 草津逃避行
トクマ・ノベルズ／2006・1・31
徳間文庫／2008・1・15
394 十津川警部、海峡をわたる 春香伝物語
文藝春秋／2006・2・10
文春文庫／2008・12・10
395 三河恋唄
FUTABA NOVELS／2006・2・25
双葉文庫／2009・1・18
角川文庫（改題『十津川警部　三河恋唄』）／2015・5・25
396 十津川警部 特急「雷鳥」蘇る殺意
集英社／2006・3・8
集英社文庫／2007・12・20
徳間文庫／2014・5・15
397 五能線の女
新潮社／2006・3・20
新潮文庫／2008・2・1
中公文庫／2021・2・25
398 十津川警部捜査行——古都に殺意の風が吹く
ジョイ・ノベルス（有楽出版社）／2006・3・25
双葉文庫／2007・5・20
〈収録作品〉「冬の殺人」「雪の石塀小路に死ぬ」「琵琶湖周遊殺人事件」「列車プラス・ワンの殺人」「振り子電車殺人事件」
徳間文庫／2018・3・15
399 十津川村 天誅殺人事件
文芸ポストnovels／2006・5・20
小学館文庫／2008・3・11
双葉社／2016・4・17
400 北への逃亡者
C★NOVELS／2006・5・25
中公文庫／2008・12・20
徳間文庫／2013・1・15

401 十津川警部捜査行——神話と殺意の中国路
ジョイ・ノベルス（有楽出版社）／2006・7・25
双葉文庫／2007・7・20
〈収録作品〉「再婚旅行殺人事件」「十津川警部『いたち』を追う」「潮風にのせた死の便り」「マスカットの証言」「関門三六〇〇メートル」

402 十津川警部 湯けむりの殺意
トクマ・ノベルズ／2006・7・31
徳間文庫／2008・4・15
双葉文庫／2016・7・17
〈収録作品〉「道後温泉で死んだ女」「黒部トロッコ列車の死」「城崎にて、死」「恐怖の清流昇仙峡」「下呂温泉で死んだ女」

403 夜行快速えちご殺人事件
ノン・ノベル／2006・9・10
祥伝社文庫／2010・9・25
徳間文庫／2020・2・15

404 危険な遊び
FUTABA NOVELS／2006・9・20
双葉文庫／2014・1・12
〈収録作品〉「死刑囚」「夜の秘密」「老人の牙」「殺意の季節」「危険な遊び」「硝子の遺書」

405 十津川警部 幻想の信州上田
講談社ノベルス／2006・10・5
講談社文庫／2009・10・15
光文社文庫／2018・11・20

406 十津川警部捜査行——愛と絶望の瀬戸内海流
ジョイ・ノベルス（有楽出版社）／2006・11・25
双葉文庫／2007・11・20
〈収録作品〉「阿波鳴門殺人事件」「海を渡る殺意」「恋と復讐の徳島線」「謀殺の四国ルート」

407 十津川警部「幻覚」
カドカワ・エンタテインメント／2006・11・30
角川文庫／2009・9・25

講談社文庫／2018・2・15

408 華の棺

朝日新聞社／2006・11・30

朝日文庫／2009・4・30

409 北リアス線の天使

カッパ・ノベルス／2006・12・20

光文社文庫／2010・5・20

講談社文庫／2016・6・15

410 若狭・城崎殺人ルート

ジョイ・ノベルス／2007・1・25

実業之日本社文庫／2019・10・15

411 羽越本線 北の追跡者

トクマ・ノベルズ／2007・1・31

徳間文庫／2008・10・15

新潮文庫／2013・10・1

412 遠野伝説殺人事件

文藝春秋／2007・2・15

文春文庫／2009・12・10

413 日光・鬼怒川殺人ルート

FUTABA NOVELS／2007・2・20

双葉文庫（改題『日光鬼怒川殺人ルート』）／2010・1・10

小学館文庫（改題『日光鬼怒川殺人ルート』）／2016・5・12

414 十津川警部　湘南アイデンティティ

文芸ポストnovels／2007・3・1

小学館文庫／2009・5・13

双葉文庫（改題『湘南アイデンティティ』）／2018・1・14

415 十津川警部 幻想の天橋立

集英社／2007・3・10

集英社文庫／2008・12・20

徳間文庫／2016・4・15

416 知床 望郷の殺意
新潮社／2007・3・20
新潮文庫／2009・2・1

417 十津川警部捜査行——阿蘇・やまなみ殺意の車窓
ジョイ・ノベルス（有楽出版社）／2007・3・25
双葉文庫／2008・3・20
実業之日本社文庫（改題『十津川警部捜査行　阿蘇・鹿児島　殺意の車窓』）／2018・4・15
〈収録作品〉「阿蘇で死んだ刑事」「阿蘇幻死行」「小さな駅の大きな事件」「ある刑事の旅」「西の終着駅の殺人」

418 北の秘密
C★NOVELS／2007・4・25
中公文庫（改題『十津川警部　時効なき殺人』）／2009・12・25
新潮文庫（改題『十津川警部　時効なき殺人』）／2016・8・1

419 十津川警部 愛憎の街東京
トクマ・ノベルズ／2007・6・30
徳間文庫／2009・6・15
双葉文庫／2017・3・19
〈収録作品〉「夜が殺意を運ぶ」「警官嫌い」「No. 200の女」「殺し屋Aの記録」「週末の殺意」

420 十津川警部捜査行——恋と哀しみの北の大地
ジョイ・ノベルス（有楽出版社）／2007・7・25
双葉文庫／2008・7・20
祥伝社文庫／2018・5・20
〈収録作品〉「石勝高原の愛と殺意」「最北端の犯罪」「愛と孤独の宗谷本線」「謎と幻想の根室本線」「青函連絡船から消えた」

421 十津川警部 二つの「金印」の謎
ノン・ノベル／2007・9・10
祥伝社文庫／2011・9・5
双葉文庫（改題『二つの「金印」の謎』）／2020・

11・15

422 歪んだ顔

FUTABA NOVELS／2007・9・20

双葉文庫／2014・9・14

〈収録作品〉「歪んだ顔」「八番目の死」「ある証言」「蘇える過去」「死の予告」「愛の詩集」「電話の男」「マウンドの死」「影の接点」

423 十津川警部 金沢・絢爛たる殺人

講談社ノベルス／2007・10・4

講談社文庫／2010・6・15

光文社文庫／2019・2・20

424 上野駅13番線ホーム

カッパ・ノベルス／2007・10・25

光文社文庫／2010・11・20

文春文庫／2016・6・10

425 十津川警部捜査行――愛と哀しみのみちのく特急

ジョイ・ノベルス（有楽出版社）／2007・11・25

双葉文庫／2008・11・16

小学館文庫／2020・1・12

〈収録作品〉「ゆうづる5号殺人事件」「急行べにばな殺人事件」「特急あいづ殺人事件」「愛と絶望の奥羽本線」「謎と絶望の東北本線」

426 能登・キリコの唄

カドカワ・エンタテインメント／2007・11・30

角川文庫／2010・9・25

文春文庫／2019・11・10

427 門司・下関逃亡海峡

トクマ・ノベルズ／2007・12・31

徳間文庫／2009・10・15

集英社文庫／2015・4・25

428 十津川警部　会津・友の墓標

FUTABA NOVELS／2008・1・20

双葉文庫（改題『会津 友の墓標』）／2011・3・13

集英社文庫（改題『会津　友の墓標』）／2021・4・

25

429 十津川警部 鳴門の愛と死

ジョイ・ノベルス／2008・1・25
実業之日本社文庫／2010・11・15

430 天草四郎の犯罪

C★NOVELS／2008・2・25
中公文庫／2010・12・20
新潮文庫／2017・9・1

431 奇祭の果て 鍋かむり祭の殺人

文藝春秋／2008・3・1
文春文庫／2010・12・10

432 十津川警部 四国お遍路殺人ゲーム

集英社／2008・3・10
集英社文庫／2009・12・20
十津川警部日本縦断長篇ベスト選集41／2014・10・31
徳間文庫／2017・4・15

433 阿蘇・長崎「ねずみ」を探せ

新潮社／2008・3・20
新潮文庫／2010・2・1

434 びわ湖環状線に死す

カッパ・ノベルス／2008・4・25
光文社文庫／2011・5・20

435 湘南情死行　十津川班捜査行

ノン・ノベル／2008・5・20
〈収録作品〉「湘南情死行」「恋と復讐の徳島線」「死への週末列車」「愛と孤独の宗谷本線」「青に染った死体」

436 十津川警部捜査行――愛と幻影の谷川特急

ジョイ・ノベルス（有楽出版社）／2008・5・25
双葉文庫／2009・7・19
実業之日本社文庫／2021・4・15
〈収録作品〉「鬼怒川心中事件」「死を運ぶ特急『谷川5号』」「恋と幻想の上越線」「ATC作動せず」「死への近道列車」

437 十津川警部 アキバ戦争

トクマ・ノベルズ／2008・5・31
徳間文庫／2010・4・15
新潮文庫／2015・9・1

438 近鉄特急伊勢志摩ライナーの罠

ノン・ノベル／2008・9・10
祥伝社文庫／2012・2・20
徳間文庫／2021・2・15

439 十津川警部 裏切りの街東京

トクマ・ノベルズ／2008・9・30
徳間文庫／2010・2・15
〈収録作品〉「特別室の秘密」「一日遅れのバースデイ」「野良猫殺人事件」「死体の値段」「死が乗り入れて来る」

440 十津川警部 トリアージ 生死を分けた石見銀山

講談社ノベルス／2008・10・6
講談社文庫／2011・10・14
光文社文庫／2019・8・20

441 十津川警部捜査行――愛と殺意の伊豆踊り子ライン

ジョイ・ノベルス（有楽出版社）／2008・11・25
双葉文庫／2009・11・15
祥伝社文庫／2019・4・20
〈収録作品〉「午後の悪魔」「二階座席の女」「偽りの季節　伊豆長岡温泉」「会津若松からの死の便り」

442 殺人者は西に向かう

カドカワ・エンタテインメント／2008・12・5
角川文庫／2011・9・25
文春文庫／2020・4・10

443 東京上空500メートルの罠

FUTABA NOVELS／2008・12・29
双葉文庫／2010・11・20
集英社文庫／2020・4・25

444 伊勢路殺人事件

トクマ・ノベルズ／2008・12・31
徳間文庫／2010・12・15

集英社文庫／2018・4・25

445 宮島・伝説の愛と死

新潮社／2009・1・20
新潮文庫／2011・2・1
中公文庫／2020・2・25

446 伊豆急「リゾート21」の証人

ジョイ・ノベルス／2009・1・25
実業之日本社文庫／2011・2・15

447 妖異川中島

文藝春秋／2009・2・15
文春文庫／2011・12・10
双葉文庫2021／3・14

448 吉備古代の呪い

C★NOVELS／2009・2・25
中公文庫（改題『十津川警部「吉備　古代の呪い」』）／2011・12・20
新潮文庫（改題『十津川警部「吉備　古代の呪い」』）／2018・9・1

449 悲運の皇子と若き天才の死

講談社ノベルス／2009・3・5
講談社文庫／2012・2・15

450 十津川警部 修善寺わが愛と死

集英社／2009・3・10
集英社文庫／2011・12・20
双葉文庫／2017・11・19

451 南紀オーシャンアロー号の謎

FUTABA NOVELS／2009・4・19
双葉文庫／2011・11・13
小学館文庫（改題『十津川警部　南紀オーシャンアロー号の謎』）／2019・1・9

452 つばさ111号の殺人

カッパ・ノベルス／2009・4・25
光文社文庫／2012・5・20

453 十津川警部捜査行——東海特急殺しのダイヤ

ジョイ・ノベルス（有楽出版社）／2009・5・25
双葉文庫／2010・3・14
〈収録作品〉「愛と死の飯田線」「見知らぬ時刻表」「幻の特急を見た」「イベント列車を狙え」「恨みの浜松防風林」

454 十津川警部 欲望の街東京

トクマ・ノベルズ／2009・5・31
徳間文庫／2010・8・15
〈収録作品〉「十津川警部の苦悩」「タイムカプセル奪取計画」「心中プラス1」「予告されていた殺人」
双葉文庫／2017・9・17

455 中央線に乗っていた男

カドカワ・エンタテインメント／2009・6・30
角川文庫／2014・4・25
〈収録作品〉「中央線に乗っていた男」「遠野の愛と死」「配達するのは死」「恨みの箱根芦ノ湖」「君は機関車を見たか」

456 わが愛 知床に消えた女　十津川班捜査行

ノン・ノベル／2009・7・20
〈収録作品〉「わが愛　知床に消えた女」「愛と殺意の中央本線」「復讐のスイッチ・バック」「愛と死　草津温泉」

457 外国人墓地を見て死ね 十津川警部捜査行

ノン・ノベル／2009・9・10
祥伝社文庫／2012・10・20

458 十津川警部　西伊豆変死事件

講談社ノベルス／2009・10・6
講談社文庫／2012・10・16
光文社文庫／2020・9・20

459 十津川警部 南紀・陽光の下の死者

小学館NOVELS（小学館）／2009・10・21
小学館文庫／2011・12・11
双葉文庫（改題『南紀・陽光の下の死者』）／2020・

9・13

460 死のスケジュール 天城峠

カドカワ・エンタテインメント／2009・11・30

角川文庫／2012・9・25

461 鎌倉江ノ電殺人事件

トクマ・ノベルズ／2009・12・31

徳間文庫／2011・6・15

集英社文庫／2016・4・25

462 岐阜羽島駅25時

新潮社／2010・1・20

新潮文庫／2012・2・1

集英社文庫／2016・4・25

463 十津川警部 あの日、東海道で

ジョイ・ノベルス／2010・1・25

実業之日本社文庫／2012・1・15

464 富士急行の女性客

カッパ・ノベルス／2010・1・25

光文社文庫／2013・5・20

465 十津川警部――謎と裏切りの東海道

文藝春秋／2010・2・10

文春文庫／2012・12・10

466 十津川警部 長良川心中

C★NOVELS／2010・2・25

中公文庫／2013・1・25

新潮文庫／2019・9・1

467 十津川警部 愛と祈りのJR身延線

集英社／2010・3・10

集英社文庫／2011・12・20

双葉文庫（改題『愛と祈りのJR身延線』）／2018・11・18

468 京都駅0番ホームの危険な乗客たち

角川書店／2010・3・31

カドカワ・エンタテインメント／2011・6・30

角川文庫／2012・12・25

469 十津川警部 銚子電鉄六・四キロの追跡

FUTABA NOVELS／2010・4・18
双葉文庫／2012・3・18
徳間文庫／2018・4・15

470 隣り合わせの殺意

トクマ・ノベルズ／2010・4・30
徳間文庫／2011・9・15
〈収録作品〉「隣りの犯人」「奇妙なラブ・レター」「一千万円のアリバイ」「隣人愛」「雪は死の粧い」「血に飢えた獣」「三億円の悪夢」「夜の追跡者」

471 母の国から来た殺人者

ジョイ・ノベルス（有楽出版社）／2010・5・25
実業之日本社文庫／2011・10・15

472 十津川警部捜査行　宮古行「快速リアス」殺人事件

ノン・ノベル／2010・6・20
〈収録作品〉「宮古行『快速リアス』殺人事件」「小さな駅の大きな事件」「殺意の『函館本線』」「殺意を運ぶあじさい電車」

473 一億二千万の殺意

トクマ・ノベルズ／2010・7・31
徳間文庫／2011・10・15
〈収録作品〉「母親」「見舞いの人」「落し穴」「九時三十分の殺人」「二十三年目の夏」「海辺の悲劇」「優しい悪魔たち」「十津川警部の孤独な捜査」

474 生死を分ける転車台　天竜浜名湖鉄道の殺意

ノン・ノベル／2010・9・10
祥伝社文庫／2013・9・5

475 幻想の夏

トクマ・ノベルズ／2010・9・30
徳間文庫／2012・6・15
〈収録作品〉「幻想の夏」「カードの城」「スプリング・ボード」「素晴らしき天」「わが心のサンクチュアリ」「刑事」

476 十津川警部 君は、あのSLを見たか
講談社ノベルス／2010・10・6
講談社文庫／2013・10・16
光文社文庫／2020・12・20

477 無縁社会からの脱出 北へ帰る列車
カドカワ・エンタテインメント／2010・11・30
角川文庫／2013・9・25

478 十津川警部 鹿島臨海鉄道殺人ルート
小学館NOVELS／2010・12・15
小学館文庫／2013・4・10
十津川警部日本縦断長篇ベスト選集44／2015・2・28
徳間文庫／2018・7・15

479 伊良湖岬 プラスワンの犯罪
トクマ・ノベルズ／2010・12・31
徳間文庫／2012・9・15
祥伝社文庫／2016・3・20

480 新神戸 愛と野望の殺人
新潮社／2011・1・20
新潮文庫（改題『姫路・新神戸　愛と野望の殺人』）／2013・2・1
中公文庫（改題『姫路・新神戸　愛と野望の殺人』）／2019・2・25

481 十津川警部 赤と白のメロディ
ジョイ・ノベルス／2011・1・25
実業之日本社文庫／2013・2・15

482 十津川警部 京都から愛をこめて
文藝春秋／2011・2・15
文春文庫／2013・12・10

483 神戸25メートルの絶望
C★NOVELS／2011・2・25
中公文庫／2013・12・20
角川文庫／2021・5・25

484 十津川警部 飯田線・愛と死の旋律
集英社／2011・3・9

集英社文庫／2012・12・20

485 十津川警部捜査行――殺意を運ぶリゾート特急
ジョイ・ノベルス（有楽出版社）／2011・3・20
実業之日本社文庫／2012・10・15
双葉文庫／2016・11・13
〈収録作品〉「蔵王霧の中の殺人」「恐怖の湖富士西湖」「北への危険な旅」「十津川警部の休暇」「殺しの風が南に向う」

486 京都嵐電殺人事件
カッパ・ノベルス／2011・3・25
光文社文庫／2014・5・20

487 特急街道の殺人
FUTABA NOVELS／2011・4・17
双葉文庫／2012・9・16
祥伝社文庫／2018・7・20

488 十津川警部捜査行　カシオペアスイートの客
ノン・ノベル／2011・6・10
〈収録作品〉「カシオペアスイートの客」「禁じられた『北斗星5号』」「最果てのブルートレイン」「北の廃駅で死んだ女」

489 出雲殺意の一畑電車
FUTABA NOVELS／2011・6・19
双葉文庫／2013・3・17
祥伝社文庫（改題『出雲　殺意の一畑電車』）／2019・2・20

490 急行アルプス殺人事件
角川文庫／2011・7・25
〈収録作品〉「あずさ3号殺人事件」「急行アルプス殺人事件」「幻想と死の信越本線」「内房線で出会った女」

491 SL「貴婦人号」の犯罪 十津川警部捜査行
ノン・ノベル／2011・9・10
祥伝社文庫／2014・9・10

492 十津川警部 箱根バイパスの罠
講談社ノベルス／2011・10・5

講談社文庫／2014・10・15

493 東京ミステリー

カドカワ・エンタテインメント／2011・11・30

角川文庫／2014・9・25

494 帰らざる街、小樽よ

ジョイ・ノベルス（有楽出版社）／2011・12・10

実業之日本社文庫／2013・8・15

495 篠ノ井線・姥捨駅 スイッチバックで殺せ

トクマ・ノベルズ／2011・12・31

徳間文庫／2013・7・15

双葉文庫／2019・11・17

496 寝台特急「サンライズ出雲」の殺意

新潮社／2012・1・20

新潮文庫／2014・2・1

497 十津川警部 西武新宿線の死角

ジョイ・ノベルス／2012・1・25

実業之日本社文庫／2014・2・15

498 十津川警部 陰謀は時を超えて リニア新幹線と世界遺産

文藝春秋／2012・2・10

文春文庫／2014・12・10

499 赤穂バイパス線の死角

C★NOVELS／2012・2・25

中公文庫／2014・11・25

新潮文庫（改題『十津川警部　赤穂・忠臣蔵の殺意』／2020・10・1

500 十津川警部 秩父ＳＬ・三月二十七日の証言

集英社／2012・3・10

集英社文庫／2013・12・20

十津川警部日本縦断長篇ベスト選集46／2015・5・31

徳間文庫／2017・12・15

501 特急ワイドビューひだに乗り損ねた男

カッパ・ノベルス／2012・3・20

光文社文庫／2015・5・20

502 十津川警部とたどる時刻表の旅
角川oneテーマ21（角川学芸出版）／2012・4・10
503 十津川警部捜査行——東海道殺人エクスプレス
ジョイ・ノベルス（有楽出版社）／2012・4・20
実業之日本社文庫／2014・8・15
双葉文庫／2018・3・18
〈収録作品〉「運河の見える駅で」「死を呼ぶ身延線」「殺人は食堂車で」「長良川殺人事件」「十七年の空白」
504 十津川警部 さらば越前海岸
小学館／2012・4・30
小学館文庫／2014・6・11
505 十津川警部 殺しはトロッコ列車で
FUTABA NOVELS／2012・5・20
双葉文庫／2014・3・16
小学館文庫／2020・10・11
506 十津川直子の事件簿
ノン・ノベル／2012・5・20
〈収録作品〉「百円貯金で殺人を」「特急あいづ殺人事件」「愛犬殺人事件」「夜行列車『日本海』の謎」
507 特急「ゆうづる３号」の証言
角川文庫／2012・7・25
〈収録作品〉「特急『ゆうづる３号』の証言」「18時24分東京発の女」「日曜日には走らない」「首相暗殺計画」「寝台特急六分間の殺意」
508 九州新幹線マイナス１
ノン・ノベル／2012・9・10
祥伝社文庫／2015・2・20
509 十津川捜査班の「決断」
祥伝社文庫／2012・9・10
双葉文庫／2018・9・16
〈収録作品〉「宮古行『快速リアス』殺人事件」「湘南情死行」「わが愛　知床に消えた女」「カシオペアスイートの客」

510 十津川警部とたどるローカル線の旅
角川oneテーマ21／2012・9・10
511 萩・津和野・山口殺人ライン 高杉晋作の幻想
トクマ・ノベルズ／2012・9・30
徳間文庫／2014・3・15
祥伝社文庫／2017・1・20
512 十津川警部 猫と死体はタンゴ鉄道に乗って
講談社ノベルス／2012・10・3
講談社文庫／2015・10・15
513 Mの秘密 東京・京都五一三・六キロの間
カドカワ・エンタテインメント／2012・11・30
角川文庫／2015・9・25
514 火の国から愛と憎しみをこめて
トクマ・ノベルズ／2012・12・31
徳間文庫／2014・8・15
祥伝社文庫／2019・6・20
515 十津川警部 わが屍に旗を立てよ
ジョイ・ノベルス／2013・1・25
実業之日本社文庫／2015・1・15
516 南紀新宮・徐福伝説の殺人
新潮社／2013・1・25
新潮文庫／2015・3・1
517 消えたなでしこ
文藝春秋／2013・2・15
文春文庫／2015・12・10
518 さらば南紀の海よ
C★NOVELS／2013・2・25
中公文庫／2015・12・20
519 十津川警部 小浜線に椿咲く頃、貴女は死んだ
集英社／2013・3・10
集英社文庫／2014・12・25
520 十津川警部とたどる寝台特急の旅
角川oneテーマ21／2013・3・10

521 十津川警部 古都千年の殺人

FUTABA NOVELS／2013・5・19
双葉文庫／2015・3・15
祥伝社文庫（改題『古都千年の殺人』）／2020・6・20

522 十津川警部 怪しい証言

ノン・ノベル／2013・5・20
〈収録作品〉「一期一会の証言」「絵の中の殺人」「処刑のメッセージ」「事件の裏側」

523 私が愛した高山本線

ジョイ・ノベルス（有楽出版社）／2013・6・10
実業之日本社文庫／2015・8・15

524 智頭急行のサムライ

カッパ・ノベルス／2013・6・20
光文社文庫／2016・5・20

525 十津川警部 哀しみの吾妻線

ノン・ノベル／2013・9・10
祥伝社文庫／2016・9・20

526 殺意を乗せて…

徳間文庫／2013・9・15
〈収録作品〉「挽歌をのせて」「愛の詩集」「脅迫者」「アカベ・伝説の島」「誘拐の季節」「危険な道づれ」「立春大吉」「われら若かりしとき」「祖谷渓の娘」「阿波おどりの季節」「若い南の海」

527 十津川警部 長野新幹線の奇妙な犯罪

講談社ノベルス／2013・10・7
講談社文庫／2016・11・14

528 刑事の肖像

徳間文庫／2013・10・15
〈収録作品〉「夜の牙」「密告」「私を殺さないで」「アリバイ」「死を呼ぶトランク」「狙撃者の部屋」「若い愛の終り」

529 十津川警部 犯人は京阪宇治線に乗った

小学館／2013・10・30

小学館文庫／2017・5・14

530 哀切の小海線

KADOKAWA／2013・11・28

角川文庫／2016・9・25

531 天国に近い死体

徳間文庫／2013・12・15

〈収録作品〉「オートレック号の秘密」「謎の組写真」「超速球150キロの殺人」「トンネルに消えた…」「天国に近い死体」「三十億円の期待」「カーフェリーの女」「鳴門への旅」「グリーン車の楽しみ」

532 北軽井沢に消えた女 嬬恋とキャベツと死体

トクマ・ノベルズ／2013・12・31

徳間文庫／2015・10・15

祥伝社文庫／2020・3・20

533 生死の分水嶺・陸羽東線

新潮社／2014・1・20

新潮文庫／2016・3・1

534 十津川警部 東北新幹線「はやぶさ」の客

ジョイ・ノベルス／2014・1・20

実業之日本社文庫／2016・1・15

535 十津川警部　鳴子こけし殺人事件

C★NOVELS／2014・2・25

中公文庫／2016・11・25

536 十津川警部 三陸鉄道 北の愛傷歌

集英社／2014・3・10

集英社文庫／2015・12・25

537 十津川警部捜査行——北国の愛、北国の死

ジョイ・ノベルス（有楽出版社）／2014・3・25

実業之日本社文庫／2016・8・15

双葉文庫／2019・9・15

〈収録作品〉「おおぞら3号殺人事件」「新婚旅行殺人事件」「恐怖の橋　つなぎ大橋」「快速列車『ムーンライト』の罠」

538　青森わが愛

KADOKAWA／2014・4・25

角川文庫／2017・1・25

〈収録作品〉「青森わが愛」「北の空に殺意が走る」「余部橋梁310メートルの死」「恋と裏切りの山陰本線」「特急ひだ3号殺人事件」

539 東京―神戸間2時間20分　そして誰もいなくなる

文藝春秋／2014・4・30

文春文庫（改題『そして誰もいなくなる』）／2016・12・10

540 十津川と三人の男たち

FUTABA NOVELS／2014・5・18

双葉文庫／2016・9・18

祥伝社文庫／2021・6・20

541 十津川警部　悪女

ノン・ノベル／2014・5・20

〈収録作品〉「だまし合い」「阿蘇幻死行」「白い罠」「鬼怒川心中事件」

542 殺人偏差値70

角川文庫／2014・5・25

〈収録作品〉「受験地獄」「海の沈黙」「神話の殺人」「見事な被害者」「高級官僚を死に追いやった手」「秘密を売る男」「残酷な季節」「友よ、松江で」

543 新・東京駅殺人事件

カッパ・ノベルス／2014・6・20

光文社文庫／2017・4・20

544 殺人へのミニ・トリップ

KADOKAWA／2014・8・30

角川文庫／2017・3・25

〈収録作品〉「信濃の死」「殺人へのミニ・トリップ」「愛と憎しみの高山本線」「特急しらさぎ殺人事件」

545 十津川警部　七十年後の殺人

ノン・ノベル／2014・9・10

祥伝社／2017・9・20

546 沖縄から愛をこめて
講談社ノベルス／2014・10・6
講談社文庫／2017・10・13

547 十津川警部　南風の中で眠れ
小学館／2014・10・19
小学館文庫／2018・4・11

548 十津川警部捜査行――日本縦断殺意の軌跡
ジョイ・ノベルス（有楽出版社）／2014・11・15
実業之日本社文庫／2017・2・15
双葉文庫2021／1・17
〈収録作品〉「北の空　悲しみの唄」「若い刑事への鎮魂歌」「事件の裏で」「日高川殺人事件」「初夏の海に死ぬ」

549 郷里松島への長き旅路
KADOKAWA／2014・11・28
角川文庫／2017・9・25

550 北陸新幹線ダブルの日
トクマ・ノベルズ／2014・12・31
徳間文庫／2016・7・15
祥伝社文庫／2021・3・20

551 暗号名は「金沢」　十津川警部「幻の歴史」に挑む
新潮社／2015・1・20
新潮文庫／2017・3・1

552 十津川警部　八月十四日夜の殺人
ジョイ・ノベルス／2015・1・20
実業之日本社文庫／2017・8・15

553 東京と金沢の間
C★NOVELS／2015・2・25
中公文庫（改題『東京―金沢　69年目の殺人』）／2017・11・25

554 十津川警部　特急「しまかぜ」で行く十五歳の伊勢神宮
集英社／2015・3・10
集英社文庫／2016・12・25

555 消えたトワイライトエクスプレス
トクマ・ノベルズ／2015・3・31

徳間文庫／2016・11・15

556「ななつ星」極秘作戦

文藝春秋／2015・4・10

文春文庫／2017・12・10

557 十津川警部捜査行――北の欲望　南の殺意

ジョイ・ノベルス（有楽出版社）／2015・5・5

実業之日本社文庫／2018・8・15

〈収録作品〉「北の女が死んだ」「目撃者たち」「ある女への挽歌」「南紀　夏の終わりの殺人」

558 浜名湖　愛と歴史

FUTABA NOVELS／2015・5・17

双葉文庫／2017・7・16

559 十津川警部　裏切りの駅

ノン・ノベル／2015・5・20

〈収録作品〉「姨捨駅の証人」「下呂温泉で死んだ女」「謎と憎悪の陸羽東線」「新幹線個室の客」

560「ななつ星」一〇〇五番目の乗客

カッパ・ノベルス／2015・6・20

光文社文庫／2018・5・20

561 人生は愛と友情と、そして裏切りとでできている

サンポスト／2015・7・30

562 十津川警部　絹の遺産と上信電鉄

ノン・ノベル／2015・9・10

祥伝社文庫／2018・9・20

563 エンドレスナイト殺人事件

トクマ・ノベルズ／2015・9・31

〈収録作品〉「高原鉄道殺人事件」「愛と死の甘き香り」「タレントの城」「夜の脅迫者」「歌を忘れたカナリアは」「エンドレスナイト殺人事件」

564 内房線の猫たち　異説里見八犬伝

講談社ノベルス／2015・10・7

講談社文庫／2018・10・16

565 十津川警部捜査行――車窓に流れる殺意の風景

ジョイ・ノベルス（有楽出版社）／2015・11・5

実業之日本社文庫／2019・6・15
〈収録作品〉「臨時急行を追え」「東京—旭川殺人ルート」「夜の殺人者」「越前殺意の岬」

566 房総の列車が停まった日
KADOKAWA／2015・11・26
角川文庫／2018・9・25

567 一九四四年の大震災——東海道本線、生死の境
小学館／2015・12・7
小学館文庫／2019・6・11

568 無人駅と殺人と戦争
トクマ・ノベルズ／2015・12・31
徳間文庫／2017・8・15

569 十津川警部　北陸新幹線殺人事件
ジョイ・ノベルス／2016・1・15
実業之日本社文庫／2018・6・15

570 神戸電鉄殺人事件
新潮社／2016・1・20
新潮文庫／2018・3・1

571 鳴門の渦潮を見ていた女
C★NOVELS／2016・2・25
中公文庫／2018・11・25

572 十津川警部　北陸新幹線「かがやき」の客たち
集英社／2016・3・10
集英社文庫／2017・12・20

573 寝台特急に殺意をのせて
トクマ・ノベルズ／2016・3・31
徳間文庫／2018・10・15
〈収録作品〉「ゆうづる5号殺人事件」「謎と絶望の東北本線」「殺人は食堂車で」「関門三六〇〇メートル」「禁じられた『北斗星5号』」

574 飛鳥Ⅱの身代金
文藝春秋／2016・4・10
文春文庫／2018・12・10

575 高山本線の昼と夜
FUTABA NOVELS／2016・5・15
双葉文庫／2018・7・15

576 飛鳥Ⅱ　SOS
カッパ・ノベルス／2016・6・20
光文社文庫／2019・5・20

577 十津川警部　日本周遊殺人事件〈世界遺産編〉
トクマ・ノベルズ／2016・7・31
徳間文庫／2019・3・15
〈収録作品〉「死体は潮風に吹かれて」「死を運ぶ特急「谷川5号」」「偽りの季節　伊豆長岡温泉」「死を呼ぶ身延線」「雪の石堀小路に死ぬ」

578 十津川警部　わが愛する犬吠の海
ノン・ノベル／2016・9・30
祥伝社文庫／2019・9・20

579 十津川警部　愛と絶望の台湾新幹線
講談社ノベルス／2016・10・5
講談社文庫／2019・10・16

580 十津川警部　姨捨駅の証人
祥伝社文庫／2016・10・20
双葉文庫（改題『姨捨駅の証人』）／2020・7・17
〈収録作品〉「一期一会の証言」「百円貯金で殺人を」「だまし合い」「姨捨駅の証人」

581 北海道新幹線殺人事件
KADOKAWA／2016・11・30
角川文庫／2019・9・25

582 レールを渡る殺意の風
トクマ・ノベルズ／2016・11・30
徳間文庫／2019・5・15
〈収録作品〉「日本海からの殺意の風」「寝台特急六分間の殺意」「特急『おき3号』殺人事件」「カシオペアスイートの客」

583 空と海と陸を結ぶ境港
トクマ・ノベルズ／2016・12・31

徳間文庫／2018・8・15

584 琴電殺人事件

新潮社／2017・1・20

新潮文庫／2019・3・1

585 二つの首相暗殺計画

ジョイ・ノベルス／2017・1・20

実業之日本社文庫／2020・10・15

586 札沼線の愛と死　新十津川町を行く

ジョイ・ノベルス／2017・2・25

実業之日本社文庫／2020・4・15

587 わが愛する土佐くろしお鉄道

C★NOVELS／2017・2・25

中公文庫／2019・11・25

588 裏切りの中央本線

KADOKAWA／2017・3・2

角川文庫／2020・1・25

〈収録作品〉「裏切りの中央本線」「トレードは死」「幻の魚」「石垣殺人行」「水の上の殺人」「死への旅『奥羽本線』」

589 十津川警部　雪とタンチョウと釧網本線

集英社／2017・3・10

集英社文庫／2018・12・25

590 現美新幹線殺人事件

文藝春秋／2017・4・5

文春文庫／2019・12・10

591 十津川警部　高山本線の秘密

小学館／2017・4・19

小学館文庫／2020・5・13

592 仙石線殺人事件

FUTABA NOVELS／2017・5・14

双葉文庫／2019・7・14

593 リゾートしらかみの犯罪

カッパ・ノベルス／2017・6・20

光文社文庫／2020・5・20

594 日本遺産からの死の便り
トクマ・ノベルズ／2017・7・31
徳間文庫／2019・9・15
〈収録作品〉「恋と殺意ののと鉄道」「会津若松からの死の便り」「潮風にのせた死の便り」「四国情死行」「十津川警部『いたち』を追う」
595 十五歳の戦争　陸軍幼年学校「最後の生徒」
集英社新書／2017・8・14
596 十津川警部　予土線《ローカル》に殺意が走る
ノン・ノベル／2017・9・20
祥伝社文庫／2020・9・20
597 十津川警部　山手線の恋人
講談社ノベルス／2017・10・4
講談社文庫／2020・10・15
598 青梅線レポートの謎
KADOKAWA／2017・11・29
角川文庫／2020・9・25
599 日本遺産殺人ルート
トクマ・ノベルズ／2017・11・30
徳間文庫／2020・6・15
〈収録作品〉「裏磐梯殺人ルート」「快速列車『ムーンライト』の罠」「倉敷から来た女」「十津川警部、民謡を唄う」「行楽特急《ロマンスカー》殺人事件」
600 北のロマン　青い森鉄道線
トクマ・ノベルズ／2017・12・31
徳間文庫／2019・8・15
601 十津川警部　出雲伝説と木次線
ジョイ・ノベルス／2018・1・15
602 広島電鉄殺人事件
新潮社／2018・1・20
新潮文庫／2020・2・1
603 西から来た死体　錦川鉄道殺人事件
C★NOVELS／2018・2・25
中公文庫／2020・11・25

604 十津川警部　九州観光列車の罠
集英社／2018・３・10
集英社文庫／2019・12・25
605 日本遺産に消えた女
トクマ・ノベルズ／2018・３・31
徳間文庫／2020・10・15
〈収録作品〉「特急『にちりん』の殺意」「青に染まる死体　勝浦温泉」「最上川殺人事件」「阿波鳴門殺人事件」
606 京都感傷旅行《センチメンタル・ジャーニー》
文藝春秋／2018・４・15
文春文庫／2020・12・10
607 ストーブ列車殺人事件
FUTABA NOVELS／2018・５・13
双葉文庫／2020・３・15
608 能登花嫁列車殺人事件
カッパ・ノベルス／2018・６・30
光文社文庫／2021・５・20
609 十津川警部　海の見える駅――愛ある伊予灘線
小学館／2018・７・17
610 十津川警部　哀愁のミステリー・トレイン
トクマ・ノベルズ／2018・８・31
徳間文庫／2020・12・15
〈収録作品〉「『雷鳥九号』殺人事件」「大垣行345M列車の殺意」「再婚旅行殺人事件」「恨みの陸中リアス線」
611 十津川警部　長崎　路面電車と坂本龍馬
ノン・ノベル／2018・９・20
612 十津川警部　両国駅３番ホームの怪談
講談社ノベルス／2018・10・３
613 知覧と指宿枕崎線の間
KADOKAWA／2018・12・１
614 平戸から来た男
トクマ・ノベルズ／2018・12・31
徳間文庫／2020・８・15

615 十津川警部　怒りと悲しみのしなの鉄道
ジョイ・ノベルス／2019・1・15

616 富山地方鉄道殺人事件
新潮社／2019・1・20
新潮文庫／2021・3・1

617 えちごトキめき鉄道殺人事件
C★NOVELS／2019・2・25

618 十津川警部　坂本龍馬と十津川郷士中井庄五郎
集英社／2019・3・10
集英社文庫／2020・12・25

619 十津川警部　郷愁のミステリー・レイルロード
トクマ・ノベルズ／2019・3・31
徳間文庫／2021・6・15
〈収録作品〉「愛と死の飯田線」「特急『あさま』が運ぶ殺意」「幻の特急を見た」「お座敷列車殺人事件」

620 上野―会津　百五十年後の密約
文藝春秋／2019・4・20

621 スーパー北斗殺人事件
FUTABA NOVELS／2019・5・19
双葉文庫2021／5・16

622 十津川警部　追憶のミステリー・ルート
トクマ・ノベルズ／2019・7・31
〈収録作品〉「伊豆下田で消えた友へ」「恐怖の海　東尋坊」「十津川警部　白浜へ飛ぶ」「箱根を越えた死」

623 阪急電車殺人事件
ノン・ノベル／2019・10・20

624 飯田線・愛と殺人と
カッパ・ノベルス／2019・10・30

625 十津川警部　仙山線〈秘境駅〉の少女
小学館／2019・11・20

626 舞鶴の海を愛した男
トクマ・ノベルズ／2019・12・31

627 西日本鉄道殺人事件
新潮社／2020・1・20

628 十津川警部　殺意の交錯
トクマ・ノベルズ／2020・3・31
〈収録作品〉「河津・天城連続殺人事件」「北陸の海に消えた女」「L特急やくも殺人事件」「阿蘇で死んだ刑事」

629 東京オリンピックの幻想
文藝春秋／2020・4・10

630 十津川警部　呉・広島ダブル殺人
FUTABA NOVELS／2020・5・17

631 魔界京都放浪記
カッパ・ノベルス／2020・6・30

632 十津川警部　愛憎の行方
トクマ・ノベルズ／2020・7・31
〈収録作品〉「山手線五・八キロの証言」「午後九時の目撃者」「愛と殺意の中央本線」「L特急踊り子号殺人事件」

633 私を愛して下さい
集英社／2020・10・10

634 愛の伊予灘ものがたり　紫電改が飛んだ日
ジョイ・ノベルス／2020・11・25

635 近鉄特急殺人事件
新潮社／2021・1・20

636 十津川警部　疑惑の旅路
トクマ・ノベルズ／2021・2・28
〈収録作品〉「『C62ニセコ』殺人事件」「十津川警部の標的」「十津川警部　みちのくで苦悩する」

637 十津川警部　四国土讃線を旅する女と男
小学館／2021・3・30

638 十津川警部、廃線に立つ
KADOKAWA／2021・3・30
〈収録作品〉「神話の国の殺人」「EF63形機関車の証言」「青函連絡船から消えた」「北の廃駅で死んだ女」

639 石北本線　殺人の記憶
文藝春秋／2021・4・15

640 SL銀河よ飛べ!!
講談社ノベルス／2021・5・17

この作品は2019年12月徳間書店より刊行されました。
なお、本作品はフィクションであり実在の個人・団体などとは一切関係がありません。

徳間文庫

舞鶴《まいづる》の海《うみ》を愛《あい》した男《おとこ》

2021年8月15日 初刷

著者 西《にし》村《むら》京《きょう》太《た》郎《ろう》
発行者 小宮英行
発行所 株式会社徳間書店
東京都品川区上大崎三－一－一 〒141－8202
目黒セントラルスクエア
電話 編集〇三（五四〇三）四三四九
販売〇四九（二九三）五五二一
振替 〇〇一四〇－〇－四四三九二
印刷 大日本印刷株式会社
製本

ISBN978-4-19-894668-5 （乱丁、落丁本はお取りかえいたします）

徳間文庫の好評既刊

西村京太郎

近鉄特急
伊勢志摩ライナーの罠

熟年雑誌の企画で、お伊勢《いせ》参りに出かけることになった鈴木《すずき》夫妻が失踪した。そんななか、二人の名を騙《かた》り旅行を続ける不審な中年カップルが出現。数日後、カップルの女の他殺体が隅田川に浮かんだ。夫妻と彼らに関係はあるのか。捜査を開始した十津川は、鈴木家で妙なものを発見する。厳重に保管された木彫りの円空仏《えんくうぶつ》——。この遺留品の意味することとは？　十津川は伊勢志摩に向かった！